记忆偏离

记忆偏离

吴 楚 著

作家出版社

图书在版编目（CIP）数据

记忆偏离 / 吴楚 著． -- 北京：作家出版社，2019.9
ISBN 978-7-5212-0691-3

Ⅰ．①记… Ⅱ．①吴… Ⅲ．①长篇小说 – 中国 – 当代
Ⅳ．①I247.5

中国版本图书馆CIP数据核字（2019）第185756号

记忆偏离

作　　者：吴　楚
责任编辑：李　夏
封面绘图：张艺丹
装帧设计：北京中作图文制作有限公司
出版发行：作家出版社有限公司
社　　址：北京农展馆南里10号　　邮　　编：100125
电话传真：86-10-65067186（发行中心及邮购部）
　　　　　86-10-65004079（总编室）
E-mail:zuojia@zuojia.net.cn
http://www.zuojiachubanshe.com
印　　刷：河北鹏润印刷有限公司
成品尺寸：145×210
字　　数：255千
印　　张：10.625
版　　次：2019年12月第1版
印　　次：2019年12月第1次印刷
ISBN 978-7-5212-0691-3
定　　价：42.00元

目 录 *contents*

第四部分　记忆世界

第五部分　记忆幽灵

第一部分

非典型性失忆综合征

非典型性失忆综合征

第一章 第一个病人

2025年5月10日16:30，Y市青山医院第二病区依旧人满为患，百余道高矮胖瘦的身影排成五条弯曲的长队，就像五条蜿蜒流淌的河流，缓缓汇入病区的一、二、四、五、六号诊室。唯一的例外是位于走廊正中的三号诊室，大门敞开却门可罗雀，个别病人、家属在路过三号诊室门口时，还会探头探脑地往里张望一眼，脸上流露出讥笑、嘲弄的神情。

三号诊室的坐诊医生秦文一脸漠然，他笔直地坐在那张磨得发亮的木椅上，看着门外一张张好奇、鄙夷、若有所思的面庞，一些不愿回想，却又无法忘却的记忆如影片般在脑中闪回。

青山医院是Z省最出名的精神病医院，医院共有一百五十位一线医生，每天平均接待近三千名精神病患者，算下来，每个医生每天要接诊二十个病人。这个数字在外科、内科不值一提，但放在精神科绝对是一个匪夷所思的数字。就在半年前，秦文还是青山医院最受欢迎的医生——不但毕业于名校品学兼优，而且礼貌热情让人如沐春风，那段时间，三号诊室门口的长队常常能排到晚上七八点。然而这已经是过去式了。自从半年前的那一夜之后，秦文就从最忙的那个人，变成了最闲的那个人。

那是去年12月10日的事，他之所以将日期记得那么清楚，是因为当天是他亲弟弟秦武的三十一岁生日。秦文记得，那天他从8:00一直坐到20:00，共计接诊了三十六个精神病人，中途上厕所、吃午饭的时间加起来还不足一个小时。送走最后一个病人后，他就在医院门口的小饭店，请秦武吃了一顿便饭，兄弟俩点了四个菜，三荤一素，最贵的菜是一盆六十八块的酸菜鱼，喝了两瓶半斤装的白酒。秦文一瓶、秦武一瓶。其实起初秦文是不准备喝酒的，但委实架不住秦武的一再相劝。吃完饭出门时，迎面而来的北风吹得秦文打了个哆嗦，他对秦武说："你等等，我去医院拿件衣服。"

秦文套上衣服正要出门时，恰好遇到一位被拦在门口的病人家属。这是一个四十出头、体形微胖的卷发妇女，妇女隔着住院处的铁门上蹿下跳，死活要进去看一眼刚被诊断为抑郁症的儿子，妇女冲秦文喊："让我进去！让我进去！"

"对不起，我们是精神病院，有严格的探视时间与探视规定！"

"那你怎么进去的？"

"我是医生。"秦文随口说道。

妇女猛然抬头，促狭的双眼放射出锐利的光芒，肥厚的鼻翼翕动了几下，似乎嗅到了什么味道，妇女问："你喝酒了？"

"嗯，"秦文晃了晃晕沉沉的脑袋，"我下班了。"

"你喝酒了？"妇女又重复了一遍。

"都跟你说了，我下班了！"秦文没有注意到，此时中年妇女已悄悄地掏出了手机，并按下了录像快门。秦文打了个酒嗝，对妇女说："法律没有规定，医生下班也不能喝酒啊！"

"你喝了多少？"

"你问这个干什么？"

"我就问你喝了多少，你怕什么？"

"我没怕，你到底干什么?!"

"我要进去看我儿子，你赶快放我进去，什么都好说，不然后果自负！"妇女忽然伸手，揪住了秦文的衣领。

"真是无理取闹！"秦文被激怒了，他甩开妇女的手，头也不回地走了出去。

由于酒精的作用，秦文回家后便倒头大睡。他并不知道，就在两个小时后，一段名为《精神病院医生酒后查房》的视频在网络上被播放了三千万次——尽管当晚的值班记录、监控录像都足以证明秦文的清白，然而，多数网民不相信"官方说法"。他们坚信自己认定的"真相"，并将一切与之相悖的事物视作谎言与潜规则。

在之后的两三天，"医生酒后查房"的谣言非但没有止于智者，没有被真相击碎，反而不断升级发酵，并衍生出"医生豪饮两斤白酒后殴打精神病人""医生接受医药中介贿赂，在本市最豪华夜总会喝花酒"等升级版本。谣言的主角——秦文，也在这两三天里，从一个前程似锦的年轻人，变成了整个医院乃至这座城市的罪人与笑柄。

"秦老师?"一个清脆的声音让秦文从回忆中挣脱出来，他呆滞了几秒，抬头看了一眼对面的实习护士张茜，问："怎么了？"

"今天一共十一个病人挂号，挂号单都整理好了，您收一下。"

"谢谢。"秦文嘴角牵动了一下，抬头看了眼墙上的挂钟，说，"张茜，今天我这边应该没事了，你去隔壁四号诊室钱老师那边帮忙吧。"

秦文说完后便低头整理桌面，按照这半年的习惯，接下来，张茜会小声回答一句"好的"，礼貌地跟秦文道别，出门。但等身影消失在门口后，女孩的脚步会在一秒内加快两倍，踢踢踏踏一路狂奔。秦文当然清楚这其中的缘由，但从未因此生气，甚至有些同情她，他十分清楚，这个女孩在分给自己实习之后，曾经历过多少讥笑与嘲讽。

"好的。"张茜的声音一如既往地轻柔而坚决，当她转身的一瞬，黑亮的齐耳短发如帷幔般在空中飘扬，秦文的呼吸停滞了一两秒，心底某个最柔软的地方似乎被触动了，张茜的背影让他想起了一个故人，秦文说："等等，我有几句话想跟你说。"

"嗯?"张茜蓦然转身，清澈的眼睛里写满了讶异，"怎么了?"

"我知道你在我这边的压力比较大，想跟你解释两句。"

"嗯，您说。"张茜低下头，原本惊讶的脸色一下子变得漠然，就像戴上了一层看不见的面具。她自然听说过秦文的事。自己刚来实习的那天，当听说指导老师是秦文，脱口说了一句"完蛋了"。在之后的相处里，张茜始终戴着有色眼镜看待秦文：秦文很注重仪容外表，白大褂永远一尘不染，她觉得这是道貌岸然的伪君子表现；秦文问诊时，语气始终温和细心，她又感觉这个男人很娘娘腔。她之所以会有这样的偏见，除了先入为主的第一印象外，更重要的是每天晚上回到学校，她都会面对同学们劈头盖脸的八卦与嘲笑，例如"你老师今天喝了多少?""今天怎么回来这么晚，秦老师请你喝酒啦?"张茜不善于辩驳，只能将这些屈辱与痛苦全部埋入心底。于是，当面对秦文的时候，这些负面情绪便会自然而然地涌现出来，让她愈发憎恶、鄙夷这个被她称为"老师"的人。

"那天我确实喝了酒，但是在下班后，不是上班。"秦文忽然感到一丝迷茫，他不明白自己为什么会忽然说说这个，张茜的实习期还有三个月，说短不短，说长不长，在原本的预计中，两人本该心照不宣地敷衍完这段时间，然后分道扬镳永不再见。然而秦文依旧说了出来："网上的很多消息都是道听途说，不是真的。"

张茜愣了片刻，心中泛起奇异的波澜，这波澜并非惊讶、感动抑或高兴，而是厌恶，难以用言语形容的厌恶，张茜的第一反应是"这个道貌岸然的家伙是不是对我有意思"，而第二反应则是"我该怎么敷衍过去，以免他最后给我的实习成绩打不及格"。张茜艰难地抬起头，强忍心中的厌恶与秦文对视，她说："嗯，新闻都这样，黑的也会说成白的。"

秦文点了点头，他听出了张茜语气中的敷衍与言不由衷，却又不知道该怎样消除这样的误会，屋内的空气一时有些凝重。秦文想再解释什么，但喉咙似乎被什么东西堵住了，一个字都说不出来。就在这时，桌上的电脑发出短暂的蜂鸣声，屏幕上跳出一行提示："赵春梅，女，26岁"。

有人挂号了。

张茜犹豫了一下，将已拿在手上的包放了回去。

第二章　记忆偏离

病人赵春梅的出场方式相当别致且热闹，好像一场轰轰烈烈的闹剧。大约三分钟后，走廊尽头传来一个粗哑的男声："让一下，让一下。"紧接着是一阵杂糅了多种声音的混响，包括孩子尖锐的啼哭、一个女人声嘶力竭的呼喊"救命，救命"，以及一连串"笃笃"的清脆声响，就像四五根拐棍同时戳在地面上。又过了大约十秒，五道身影依次钻进了三号诊室大门。

这五个人是一个略显怪异的组合，第一个进门的是一个五六十岁的中年妇女，头发烫成了夸张的大波浪，脖子、手上戴满金银玉器，一动就发出叮叮当当的响声，妇女虽然穿金戴银，但身上带着浓重的土气。"医生，我儿媳妇中邪了，你给瞧瞧。"妇女用浓重的方言腔调说。在妇女身边，跟着一个两三岁的小女孩，女孩满脸泪痕，嘴里不停哭喊："妈妈！妈妈!"在这一老一少身后，一个体形微胖的年轻男人、一个穿中山装的半大老头一左一右"抬"着一个年轻女人走了进来。

之所以用"抬"这个词，是因为这个女人正被一根小指粗细的尼龙绳死死捆在一张实木椅子上，她头发散乱，脸上密布着交错的伤痕与泪痕，看年龄模样，应该就是患者赵春梅了。赵春梅身材很瘦，体重看上去只有八九十斤。此刻，这个纤弱的女人就像落网的野兽一样死命挣扎，上身以夸张的幅度前后扭动，两条比麻秆还细的腿四处乱踢。

"放开我，放开我。"赵春梅嘶声叫喊。

"安分点儿!"年轻男人大声呵斥，赵春梅丝毫不买账，而是龇牙咧嘴地把脑袋扭过一个夸张的角度，露出白森森的牙齿，试图去咬这个男子。

张茜吓得花容失色，自实习以来，她还从没见过这阵势。秦文却见怪不怪地点了点头，他接过病历本，问一旁的家属："怎么了?"

家属正要说话，被绑在椅子上的赵春梅却抢先开口了，她说话时眼泪如洪水般涌出眼眶，赵春梅大声呼喊："医生，我没病，我被他们绑架了，帮我报警! 帮我报警!"

作为一名成熟的精神科医生，他的第一判断是，这个被捆着的女人是一名受迫害妄想症患者——绑匪绝不会把受害人带到医院来。秦文没有理会妇女的哀求，而是问一旁的年轻男人："什么情况?"

"是这样，大夫，她是我老婆，赵春梅，这两位是我爸妈，小丫头是我的女儿。我老婆今天一早还好好的，谁知吃完午饭后，她忽然喊困，就睡了个午觉。"年轻男子的双眉间带着明显的怒意，他顿了顿，说，"没想到一觉睡醒后，阿梅就发疯了。"

"怎么疯的，你给我具体说说。"

"当时差不多是下午两点半，我坐在电脑前玩游戏，玩到一半的时候，阿梅忽然醒了，然后在床上大喊：'你是谁? 我怎么在这儿?'声音特吓人，左右隔壁都能听到。我赶紧问她什么情况，谁知她什么话都不说，一边喊救命，一边穿了个奶罩就往外跑，我哪能让她跑呢，这不是丢人现眼嘛，只好拦腰把她抱住了。谁知她就跟发疯一样，上来咬了我肩膀一口，差点把一整块肉都咬下来了。我爸妈在外面听到，以为我们夫妻吵架，就进来劝架，谁知我老婆就跟条疯狗一样，见谁咬谁。不但如此，她还说我们绑架她，她要喊她老公来，杀了我们全家！"

秦文瞧了一眼男人的肩膀，果然，上面留着一排清晰的青紫色牙印，牙印很深，明显是下了狠口。秦文皱了皱眉："你的意思是，你是病人的老公，但病人不记得或者说不认可你们的关系？你们结婚多久了，领证了吗？"

"早领了！我们是大前年10月结的婚，孩子都快两岁了！"男人的脸色有些复杂，"我当时就问我婆娘，你老公是谁，她居然说，她老公是村西头的尤小志，谁都知道，尤小志是个三十多岁的老光棍，据说脑子还有点问题。现在村里风言风语的！"

"以前你老婆有精神方面的问题吗？"

"没有！以前好得很！"

"最近受什么精神刺激了吗？"

"没有！"

"那你老婆的父母，还有上一辈，有没有精神病史？"

"没有，我老婆的爸妈，还有爷爷奶奶我都见过，都正常得很。"

"没有家族遗传病史……"秦文瞥了一眼赵春梅，此刻她已停止了流泪，目光中的惊恐也被愤怒取代，她声嘶力竭地大喊："说谎！他们都在骗人！"

秦文皱了皱眉，直觉告诉他，患者的病情很严重、很复杂。一旁的男人误解了秦文的表情，还以为医生在怀疑自己，他挠了两下脑袋，将哭泣不止的小女孩推到秦文跟前："我叫钱强，我婆娘叫赵春梅，我闺女叫钱小梅，这还能假？"

女孩怯怯地看了秦文一眼，然后扭过头，扑向被绑在椅子上拼命挣扎的赵春梅："妈妈，妈妈！"女孩的哭声尖锐凄厉，让听者有些侧然，赵春梅看见扑到腿边的女孩，整个人愣了愣，乱踢的双脚暂时安静了下来，但脸上的表情依然十分冷漠。她说："这女孩不是我女儿，钱强不是我老公，这两个人也不是我的公公婆婆。他们都是骗你的，真的！"

秦文的双眉拧成一团，患者并非简单的受迫害妄想症。秦文一度怀疑，这个叫赵春梅的病人患有多重人格障碍，然而绝大多数多重人格障碍都形成于童年时期，而且在日常生活中也会出现一些端倪。像赵春梅这样，以前一切正常，却在快三十岁的年纪忽然分裂出第二人格的，他此前从未听过。秦文随后想到了解离性失忆症、妄想症。不过，看赵春梅现在的症状，倒像是这几种精神疾病同时出现在一个人身上。

"医生。"赵春梅忽然发话，打断了秦文的思索。

"怎么了？"

"医生，我真的没病，我叫赵春梅，我认识钱强，我跟他三年前相过亲。他家条件不错，拆迁赔了三百万，一套房。但我听说，他这个人花花肠子比较多，所以最后就没答应在一起。"听见赵春梅这么"埋汰"自己，钱强脸上浮出一丝尴尬的笑容，但并没有反驳。赵春梅又说："我在两年前嫁给了尤小志，我男人虽然没钱，年纪也大了点，但是很疼我，我们是去年正月初十结婚的，今年3月生了对龙凤胎，分别叫尤龙和尤凤。我求求您，打个电话给我老公，或者给我爸妈也行！求您了！"

秦文微微一愣，正在写病历的右手停住了，不是别的，赵春梅给他的感觉，实在太"正常"了。这里的"正常"不只是"语气平静""情绪稳定"，更重要的是，思维条理十分清晰，秦文接诊的精神病人数以万计，从未见过一个多重人格，又或者失忆症、妄想症患者像眼前的赵春梅这么"正常"的。心头的某根弦绷紧了，他怀疑这件事是不是另有隐情，于是将征询的目光投向旁边的钱强一家。

"有户口本吗？"

"谁看病还带这个啊？"

"患者的父母呢？"

"这事还没跟他们说，觉得有些丢人。"钱强的脸色更难看了，"医生，她说的全是胡话！她疯了！"

秦文不置可否地摇了摇头，他放下钢笔，认真地对赵春梅说："赵春梅，把你父母的电话号码给我。"

十五分钟后，一对衣着朴素的老人冲进了病房。

"爸！救救我……"赵春梅的哭声只持续了不到两秒便戛然而止，红肿的眼睛里放射出绝望的光芒，因为她听见，这个被她称为爸爸的男人问了一句话。

"两位亲家，小梅这是怎么了？"

秦文一下子有底了，问题还是出在赵春梅身上，他摇了摇头，继续之前例行公事地问："你们二位是赵春梅的父母？"

"嗯！"

"钱强是你们女婿？"

"是啊，怎么了？"赵春梅的父母茫然点头，与此同时，赵春梅的一双眼睛就像断电的灯泡，一下子黯淡下来，喉咙里发出嘶哑的"不、不"声。秦文生出一丝恻隐之心，他温和地对赵春梅说："你生了病，脑子忘记了一些事情。放心，我是医生，不会害你的，也不会让别人害你。"

赵春梅依旧拼命地摇头："我真的没病！"

"要不这样，我现在分别问你们几个问题，赵春梅先答，钱强后答，谁都不要打断对方，其他人如果有什么不同说法，可以最后补充。"秦文一面示意张茜做记录，一面重新翻开病历，问出第一个问题："这位女士叫赵春梅，今年二十六岁，Z省Y市人，身份证号××××××××××××××××××，对吧!"

"是!"赵春梅点头道。

"没错!"钱强也说。

"第二个问题，赵春梅从小在哪儿长大的？读过哪些学校？现在做什么工作?"

"我是H县小石镇人，小学上的是当地的红星小学，后来在县中读了初高中，高考没考上大学，就出来上班了。我现在在我朋友燕子开的家政公司上班，就是做清洁工、钟点工一类的活儿。"赵春梅说。

"我老婆说得没错。"钱强点头赞同，旁边的几个长辈也附和道："没错，是这样的。"

"这么看，患者的身份认知，以及长期记忆都没有问题。"秦文说，"问题主要出在赵春梅对婚姻经历的记忆上，现在你们双方回忆一下，跟对方是怎么认识的，以及自己的婚姻经历。"

赵春梅脸色变得黯淡下来，她低下头，没有开口。

"我说吧。"钱强插话道，"我跟春梅是大前年相的亲，起初她说我个子矮，不太中意我，但相处了个把月后，她感觉我人不错，家里条件也好，就走到一起了。我们认识不到两个月就结婚了，之后很快就有了孩子，前年7月16号，我老婆生了女儿小梅。"

秦文说："你再回忆一下，你们认识之后一些具体的事情，最好是在场的所有人都记得的。"

"这个，我们结婚当天，接亲的汽车开到村口的时候，忽然有一条蛇拦在了路中间，赶了半天才走，亲戚都说这是吉兆。还有，小梅满月的时候出水痘，在县医院住了半个月才出来，满月酒都没办……医生，这些算细节吗？"

"算。"秦文环顾四周，赵春梅与钱强的父母同时点头，示意钱强说的是事实，秦文转过头，温和地问赵春梅："你说吧，你都记得什么？你老公说的这些，你有印象吗？"

"呜呜……我，我真的生病了？"赵春梅停止了挣扎，脸上的凄苦之色更甚，她低垂着头，目光悄悄在周围几个人脸上依次扫过。

"别怕，你记得什么，就说什么。"

"我记得，我跟钱强确实相过亲，但没有走到一起，我老公是……"赵春梅并没有再次说出"尤小志"三个字，而是怯怯地看了两边父母一眼，低下头，用细如蚊蚋的声音说，"我之前说得已经很详细了。钱强说的这些事，我一点都不记得。"

秦文点了点头，心中对病情作出了初步判断："解离性失忆症合并妄想症"。至于病因，秦文推测，多半是赵春梅与尤小志存在某种不正当关系，或许还怀过孕，导致精神压力太大，最终不堪重负，同时出现了失忆症与妄想症。想到这里，秦文不由得多看了一旁的小女孩两眼，他一度怀疑，这个小女孩会不会是赵春梅婚内出轨，跟那个尤小志生的女儿。然而出乎意料的是，小女孩的五官与钱强几乎是一个模子刻出来的，只用肉眼就能排除这种可能。

"病人的情况比较特殊，目前怀疑失忆症并发妄想症，患者在失去部分记忆的同时，大脑中产生了虚假记忆，但具体病情与病因还要进一步诊断，建议入院观察。"秦文自然不能将心里的猜测说给家属，他拿起钢笔，开始签入院通知书。

第三章　疑云

5月12日。

秦文发现自己犯错的过程相当戏剧化。赵春梅入院第二天17:00，秦文的三号诊室一如既往门庭冷落。忽然，一个三十多岁、个头矮小的中年男人火急火燎地冲进诊室，在秦文做出反应之前，扑通一声跪倒在地，涕泪横流地说："医生，你行行好，救救我，我跟赵春梅真的没关系，真的没关系！"

秦文呆呆地看着眼前的不速之客："你是谁？到底什么事？"

"我叫尤小志。"男人抬起头来，他的五官很平凡，眼睛狭长无神，蜡黄的脸上能看到两道新鲜的伤痕，似乎是树枝一类的物件划出来的。尤小志身上套了一件深蓝色的劣质工作服，领口满是油漆等污渍，左胸的位置还印着"海天酱油"四个白字。很明显，这是一个无比平凡、扔在人堆里就找不出来的普通民工。尤小志用浓重的方言说："医生，您帮我个忙，让我跟赵春梅见一面，我跟她没仇没怨，她不能这么冤枉我啊！"

"尤小志？你怎么了？"秦文有些恍惚，尤小志？他不是赵春梅"记忆"里的老公吗？

"医生，我跟赵春梅没有任何瓜葛。谁知她昨天忽然得了失心疯，在家里大喊大叫，说我是她老公，还跟她生了两个娃娃。现在大半个村子都在传，说我勾引人家有夫之妇，还有人说我强奸了她。就在刚才，赵春梅的老公带了一伙人，把我揍了一顿！你说我要是真干了，这顿打我也认了，但我确实没干呐！不要说没干过，就连句聊骚话都没说过！"尤小志的嗓门儿很大，引得不少走廊上的病人都好奇地往里张望，但他却恍然未觉，还赌咒发誓说："大夫，我尤小志对天发誓，我跟赵春梅没有任何关系，平时在路上遇见，连个招呼都不会打。我要是说半句谎话，就让我明天上工的时候，从脚手架上掉下来摔死！"

秦文愣住了，这个突如其来的插曲让他哭笑不得，他赶紧从地上拉起尤小志，说："你跟赵春梅，真的没来往？"

"没有！"

秦文直视尤小志的眼睛："你说你们走在路上，连招呼都不打，也是真话？"

"真不骗你！"

"那你们之间有没有什么矛盾，或者仇怨什么的？"

"没有！"尤小志急得眼睛都红了，"我都说了，你让我跟赵春梅见一面，我当面找她问个清楚！"

"病人的病情还不稳定，就连家属都不能探视，更不要说你了。"秦文自然不可能答应尤小志的要求。尤小志软磨硬泡了一阵子，眼看秦文态度坚决，甩下两句脏话便悻悻而去。尤小志出门后，秦文脸上更加阴云密布，他对护士张茜说："尤小志说的应该是真话。"

"嗯？"

"这意味着之前对赵春梅病因的推测，完全不成立了。"

"什么意思？"

"我之前推测，赵春梅应该是跟尤小志有婚外情，又或者是被尤小志强奸过，精神压力过大，大脑皮质里才产生了子虚乌有的记忆。但照现在的状况看，尤小志和赵春梅似乎完全扯不上关系。"秦文耐心地对张茜解释道，"精神病有很多种，病情多样复杂，但真正寻根追源，往往都能找到一个符合逻辑的合理诱因。例如多重人格障碍大多源自患者年幼时遭遇的侵害，患者无法直面侵害的创伤，会分裂出另外一重人格来保护自己；又如失忆症大多源自脑部受伤或脑部器质性病变。然而赵春梅的病情，目前完全找不到一个合理的解释。"

"之前赵春梅的家属不是说，尤小志精神有点问题吗？我看他挺正常啊。"张茜回应道。

"这个很常见，农村的年轻人，如果三十岁不娶媳妇，很多会被人说不正常的！"

"那怎么办？"

"我得再找赵春梅聊一次，或许一开始我们就弄错了方向。"

问诊记录

患者：赵春梅，女，26岁，5月10日被家人强制送医，初步诊断为失忆合并妄想症。

主治医师：秦文

记录人：张茜（实习）

询问日期：5月12日，括号内文字为后期标注，书写于5月14日。

病情概述：患者在丧失部分记忆的同时，大脑中又幻想出大量虚假记忆。真实记忆与虚假记忆能正常衔接，并形成完整记忆链。本次问诊任务为，以时间为序，尽可能还原一遍患者的记忆链，之后通过家属谈话，找出其中的虚假记忆，进而寻找规律，探索病因。

谈话过程：

秦文：你好，我是你的主治医生，秦文，你还记得吗？

患者：记得。

秦文：那你回忆一下，我们第一次见面是哪天，当天发生了什么？

患者：前天中午，我一觉睡醒，发现自己躺在一张陌生的床上，钱强坐在床前的椅子上玩电脑，我当时就吓得喊了起来。接着钱强就问我怎么回事，是不是疯了。他还说他是我老公，可我明明记得我老公是尤小志。然后钱强就和他爸妈一起打我，还把我绑在椅子上，送到医院来了。我当时请您帮我打电话给我爸妈，您答应了，可我爸妈也说，钱强是我老公，再后来您就安排我住院了。

（注：该段记忆准确无误，患者表述清晰）

秦文：好，我们把时间往前移一点，你记得当天上午发生了什么？

患者有些犹豫，目光闪躲。

秦文：你只要说你记得的事情就行，不用管对不对。

患者：我记得，当天上午，我跟我老公尤小志一起去万达广场给孩子买衣服了，然后逛得好好的，不知怎么就没意识了，也不知道是睡着还是被迷晕了，再醒来的时候，就在钱强家床上了。

（经邻居作证，赵春梅发病当日上午一直在钱强家做家务，该记忆确定为虚假记忆）

秦文：你还记得住院后发生的事吗？自己的别人的

都可以。

患者：我的管床护士姓周，是个戴眼镜的小姑娘，我住进来的当晚，隔壁209的一个老头半夜大喊大叫，还说有人害他，后来被送到重症病房了。还有，昨天我爸妈来看我，给我带了两件夏天的睡衣，让我好好养病，什么都别想。医生，我真的生病了？

（该段记忆准确无误，患者表述清晰）

秦文：这些问题，我最后跟你解答，你先配合我。

患者：好。

秦文：在你印象里，小时候印象最深的一件事是什么？这件事最好是你父母也记得的。

患者：我记得二年级的时候，我爸妈带我去北京动物园玩，当时我淘气，我爸一撒手，我就跑没影了。这一下把他们吓坏了，我爸喊得嗓子都哑了，也没喊到我，最后还是通过动物园的广播才找到我的。我记得，我爸找到我之后，狠狠抽了我两个耳刮子，那疼我到现在都记得，因为那两个耳刮子，我脸肿了半个月都没去上学！

（经查证，该段记忆准确无误，与父母的回忆一致）

秦文：好，接着说，小时候还有哪些事？

患者：我上初中的时候，腿摔断过一次。当时是体育课，我跳沙坑跳歪了，大腿磕到沙坑边上了，后来打了石膏，在家休息了两个月。

（经查证，该段记忆准确无误，与父母的回忆一致）

……（省略三千字患者从上学到工作后的记忆，均准确无误）

秦文：你是什么时候开始到燕子家政打工的，当时什么情况？

患者：我高中毕业后，在电子厂上了四年班，工资还可以，就是三班倒。二十二岁那年，我朋友燕子就让我去她的家政公司上班，起初我不太愿意，觉得自己毕竟是高中生，有点拉不下面子，但燕子跟我说，做家政每个月能挣四五千，而且也不太累，我就答应了。

（经查证，该段记忆准确无误，与父母、燕子的回忆一致）

秦文：再往后呢，你做家政的时候，有没有遇到什么印象特别深的事？

患者：有啊，我做家政第二年还是第三年，公司一个姓周的大姐，帮人家擦窗户的时候摔下去了，好像是五楼还是六楼，落了个半身不遂，听说主家跟公司分别赔了四十万，现在人还躺床上，拉屎撒尿都要人照顾。

（该段记忆真实性存疑，经患者家属多方查证，并无此事，可能为虚假记忆）

秦文：再然后呢，还发生过什么事？

患者：之后，我就跟尤小志结婚了啊……对了，也就是周大姐摔伤的那段日子，我妈因为中风住院住了半个月，刚开始连床都下不了，但后来恢复得挺好的。

（该段记忆确定为虚假记忆，患者母亲从未因脑中风入院）

秦文：好的，说说你记忆里，跟钱强、尤小志的事情吧。你记得什么，就说什么。

患者：我记得，我二十三四岁那两年，跟四五个男的相过亲，钱强是其中之一，但我对他没什么感觉，具体聊过什么，我不记得了。后来，我有一天回家时，遇到了尤小志，小志看我手上拿的东西比较多，就帮我提了一段，我觉得这个人虽然条件一般，年纪也大了点儿，但心还挺好的，再后来，我们就在一起了……

（患者自述与尤小志相遇一段，被尤小志否认，真实性高度存疑）

秦文：那好，你再回忆一下，最近这一两个月，遇到过什么记忆深刻的事情。

患者：有的，上个月月底，我下班骑电动车，撞到了路边停的一辆奔驰，驾驶员要我赔一万，我当时就吓傻了，后来交警来了，说他违章停车，是他的责任，最后他赔了我二百，你说现在有钱人怎么这么没素质，还讹诈我们穷人。

（该段记忆基本确定为虚假记忆，经家属查证，并无此事）

秦文：好的，今天先聊这么多，我去找你的父母谈谈，尽量把你说的这些查证一下，看看哪些是真的，哪些可能有问题。

患者：医生，我真的生病了吗？我老公真的是钱强？

秦文：是的！我看过你们的结婚证了！钱小梅也确实是你的女儿。

患者：呜呜，我……我记得的不是这样的啊。

秦文：你先休息，回头再说。

5月15日，赵春梅入院后第五天。

秦文将标注后的问诊记录递到张茜面前，问："你发现其中的规律了吗？"

"好像患者出现问题的记忆，都集中在最近两三年，也就是

2022 年以后，而早些时候的记忆，基本上都是准确、真实的。"张茜虽然讨厌秦文，但从不会因私废公，在这之前，她已经把问诊病例反复读了三遍。

"没错，从记录上看，患者发病后，就完全遗忘了最近几年发生的事情，如果仅仅如此的话，那并不罕见，真正诡异的是，患者在失忆后，居然又自动'脑补'出了一段虚假的记忆，这些虚假记忆不但清晰严谨，还能和真实记忆完美无缝对接，这样的病例，就连听都没听说过。"秦文眉头紧锁，用低沉的语气说，"不仅如此，在这份记录里，还有一处更难以解释的地方。"

"什么地方？"

"就是赵春梅陈述的，家政公司的那个周大姐擦窗户摔伤的事情，这件事经家属事后查证，并没有实际发生。"

"怎么了？"

"这么说吧，妄想症患者的想象力相当丰富，有人会在大脑里凭空虚构出一段自己拯救世界的剧情，也有人会造出一段自己跟梦中情人的浪漫爱情故事，但这些虚假记忆都有一个共性，那便是'主角'一定是患者自己。然而赵春梅陈述的这段虚假记忆，完全是一段'见闻'而非'经历'，跟她本人基本扯不上关系，这又算怎么回事？"

"这个……我好像也没听说过。"张茜有些困惑，"秦老师您怎么看？"

"我昨天又请教了几个业内的专家，他们都表示没见过这样的病例。赵春梅这样的病情……"秦文顿了顿，深邃的目光穿过张茜，投在窗外某个遥远的地方，"史无前例，无迹可循。"

秦文说出这八个字是有一定底气的，毕竟他的父亲秦山就是国内记忆研究领域的泰斗之一，虽然这几年已退居二线，但很多人脉关系还是在的。秦文请教的这两名专家都是业内顶尖大牛，如果连他们都没听说过类似病例的话，那基本意味着这是一种从未出现过的新型疾病了。

　　不过，秦文的结论下得还是太早了一些，因为再过四十八个小时，另一个"史无前例、无迹可循"的病人即将走入他的诊室。

第四章　蔓延

5月17日，赵春梅入院一周后，16：40。

张茜眼巴巴地看着手机上的时间，百爪挠心。离下班只剩不到一个小时了，但往日"善解人意"的秦文却一反常态地没有提前给她"放假"，这让张茜觉得待在这间屋子里的每一分钟都是难以忍受的煎熬。

"张茜。"秦文忽然说。

"嗯?"张茜心头一喜。

"上次跟你解释我喝酒那事，没来得及说完，今天再说两句。"

张茜的心情一下子从巅峰跌落谷底，她并不想听秦文解释，只想早点逃离这个让她浑身不舒服的阴郁诊室。她觉得那些铺天盖地的新闻已经把事实真相描述得很清楚了，无论秦文如何巧舌如簧也不可能改变，但为了自己的实习成绩，张茜不得不虚与委蛇："嗯……您说吧。"

"那天是我弟弟的生日，我一直忙到20:00才下班，然后我们两个在医院附近吃了晚饭，喝了点酒，出来的时候，因为外面有点冷，我就到住院处办公室找了件大衣，没想到下楼的时候，正好碰上了一个无理取闹的患者家属，她闻到了我身上的酒味，就拍下来发网上了。"

"噢。"张茜内心毫无波澜，"当时新闻出来之后，您为什么不解释呢？"

"解释什么？"

"您可以找电视台、报社，把真相说出来啊。"

"我解释了，周副院长帮我找了媒体，第二天报纸上也写了。"

"噢，那然后呢？"

"没有然后了，大多数人根本不关心，也不相信后续报道。觉得一定是医院找媒体打了招呼。"秦文笑了笑，"因为这个事实，不是大多数人愿意相信的事实。所以，他们认定，我们都在说谎！"

张茜咬了咬嘴唇，一时说不出话来，她并不相信秦文，连一个字都不信，这不仅因为她对第二天的报道毫无印象，还因为她心中对秦文厌恶与鄙夷早已根深蒂固。退一万步说，就算秦文确实是在下班后喝的酒，她对这个人的恶感也不会减轻丝毫，她认为一个男人无论在上班还是下班时间喝花酒都是渣到极点的表现。

张茜的沉默让诊室内的气氛变得微妙且尴尬，就在这时，桌上的电脑再次发出短暂的提示声，又有人挂号了。

"朱芙蕖，女，九岁。"

九岁？秦文与张茜对视了一眼，目光里同时露出忧虑。

当朱芙蕖小小的身影出现在三号诊室门口的一瞬，秦文整颗心都要融化了。不是别的，这女孩实在太漂亮可爱了，一双黑宝石般的眼睛镶嵌在洁白粉嫩的脸颊上，唇红齿白，一眼看去好似一个精美的洋娃娃。这个洋娃娃拉着一个打扮入时的少妇，怯生生地走进了三号诊室大门。

"医生，您好，我叫吴倩，这是我女儿朱芙蕖，小名花花。"少妇的眼眶有些红肿，似乎刚哭过不久，她对秦文说，"花花昨晚还好好的，但今天一大早起来，忽然就失忆了。"

"失忆？"秦文看了女孩一眼，女孩却触电般地低下了头，目光投向地板，头顶上粉红色的蝴蝶发卡微微颤动，明显十分害怕，秦文问："她不记得什么了？"

"花花的失忆症很奇怪，她记得自己的名字，也记得很多小时候的事，但上小学之后的，就全不记得了。"少妇说，"不但不记得，脑子里还多出了一些奇奇怪怪、并不存在的事情。"

"不存在的事？"秦文心头一动。

"是这样的，我今天一大早送她上学，在楼下上车的时候，花花忽然问我，家里什么时候又换了辆新车，但我家这辆君悦明明三个月前就买了，我当时没太当回事，以为女儿刚睡醒，脑子还有点迷糊。谁知等到了学校门口，花花却呆呆地看着我，问我为什么把她送到育才小学。我当时就蒙了，完全不明白到底发生了什么。后来我又问了她几个问题，这才发现，花花的记忆出了问题。"少妇的语气有些哽咽起来，她从衣兜里掏出一张写满字的作业纸，开始一条一条地读上面的内容：

"第一，花花现在在育才小学三（6）班读书，但她自己却记得是在城南小学三（1）班；第二，我们家今年三月买了一辆蓝色君悦轿车，但花花却记得我们家在一年前买了辆红色宝马；第三，花花的爷爷奶奶去年搬了家，但花花却不记得了……"当读到第四条的时候，少妇抬头看了秦文一眼，犹豫了片刻，"第四，我跟花花爸爸感情一直很好，但花花却记得我们离婚了……"

秦文大脑"嗡"的一声,他几乎第一时间想到了赵春梅,没错,花花和赵春梅的症状实在太相似了,以至于任何人都会自然而然地联想到一起。他下意识地抬头看了一眼张茜,发现张茜也在一脸震惊地看着自己。秦文艰难地咽了口唾沫,将目光移到一直低头不语的花花身上,用最温柔的语调问:"花花,你妈妈说的,都是真的吗?"

"嗯,是真的……"花花发出蚊蚋般的声响,把妈妈的手抓得更紧了,"呜呜,医生叔叔,你帮帮我,把我的病治好吧!"

"花花,你抬起头,看着我,我问你几个问题。"

"好的。"花花肩膀微微颤了一下,然后用力抬起脑袋,纯净的眸子里放射出迷茫的目光。"医生,我到底……"花花话说到一半顿住了,她的脸色忽然变得很奇怪,眼睛越瞪越大,嘴巴张开,仿佛看见了什么不可思议的事情。花花盯着秦文看了整整半分钟,随后咬了咬嘴唇,目光缓缓下移,当看清胸牌上"秦文"两字的一刻,她全身一震,喉咙里发出一声短促的尖叫。

"啊!"

花花叫的声音很大,和之前羞涩胆怯的样子完全不符,在场的另外三人都被这突如其来的变故吓到了,在所有人反应过来之前,花花已一头扎进了妈妈怀里,小声抽泣起来。

"呜呜……"

"怎么了?"吴倩也吓坏了,脸色一下子变得煞白。花花哭了两三分钟,终于渐渐安静下来,她侧过脸,从妈妈臂弯的缝隙里偷偷打量秦文,问:"秦文?你是秦文医生?"

秦文有些发愣,他知道自己是个"名人",不少事先不知情的病人在第一次听说他的名字,联想到他酒后查房的"光荣事迹"后,都会表现出种种奇怪的反应:讥笑、嘲弄、鄙弃、故作同情、假意理解。但眼前这个九岁女孩的反应显然不属于以上任何一种，这似乎是一种源自灵魂深处的震惊，以及——恐惧。秦文下意识地问："怎么了？"

"你真是秦文？"

"是啊。"秦文注意到，当自己说出这两个字的时候，花花的母亲也为之一愣，目光中流露出一丝鄙夷。早已习惯了这种目光的秦文没有过于上心，但花花接下来的话语却出乎所有人的意料，甚至可以用"石破天惊"来形容。

"秦文医生？你、你不是已经死了吗？"这句稚嫩的童音音量不大，但每个音节都咬得分外清晰，女孩的眼神清澈透明，绝不像撒谎的样子。

"我，死了？"秦文愣了足足三秒才反应过来，一脸困惑地看着眼前的女孩，此时的花花已从母亲怀里钻了出来，但脑袋比刚进病房时垂得更低，别人无法看清她的表情。秦文只好抬起头，将迷茫的目光投向一旁的两名成年女性，张茜与吴倩也一脸震惊，显然也不知道发生了什么。

"是啊，我记得。去年暑假的时候，我在家看电视，看到电视上放了你的葬礼，那照片上的人就是你。主持人说，你连续加了一个月班，一天都没休息，后来查房的时候忽然就晕倒了，好像是叫心什么塞的。"

"心肌梗塞？"

"嗯，就是心肌梗塞。"花花的声音带着明显的颤抖，她说，"当时有好多领导都参加了你的葬礼，号召大家向你学习。开学后，我们班主任张老师在班会上还布置了一篇作文，主题就是学习秦文医生，我还拿了满分呢！"

"我？加班？心肌梗塞？"秦文愣了片刻，心头生出一丝滑稽的感觉，"花花，在你的记忆里，我们两个人认识吗？我说的认识，是现实里认识。"

"不认识啊,我就是看电视才知道你的事的。"

"等等,花花,你刚才说,你们班主任张老师?"花花的母亲忽然插话道,"秦医生,花花的班主任并不姓张,而是姓陆,而且也不教语文,她刚才说的这一段,也是假的,是不存在的事!"

"嗯,我知道了。"秦文脸色阴沉。毕竟,无论是谁,当知道自己在别人的记忆里已经是一个"死人"的时候,都不会太愉快的。与此同时,花花的这段虚假记忆让他再次联想起上一位患者,赵春梅。没错,在赵春梅的记忆里,也有几段跟她本人完全风马牛不相及的"客观记忆"。秦文拿起钢笔,正要书写入院手续,花花的妈妈却忽然抽回了桌上的病历,毫不客气地说:"要不,我再换个医生看看吧。"

秦文脸色一滞,他自然清楚这其中的缘由,也不多说什么,而是不卑不亢地送走花花母女。两人出门后,秦文对张茜说:"明天早上晨会,你跟我一起参加,把这两位患者的情况汇报一下。"

"好的。"张茜虽然不喜欢秦文,但是个负责任的护士。

然而秦文并没有等到第二天上午,只过了不到五分钟,诊室的电话响了。

"今晚下班不要走,19:00开个紧急会议,顶楼报告厅,所有人必须参加。"秦文的分管领导、副院长周诚说。

"什么事?"

"开会再说。"

"对了,我正好有事要汇报。赵春梅您记得吧,今天我又接诊了一个九岁女孩,症状跟赵春梅极其相似,我怀疑,两者的病情存在关联。"

"噢?"周诚顿了顿,语气里听不出太多惊讶,"方便的话,你现在先到我办公室来一趟。"

第五章 十四个病例

对秦文来说，周诚除了任分管院长以外，还有另外两重重要身份：首先，周诚是秦文的父亲秦山的学生，周诚与秦山关系不错，逢年过节，周诚都会登门拜访秦山，有这一层关系在，他对秦文也相当照拂；其次，周诚是全国脑科领域的权威专家，研究方向和秦山基本一致，即海马体细胞与记忆之间的联系。之前秦文请教的专家就包括周诚。正因如此，秦文在见面前，特地把赵春梅的病例资料重新打了一份出来，周诚接过材料，只是粗略地扫了一眼，便淡淡地说："这份材料我看过三遍了，病人的短期记忆出现问题，最近两三年的记忆全部消失，同时凭空产生对应的虚假记忆，真实记忆与虚假记忆就跟续写的小说一样，能无缝对接。而且，在虚假记忆里，有不少是和患者本人没有任何关系的客观记忆。"

"嗯。"秦文有些意外，他没想到周诚对这个病例居然如此上心。他清楚地记得，就在三天前，当他把同样的材料交给科室钱主任的时候，对方只用了一句"精神疾病原本就症状各异"就搪塞了过去。秦文问："您是记忆方面的专家，您怎么看？"

"跟之前一样的看法，我从未见过，也从未听说过这样的病例。人的记忆是通过海马体细胞的蛋白堆叠实现的，如果海马体出了问题，导致记忆渎乱，又或者海马体受损导致记忆无法正常读取，都很容易理解。但赵春梅这样的情况，完全超越了目前医学能解释的范畴。"周诚忽然话锋一转，用无比严肃的语气对秦文说："晚上全院会议，就是讨论这种记忆疾病，到时候，你不要说话，也不要发表任何看法。"

"为什么？"

"具体情况我也不知道，但院长刚刚打了电话给我，说是晚上的会议很重要，让我告诉你谨慎发言，这不就是暗示不要说话的意思嘛。我知道，你是赵春梅的主治医师，对这种记忆疾病一定有自己的诊断意见，但是到了会场上，千万不要随口说，听着就可以了，什么都不要说。"

周诚严肃的脸色，以及近乎命令的语气让秦文有些发愣，他还没想好该怎么回答，周诚已从座位上站了起来，右手轻轻按在了秦文的肩膀上，严肃地说："你还很年轻，不要因为冲动毁了自己的前途！"

秦文咬了咬牙，脸上露出不甘的神色。他自然明白，周诚的提议是为他好，事实上，自从进单位的那天起，周诚就一直处处维护他。秦文点了点头，艰难地说："好，我听您的，不说话。"

十分钟后。

踏入会场的一刻，秦文才发现，这次紧急会议的规格超出了他的想象，能容纳四百人的报告厅几乎座无虚席，这意味着全院的医护人员基本全到了。每一个座位前面，都放了一沓薄薄的打印材料。主席台上，六位医院领导一脸严肃地正襟危坐，而在正中的主位上，坐着Y市分管科教文卫的副市长，徐天。

看到徐天那张写满官威的国字脸，秦文顿时明白，院长为什么要提醒周诚，让他们谨言慎行了，徐天是周诚的死对头。

城门失火，殃及池鱼，作为周诚的直接下属，秦文的日子也不太好过。秦文清楚地记得，自己上次参加这般规格的会议，正是"酒后查房"的第二天下午。当时，秦文如木桩一样站在主席台右侧，被徐天微言大义、语重心长、哀其不幸、怒其不争地批评了两个小时，会议行将结束时，徐天更是走到秦文身边，不点名道姓，却慷慨激昂地说出"以壮士断腕的决心，将一批不够自律、不够自觉的医务工作者开除出卫生系统，以正视听"的豪言壮语。

要知道，徐天可不是被媒体牵着鼻子走的网民，他完全清楚"秦文是在非工作时间饮酒"这个事实，然而徐天依旧一意孤行，把澄清会开成了批斗会。

想到这儿，秦文下意识地瞥了台上一眼，周诚四平八稳地坐在主席台的最右侧，目光直视前方，一副事不关己的样子。反倒是主席台正中的徐天脸色阴沉，眉宇之间浓云密布。过了大约十秒，坐在徐天右手边的医院一把手赵院长抬起头，朗声说："会议开始。"

偌大的会场顿时安静下来，赵院长说："一周前，我院接诊了一名二十六岁的女性患者，赵春梅。患者的症状相当罕见，这件事可能有不少同志已经听说了。就在刚才，我们把该病例的资料进行了归纳总结，并打印了出来，现在给各位十分钟，大家快速浏览一下。"

秦文拿起桌上的打印材料，开始阅读这份标有"保密"字样的《病例内参》。让他失望的是，这份材料很薄，只有七八页纸，内容不足五千字，上面的内容也全部是秦文所知道的，几乎就是当初问诊记录的翻版。秦文开始一目十行地阅读"内参"，然而当看到一大半的时候，秦文惊讶地发现，手上这份"内参"，非但没有任何新鲜内容，反倒被刻意删去了很多"重要信息"。

在材料的第四页，印着秦文事后作的那份《问诊记录》，大部分章节都一字不差，显然是原文引用，却唯独删除了赵春梅口述的，她记得同事周大姐坠楼受伤，以及赵母中风住院那两段——要知道，这两段被删除内容，绝非不重要的细枝末节，而是这个病例最大的疑点所在。

病人大脑内的虚假记忆，不止包括主观经历，还包括很多与自身无关的客观见闻。

秦文抬起头，将疑惑的目光投向主席台上，却发现几位领导神色各异，明显心事重重的样子。此前神游物外的周诚注意到了秦文的眼神，微微摇头，目光中显露出明显的警示意味。

"不要冲动！不要说话！"

到底什么情况？秦文低下头，直觉告诉他，这些被刻意删减的内容里，多半隐藏了某个重要的秘密。秦文低下头，继续翻阅手中的"内参"，发现除了那两段问诊记录外，自己事后对病症的推断猜测，也被删了个干干净净，在"病理推断"一栏，只印着八个冰冷的汉字：

病因不明！情况待查！

秦文第二次将目光投向台上，这次，迎接他的是徐天无比锐利且带有明显威胁意味的目光。

"各位同志，我们之所以高度重视这个病例，是因为16、17日两天，我院又接诊了十三名相似病例，加上赵春梅，一共十四例。其中八名男性，六名女性，年龄最小的九岁，最大的七十二岁，从数据来看，并未表现出明显的性别与年龄规律。"赵院长再次开口，"这只是已确诊的病例，不排除有部分病例尚未被归入、或没有来医院就诊的可能。专家组经过紧急商定，将这种病暂时命名为'非典型性失忆综合征'，又称'记忆偏离症'。"

会场里响起一阵交头接耳声。谁都知道，精神类疾病是不具备任何传染性的，像这样，几天内，十多名患者出现症状相似、前所未见的记忆病症的情况，显然超出了大多数人的正常认知，秦文听见身后的几位医生说：

"就在下班前，精神科收了一个二十三岁的小姑娘，跟赵春梅的症状很相似，两年前结了婚，但偏偏记得自己单身，一早起来把老公的脑袋都打破了。"

"今天上午，我接诊了一个老头子，是语言大学的教授，说是一觉醒来，发现老太太不见了，不但人没了，就连平时穿的衣服、用的物件也一样都看不到。等到了客厅一看，墙上居然挂着老太太的遗像。老头当场就傻眼了。子女告诉老头，妈妈前年夏天就脑溢血走了，但老头死活不信，说是前一天晚上还陪老伴逛公园来着。当时我以为是病人思念爱人过度，导致精神恍惚，开了点药就让走了。这么看，一会儿还要再打个电话，让病人再过来一趟……"

"昨天下午，市看守所送了个姓沈的小伙子过来，让我们做精神鉴定。这小子是北大计算机系的高才生，但毕业后没走正道，靠做木马、盗游戏账号赚了几百万。狱警说，这个沈某之前交代、改造都挺好，但昨天早上睡醒后，忽然就疯了，先是大喊大叫，说不知道为什么自己一觉醒来，就在看守所了，又说自己毕业后在中学做计算机老师，什么违法的事都没做过。这么看，八成也是这种记忆偏离症了。"

秦文将这些议论听在耳中，显然，这些同事口中的病例，都符合他此前的推论与猜测——如果将人的记忆比作一本日记，那这个记忆偏离症就像是一双诡异的手，先撕去了日记的后几页，之后又模仿患者的字迹，重新补写了几页上去，最玄妙的是，这些补写的内容与前文情节连贯，逻辑互通。秦文并没有参与同事的讨论，一种莫名的恐惧感出现在他的脑海深处：

"如果这种记忆偏离症继续蔓延下去，那世界会变成什么样子？"

秦文深呼吸了两口，待头脑恢复清明后，他注意到，坐在主席台上的徐天眼神有些飘忽，威严的国字脸上阴晴不定，端起茶杯喝茶时，右手甚至带着些许的颤抖。这让秦文更加疑惑，记忆中，这个久经风浪的政客从未像现在这样紧张、惶恐过。秦文又瞄了一眼周诚，周诚面色平淡，但微微眯起的双眸里似乎藏了许多复杂的内容。半分钟后，徐天咳嗽了一声，朗声说："到目前为止，十四个记忆偏离病例，都出现在我市境内，周边省市并没有类似的病例出现。专家组经过紧急会谈，提出了两种可能：第一，记忆偏离是由一种特殊的未知病毒引发的，这种病毒侵入大脑后，会改写人脑海马体细胞的蛋白结构，进而篡改患者的记忆；第二，记忆偏离并不是精神疾病，而是某个未知的非法团体或宗教组织，通过特殊的洗脑形式造成的。"

这两种假设虽说有些玄乎，但也确实是在目前的医学理论体系下，最合乎逻辑的解释了。徐天话音刚落，会场的第二排便响起一个洪亮的声音："我今天也接诊了两个疑似病例，我有一些个人意见。"

发言的是神经内科的主任徐济世，业内的"大牛"之一。出乎意料的是，主席台上的赵院长看了徐济世一眼，摆了摆手，说："这两天有不少医生都收治了类似的病例，这些统一放在会后说，会场上不做具体讨论！"

院长冰冷的脸色让徐济世缩回了高举的右手，秦文心头的疑云更浓重了，以徐济世的学术地位，他的发言要求本不该被如此简单粗暴拒绝的，但这件事偏偏真实发生了。似乎是为了解释这样的反常行为，徐天又开口了。

"我刚才说的这两种可能，不过是尚未验证的推论而已，各位如果有不同的见解和判断，都可以总结成文字材料，向院办提交。"徐天这番话说得有礼有节，迅速平息了会场上出现的骚动情绪。

"到目前为止，我们对记忆偏离症几乎一无所知。为了减少社会恐慌，同时控制可能出现的疫情，即日起，所有医生一旦接诊疑似患者，必须第一时间安排住院，并上报院办。此外，所有确诊与疑似患者统一安排到医院第三病区，二十四小时隔离，禁止一切探望；最后，从今天开始，所有医务人员禁止在外面讨论此事，如遇其他人主动问起，一律回答'个别病例'或'情况待查'，不得散布、传播任何未经证实的言论，否则一律停职处分。"

会场再度被喧哗声淹没。散会后，秦文看着身边如潮水般退去的人流，正想离开，却听见一个熟悉的声音在叫自己的名字："秦文同志，你等一下。"

秦文愕然转身，看见徐天正站在身后不足半米的地方。徐天看见秦文回头，脸上露出一丝虚伪的笑意，说："秦医生，赵春梅的病例材料，你做得很不错，很详细，也很到位！给专家组的工作带来很大的便利！"

秦文心头咯噔了一下，完全弄不清徐天的用意，只好干站在原地，一脸茫然地面对身前的一群领导。

"半年前那件事，你受了不少委屈。我当时批评的话，也略微重了一点，但大家的出发点都是好的，希望你有则改之无则加勉，以更高的标准来要求自己。再说了，最后也没有真的处分你。"徐天干笑了两声，"今年下半年，我市有一批优秀青年学者的名额，到时候我一定力荐你……"

"徐天这是怎么了？"徐天的笼络让秦文有些不解，更有些反胃。他道了声谢，敷衍地点了下头，加快脚步走了出去，走出会议室后，秦文并没有回家，而是径自走向三四百米外的住院部大楼。不是别的，徐天和一干医院领导今晚的表现实在是太反常了。他不得不怀疑，在赵春梅、朱芙蕖等十几个非典型性失忆综合征的患者身上，隐藏着什么石破天惊的秘密——这让秦文决定赶在这些病人被"安排"到隔离区之前，再见他们一面。

然而那些人并没有留下这样的机会，当走到住院处楼下时，他发现平日里一向和和气气的门卫大伯并没有坐在那张熟悉的藤椅上，取而代之的是两名站得笔直的守卫，守卫用不容商量的语气说："对不起，今晚特殊情况，任何人不得进入病区。"

"我是医生。"

"医生也不行。"

"隔离到什么时候。"

"我接到的通知是到明天8:00，您既然是医生，那明早再来看看吧。"

秦文呆住了，他没有想到，"隔离"竟来得如此迅速。他没有再做徒劳的尝试，而是后退了几米，仰起头，遥望赵春梅所住的306病房，病房的窗帘拉着，里面亮着灯，但看不见任何人影。头顶的路灯放射出刺眼的黄光，这让秦文感觉自己正身处一个光怪陆离的世界。他甚至怀疑，自己的记忆是不是也出了问题，他觉得这些天发生的一切都仿佛一场诡异的梦。

秦文决定找个人倾诉这一切，他拿出手机，犹豫了两三秒，最后拨通了弟弟秦武的电话——事实上，秦文在第一时间就想到了秦武，他的犹豫源自兄弟二人的微妙关系，他与秦武原本感情深厚，但最近这段时间，却因一些琐事产生了一些矛盾。

嘟——嘟——嘟——

秦文有些诧异，秦武是个新闻记者，手机平时都二十四小时待命，然而这一次，秦文等了足足三十秒。正当秦文指尖移到"挂断"图标上的一刻，电话接通了，但那头并没有人说话，听筒传出的唯一声音，是秦武粗重的喘息声。

"喂?"秦文问了一句。

电话那头的喘息声更清楚了，似乎还夹杂了隐约的哽咽，秦文更奇怪了，他问："怎么了?"

"哥?"

秦文愣住了，他们兄弟二人向来以姓名相称。秦文追问道："你怎么了?"

电话那头，秦武的哽咽变成了痛哭，这个二十多岁的大男人用撕心裂肺的声音说："哥，你还活着?"

秦文呆住了，大脑瞬间陷入一片空白。他清楚地记得，就在三四个钟头前，一个跟自己素不相识的九岁小女孩，也对自己说过同样的话。

"你，还活着?"

第二部分

陌世

第六章　身边的陌生少女

让我们将时间拨回这个电话的十个小时前——5月17日8:00。

秦武睁开惺忪的睡眼，发觉自己正躺在一张温暖、柔软的陌生大床上。房间内的布置很精致，天花板上吊着一盏莲花形的玻璃吊灯，床头柜上立着一对精美的小鹿雕像，两只小鹿衔颈相视，动作恩爱甜蜜。秦武深呼吸了一口，一股好闻的香味从鼻腔钻入肺泡，把晕沉沉的脑袋一下子刺激得清醒过来。秦武试着移动了一下被子里的身体，手臂处传来的美妙滑腻感让心脏不争气地狂跳起来，秦武艰难地转过头，果然，一个年轻的陌生女孩正躺在身后不足二十厘米的地方。

女孩的睫毛很长，皮肤白净光洁，右边肩胛骨上文了一朵娇艳欲滴的玫瑰，给这具曼妙的身躯添了几分妖娆的感觉。女孩睡得很熟，小巧的鼻翼伴着起伏的身躯微微翕动。秦武的呼吸几乎停顿了，这不仅因为女孩的迷人，更重要的是，他完全不认识这个女孩，更不记得自己是什么时候睡到这张床上来的，秦武艰难地扭过头，大脑开始飞速运转，他思考的前三个问题依次是：

这是哪儿？

她是谁？

我为什么会在这儿？

秦武仔细捋了一遍大脑里的记忆，前一天傍晚，自己跟主持人林雨去开发区的某乡镇，采访了一条"运动场被广场舞大妈强占"的民生新闻。大概21:00多，自己回到家，洗了个澡，开了罐啤酒，躺在床上开始看中央五套直播的足球比赛，自己最喜欢的球星内马尔进了个世界波，再往后，就什么都不记得了。想到这里，秦武忽然感到一丝异样，他觉得脑袋晕沉沉的，全身绵软，有点像宿醉的感觉。"难道那一瓶啤酒就让我断片了？"这也不可能啊。他下意识地在身上嗅了两下，发现全身散发出一股难闻的酒味，简直像刚从酒缸里捞出来一样。

"难道，我喝断片了，之后跑到附近的酒吧，邂逅了身边这个姑娘？"秦武穷尽想象，终于给这事找到一个勉强符合逻辑的解释。

"万幸妹子长得挺漂亮的。"秦武打量了一眼女孩的侧脸，体内的邪火不由得再度燃烧起来。他屏住呼吸，直直地看着天花板上的吊灯。

这么漂亮的女孩子躺你旁边，不要白不要，心中有一个声音说。

秦武，你什么时候成这样的人了，你这样对得起你的女朋友吗？再说了，这女孩到底是谁？一夜情对象？陪酒公主？失足少女？你不怕得病吗？另一个声音说。

秦武犹豫了大约一分钟，他的喉咙越来越干，心跳越来越快。他毕竟不是圣人君子，而是个血气方刚的年轻男人。尽管已竭力抵御体内的原始冲动，但欲望依旧如潮水般上涨，并很快淹没了理智。他缓缓偏过头，慢慢靠近身边的女孩——就在干裂的嘴唇与女孩肩膀上的玫瑰接触的一瞬，一股淡淡的、却异常清晰的烟味钻入了鼻窍。秦武打了个激灵，原本意乱情迷的大脑一下子变得无比清醒。

或许是母亲因肺癌离世的原因，秦武对烟味的厌恶已达到了近乎病态的地步。只要一丁点儿烟味，都能让秦武出现强烈的身体与精神不适感。这种强烈的洁癖战胜了失控的荷尔蒙，原本溃不成军的道德感再次占了上风。秦武不再欣赏女孩光洁的胴体，而是翻了个身，蹑手蹑脚地从被窝里钻了出来。

"走吧，就当昨晚什么都没发生过。"在作出这个艰难决定的同时，又一件怪事出现了，秦武看见，床头柜上叠着一件淡青色的长袖圆领衬衫，与一条深色休闲牛仔裤，衬衫是他经常穿的，但牛仔裤却十分陌生，绝非记忆中衣柜里的任何一件——秦武在床头床尾又仔细找了一遍，并没有看见其他的男人衣物。

秦武在穿衣打扮上一向粗枝大叶，正因如此，他没有继续纠结于这个不太起眼、但极不寻常的细节。他手忙脚乱地套好衬衫，穿上了那条毫无印象的牛仔裤，嘿！长度与腰围都跟量身定做一般。秦武想：看来是哪次打折的时候买的，事后没印象了。

穿戴整齐后，秦武用蚊鸣般的音量对床上的少女说了一句："我先走了！"

女孩"嗯"了一声，并没有应答。秦武走出房间，穿过客厅，当推开大门的一刻，身后却响起女孩半睡半醒的呢喃声："你晚上几点回来？"

秦武脚下一软，脑袋险些撞到一旁的门框上："看来她也没睡醒，把我当她男朋友了。"他自然没敢应声，而是迅速关上房门，一路狂奔下楼。当走出楼梯口的一刻，秦武发现，自己的别克轿车，居然停在楼道对面的停车位上。

"我昨晚出来，居然还开车了？"此刻的秦武已见怪不怪了，毕竟，从醒来的那一刻开始，一切跟记忆中的都不一样。上车后，秦武深呼吸了两口，开始整理一团乱麻般的思绪。他感觉，全身上下似乎都有些"不对劲"，以往精力充沛的身子感觉很"虚弱"，就像是刚生完一场大病，又或者刚刚经受过什么重大打击一样。秦武苦笑了一下，翻开驾驶座前面的镜子，镜子里那张熟悉又陌生的面庞让他忍不住叫出声来。

秦武发现，自己一觉醒来，头发比印象里长了至少七八厘米，从平头变成了中碎，不仅如此，面相也比记忆里至少老了两三岁，脸色灰暗，五官里透出明显的憔悴与疲惫。虽然还达不到"判若两人"的地步，但绝对是"恍如隔世"了。

"我怎么了？到底发生了什么？"秦武脑海里一片混沌，他将油门踩到最低，以一个无比危险、足以让他银铛入狱的速度在马路上狂奔。当汽车风驰电掣地驶至Y市最大的立交桥中央时，秦武心中忽然生出一种难以遏制的冲动：向右猛打一把方向，撞碎护栏，用一次美妙的自由落体让自己从这场噩梦中挣脱出来。

秦武终究克制了内心的冲动，他不愿承认却又不得不承认，自己正身处现实，而非梦境之中。

第七章　物是人非

半小时后，渐渐冷静下来的秦武终于明白大约是怎么一回事了。

在好几个微信群里，数十种不同版本的流言正在疯狂传播，例如"某女士一早醒来，疯狂殴打身旁的老公，声称不认识对方""中心小学某年轻教师忽然失忆，认为自己正在师大读研""某六旬老人坚称自己患有癌症，并前往医院要求化疗，检查结果完全健康"等。这些流言的时间地点人物都各不一样，但核心内容基本指向同一个事实：在这座城市里，有一些人的记忆出现了严重、复杂、难以描述、无法解释的问题。

秦武是Y市电视台的新闻记者。过去他一度坚信，超过百分之九十九的、如此危言耸听的新闻都是空穴来风，又或者被精心加工过。然而这一次，似乎属于剩下的那百分之一。不仅如此，秦武还发现，自己的微信，有不少群组、联系人、聊天记录、都是全无印象的。秦武没有继续深究这些细节，他把手机丢到一边，调转车头，往工作的广电中心驶去。

他相信，在那儿，自己能找到更准确、更权威的真相。

正如预料的一样，当推开办公室大门那一刻，一种熟悉并强烈的违和感扑面而来，办公室内部的布局、装饰都与记忆里全然不同，就像刚刚经历了一场大搬家，又或者二次装修。办公室里多出了几位自己毫无印象的生面孔。秦武还在愣神，一个迎面走来梳着马尾辫的年轻女孩冲他说："秦老师早。"

秦武愣了片刻，他并不认识这个马尾辫女孩，但对方打招呼的表情和语气却似乎很熟络。刚来的实习生——秦武用这个理由说服了自己，他嘴角弯了弯，对女孩报以礼节性的微笑，谁知女孩并没有再理他，而是低下头，快速从秦武的身边走了过去。当两人擦肩而过的一刻，女孩的身体刻意往另外一边侧了侧，将两人肩膀的距离从二三十厘米拉远到了半米左右，这个微小的细节让秦武感觉很不舒服。他感觉，这女孩似乎在刻意"躲"自己，这么看来，她之前的那句"秦老师早"也只是例行公事的礼节。

还好，自己的座位依旧在原先的地方，尽管桌面上的布置有些陌生，但在桌角的位置摆着一张印着自己照片的工作证。

"这么看，至少，我是电视台记者这部分记忆是没问题的。"秦武略微松了口气，他没有理会桌上的几件陌生物件，而是直接启动了新闻采写软件。

《市区年轻男子赵×突发怪病，专家诊断为非典型性失忆综合征》，刚打开采编软件，一个刺眼的新闻选题便跳入秦武的眼睛，下面列有选题的基本信息：申报人，张楚，申报时间，十六小时前。主任意见，接上级主管部门通知，此类选题暂时不予采访报道。

"看来网上的传言都是真的！而我，也患上了这种失忆综合征！"在接受这个事实之前，秦武又做了最后一次挣扎，他利用新闻采编软件的搜索功能，找到了一条又一条署名"秦武"的新闻稿件。这些稿件的文风、措辞一看就出自自己之手，然而对稿件的内容、新闻事件却全无印象。这个冰冷的事实彻底击碎了秦武的幻想。一种强烈的感觉淹没了秦武，他觉得身处的这个世界显得无比诡异而陌生。他全身发冷，大脑一片混沌，完全丧失了基本的推理与判断能力，此刻，他唯一的念头是：我得找个人。

秦武第一个想到了女友白静。

当那张熟悉的面容在脑海中浮起的一瞬，秦武心中忽然涌出一丝愧疚。白静是秦武的女友，两人相识七年，恋爱四年。白静并不是标准的"第一眼美女"，她的五官生得不错，只是脸颊的棱角略微分明了一些；她的性格也很好，只是过于直爽、要强了一些，这让多数男人无法生出强烈的"呵护欲"。秦武屏住呼吸，拨出了那个烂熟于胸的号码。

"喂？"白静清亮的声音让秦武的呼吸再次变得沉重，他正要说话，却听见白静用一种无比陌生的语气说，"秦武？找我有事吗？"

"我，我……"秦武的喉咙似乎被什么堵住了，半天说不出话来。爱情让人盲目，正因如此，拨号之前，秦武并没有想太多，心中唯一的感觉是愧疚，他觉得昨晚的那段艳遇是这辈子做过的最荒唐愚蠢的事。然而这一刻，这份愧疚却变得可笑。白静的反应平淡且略带惊讶，从语气与称呼看，就像接到了一个久未联系的普通朋友的电话。

"非典型性失忆综合征"，这个名词如幽灵般再次出现在脑海中。难道在现实中，白静并不是自己的女朋友？秦武觉得自己的心脏仿佛被一颗子弹击穿了，握着电话的手如筛糠般疯狂颤抖起来。

"有什么事吗？"白静又重复了一遍，这一次，她语气中的诧异也消失了，而是变得很平静，就像是无风的湖面，这样的平静让秦武全身冰冷，他深深地吸了一口气，说："没事……拨错号码了。"

"嗯，没事。"

"那……那我先挂了。"

秦武挂断电话后开始大口大口喘气，他觉得体内的灵魂被一团无边无际的黑暗包裹了，没有亮光，没有出口，他不知在这片黑暗里摸索了多久，或许是五分钟，或许五个小时。当意识缓缓恢复后，秦武打开手机上的相册，开始一张张翻看相册里的照片——秦武记得，就在两天前，自己陪白静去了一趟邻市的海洋公园，并在手机相册里留下了二十多张合照，然而眼前的事实击溃了他最后的幻想，他没有看到这二十张合照的任何一张：从未去过的咖啡馆，毫无印象的风景照，与陌生人的合影——绝大多数照片都毫无印象。大约半分钟后，秦武的手指僵在了半空，一张无比清晰的照片跳入了眼帘。

这是一张情侣合照，男主角正是秦武，女主角却不是白静，而是一个俏皮的美丽女孩，女孩小巧的脑袋斜斜地靠在秦武的肩膀上，唇角上扬，笑容灿烂且放肆，女孩的面庞有些熟悉，秦武仔细回忆了片刻，终于意识到一个可怕的事实：

她，便是今晨躺在自己身侧的那个少女。

秦武下意识地看了一眼手机，2025 年 5 月 17 日，没有任何问题。这意味着，发生在自己身上的，绝不是"丢失一段时间记忆"的典型失忆。秦武身心俱疲，他木然走出办公室，钻进楼下的汽车，放低座椅躺了下来。

"会不会一觉醒来之后，我的记忆又恢复了，世界变回了原本的模样。"这是秦武睡着之前，大脑里闪过的最后一丝念头。随着轻微的鼾声在车内响起，无数诡异、美妙、奇幻的梦境接踵而至。秦武第一个梦见的是白静，梦境中，白静慢慢朝秦武走来，唇角的笑容一如既往的温暖、忧悒，正当白静要在他面前坐下时，一个穿着篮球服、全身洋溢着运动气息的年轻男孩忽然出现在白静身旁，挽起了她纤细白皙的右手，秦武身体的每一个细胞都被冻结了，他嘶声呼喊，然后从第一个梦境堕入了第二个梦境。这次的梦境是一片虚无，秦武仿佛置身于一片无边的混沌中，没有光，没有声音，没有气味，没有重力，没有时间，他努力挣脱这团混沌，却完全感觉不到身体的存在……梦境如迷宫般无穷无尽，在最后一个梦里，秦武看见了自己，他看见一个长相与自己一模一样的人正站在不远的地方对自己微笑，他看见对面的"自己"的臂弯里挽着一个女孩，女孩美丽而妖娆，肩膀上的玫瑰文身醒目且刺眼。此时的秦武终于意识到自己在做梦了，他咬了咬牙，在梦境世界中找到了一扇窗户，毫不犹豫地跳了出去。

秦武猛地睁开眼，当醒来的一刻他觉得全身发冷，随后意识到，自己整个脊背都被冷汗浸得湿透了，秦武大口大口地喘着粗气，又过了不知多久，一缕明亮的光芒忽然在一片黑暗的脑海里亮起。

秦武忽然想到自己应该做什么了：

"追回"白静。

第八章　重来

在"追回白静"这件事上，秦武意志坚定且充满信心。毕竟，在记忆里，他知晓白静的一切爱好、习惯乃至秘密。秦武很快地在微信上找到了白静的名字，并开始在大脑中组织"重新表白"的方式与措辞。然而短短几秒钟后，一个冰冷的事实几乎击溃了他的意志：

"谢谢你，C先生。"这条简短的文字发布于白静的朋友圈，文字下方配了两张照片，第一张是一束玫瑰，火红娇艳，像火焰一样灼烧秦武的心脏；第二张则是一张心形字条，"C LOVE J"，秦武几乎瞬间便读懂了字条的含义：C先生爱慕静小姐。

这条三天前的朋友圈，让秦武的心脏瞬间漏跳了三拍。秦武咬了咬嘴唇，继续向下翻看白静的朋友圈，他很快便从一张张图片与一段段文字中找到了更确切的信息：这位C先生是一个留着络腮胡子的年轻画家，在艺术方面小有成就——起码，白静在朋友圈里晒的几张"C先生"的油画，在秦武这个门外汉看来还"挺像回事"的。"C先生"与白静的相识过程并不可考，但有一点可以确定，那就是白静与C的恋爱关系刚确定不足一个月，更准确地说：最多二十二天。因为就在4月25日，白静还在朋友圈里发表了一段单身的感慨。

"或许他们还只是暧昧，或许这个C只是白静相对喜欢的追求者之一呢。"想到这两种可能后，秦武"追回白静"的念头变得更迫切强烈，以至于整个大脑都被那个熟悉的身影填满了，"不管发生了什么，我都要立刻追回她。"秦武毫无愧疚地作出决定，他几乎瞬间想到了七八种表白方式，然而等稍微冷静下来之后，秦武又觉得这些方法要么幼稚，要么俗套，要么肉麻，他不由得想起记忆之中，和白静确定关系的那一刻，那一刻他毫无防备，甚至没有表白。想到这儿，秦武不禁有些想笑，他觉得自己太患得患失了一些。

"无论她跟我是什么关系，无论她现在和谁在一起，我一定要追到她。"

秦武再次拨通了白静的号码：

"怎么了？"和上一次相比，白静的声音多了一分惊讶，似乎还多了一分冷漠。

"想约你见一面。"

"什么事？"

"见面再说吧。"

电话那头的白静犹豫了片刻，"好的，什么时候？"

"择日不如撞日，今天有空吗？"

"可以，我还有十分钟下班。"白静表现得很直爽，这一点与秦武记忆中的那个女孩完全一样，秦武的信心更足了，他几乎瞬间便想好了见面的地点，这是在他记忆中，两人约会最常去的地方，秦武说：

"雕刻时光咖啡馆吧。"

"好，我现在过去。"

秦武抵达咖啡馆的时间比约定的早了十来分钟，谁知下车时，白静已经坐在靠窗的位置等他了。两人隔着一尘不染的落地玻璃对视了一眼，只这一眼让秦武放缓的心跳再次狂跳起来。

　　"你好。"秦武感觉喉咙发干，他忽然有些后悔，如果在来时的路上，顺路带一份白静喜欢的礼物就好了，他记得她最爱听的音乐是黑石乐队的 *THE BLACK CROWS*、最爱吃的零食则是乐事的原味薯片，他记得她对布偶猫与纯黑色龙猫毫无抵抗力，记得她的性启蒙知识源自初一时读的《白鹿原》，他对这个安静、敏感、忧悒的女孩了如指掌，然而他错过了这样的机会。秦武将这些毫无意义的杂念抛到脑后，对白静说：

　　"你喝什么？"

　　"随便。"

　　"两杯柠檬汁。"秦武对店长说，此时他已彻底恢复了冷静，于是果断地省略了全部的烘托铺垫，他很了解白静，知道她是个直率、聪明的女孩，对那些仪式化、为了烘托气氛而刻意为之的铺垫完全免疫，他笔直地看着白静的眼睛，诚恳地说："我……我有话想对你说。"

　　"嗯。"白静抬起头，美丽的眸子毫不犹豫地迎上了秦武的目光，然而下一秒，白静的目光与表情变得无比冰冷，就像严冬的一团寒冰，"你说吧。"

　　秦武愣住了，在来时的路上，他已在头脑中模拟了这次表白可能遇到的各种情况，以白静的聪明程度，她多半已猜到了秦武的用意。她多半会拒绝，如果那样，此时的白静，应该将目光投向远方的窗外，脸上挂着淡漠的微笑才对；白静也可能会动摇，如果是这样，此时的白静，就该低下头，红着脸轻咬嘴唇，如果白静的态度是不置可否……然而此刻女孩的反应让他有点措手不及，她直视秦武的目光如利刃般锋锐逼人，这让秦武甚至生出一种错觉，对面的白静好像一个审视犯人的刑警。

"我，我想说……"秦武有些结巴，他用放在桌面下的右手，狠狠掐了一下大腿，钻心的疼痛驱散了错愕带来的迷茫，秦武咬着牙，将最后四个字说了出来，"我喜欢你。"

随着这四个字脱口而出，秦武终于放松下来，压在心上的重担消失了，取而代之的是一种等待命运审判的忐忑与无助。白静愣了片刻漆黑的瞳孔瞬间收缩，肩膀颤了一下，表情变得很奇怪，就像是听见了什么不可思议的事情，她一字一顿地说：

"你……想……对……我……说……的……是……这……个？"

"你以为，我要对你说什么？"

"没什么。"白静忽然笑了，这笑容诡异且陌生，让秦武不知所措。

"我喜欢你，真的……"

秦武话音未落，却看见白静做了一个无比奇怪的动作，她弯下腰，从座位下方拿出一个四四方方的礼盒，约有杯盖大小，装饰十分精美，与此同时，白静的语气不再平静如水，而是泛起明显的波澜。

"正好，把这个还给你。"白静将礼盒推到秦武面前。

秦武的大脑陷入一片空白，他用不可思议的目光注视着对面的白静，白静却低下头，刻意避开了他的对视。秦武犹豫了几秒，正想再度开口，白静却对他说："我先走了。"

秦武对这突如其来的变故毫无防备，他脱口问出："怎么了？"

"什么怎么了？"

"这，这是什么？"

白静嘴角牵扯出一丝奇异的弧度，秦武从这抹微笑里看出了明显的嘲弄，以及讥讽的意味，这让他全身发寒。白静没有说话，只是拢了一下垂到耳边的长发，沉默了几秒后抬起头，直直地看着秦武的眼睛，说："秦武，我今天答应出来见你，第一是把东西还给你；第二，是因为我本来以为你约我是要解释那件事的，但我理解错了。对不起，我们不可能了。现在，你看着我的眼睛，认真地回答我一个问题。"

秦武有些发蒙："什么问题？"

"画室那件事，是不是你做的？"

"画室？什么事？"秦武一头雾水。他发现，白静的目光始终牢牢地盯着自己，就像一把冰冷尖锐的锥子，让他如芒在背。这样的局面持续了大约半分钟，白静终于叹了一口气，说："你不像是说谎，应该不是你。我也觉得，你不是那样的人。"

"到底什么事？"秦武更困惑了，但白静完全没有解释的意思。

"不知道就算了。"她摇了摇头，从椅子上站了起来，头也不回地走了出去。

"等等。"秦武对白静的背影大喊，白静听到了这声呼喊，脚步放缓了一些，却没有停顿，她说："我不会原谅你的。"

这七个字如同七根锋锐的钢针，毫无阻碍地刺穿了秦武的心脏与灵魂，难以用言语形容的刺痛感让秦武无法思考与移动，等恢复清醒后，白静的身影已经彻底消失在视野之中，秦武怔怔地看着眼前的精美礼盒，颤抖着打开了盒盖。

在殷红的绒布上，躺着一枚纤细美丽的戒指，戒面上的钻石璀璨耀眼，刺得秦武几乎流下泪来。他猜到了故事的开始和结局：他确实跟白静在一起过，但那已经是过去式了。

秦武疯狂地抓起电话，拨通了白静的号码。

"还有事吗？"

"给我一分钟，我说一件事，请你一定相信我。"

"你说吧。"

"我好像失忆了。"

电话那头陷入了沉默，这样的沉默让秦武几乎要发疯，又过了大约十秒，白静幽幽叹息了一声，说："哦。"

"我想你告诉我一下，钻戒是怎么回事？我们曾经在一起过，是吧？"

"嗯。"

"我们为什么分手的？"

"没什么。"

"C先生是你现在的男朋友？"

"是。"

"画室那件事到底是什么事？"

"你不记得的话，就算了。"

秦武觉得自己快要崩溃了："我没有骗你，我真的失忆了，而且不是普通的失忆，我不知道该怎么形容现在的状态，而且，好像有不少人出现了类似的情况，网上有很多消息……求求你，能不能告诉我，我们究竟为什么分手？"

"没什么，不合适。"

"我没有骗你，我真的什么都不记得了。"

"这样最好。"

"我们什么时候分手的，到底为什么分手？"秦武大声说，"我爱你，不管发生过什么，我想和你在一起。"

嘟……嘟……电话挂断了。

秦武已不记得自己是怎么走出咖啡馆的，他只记得出门还不到十米，年轻的店长从后面拍了拍他的肩膀，将忘在桌上的钻戒盒递到他面前："先生，你东西落在桌上了。"秦武说了声谢谢，将钻戒盒仔细放进怀中，继续往前走，然而他只走了两步便再次被拉住了。

"先生，您还没有买单。"

这一次秦武歉疚地笑了笑，从口袋里掏出一张百元钞票："真不好意思，不用找了。"店长愣了几秒，还是坚持将六十元零钱塞到秦武手上。

秦武用真挚的语气说了声谢谢，跟店长道别，往街角的方向走去，他走得很慢，夕阳给绿色的运河染上了一层金彩，河边的树梢上有两只杜鹃正在鸣叫。他不知自己该往哪儿走，不知道自己该干什么，这样的麻木与空白整整持续了一个多小时，直到他接到了秦文的电话——当那个熟悉又陌生的名字在手机屏幕上出现，当那个熟悉又陌生的声音在耳边响起的一刻，秦武意识到，"失去"恋人的痛苦是那么渺小与不值一提。

"喂?"秦文的语气很平常，然而这个无比简短的音节让秦武几乎灵魂出窍，他不顾周遭人的目光，跪倒在坚硬的水泥街道上，泪水汹涌而出，他哭了足足一分钟，然后颤抖着将手机贴回耳边，喉管里挤出一个字："哥?"

"你怎么了?"

秦武扶着一旁的栏杆，用尽全力站了起来，泪水顺着脸颊，滴落到脚下的地面上，他说："哥，你还活着?"

电话那边沉默了，一分钟后秦文说："你在离你最近的地方找一家咖啡馆，或者酒吧，不要打电话给任何人，我现在过来找你。"

"好，好，我现在在中山路上，马路对面有一家道情酒吧，你多久来?"

"十五分钟。"

"好，好，我现在就去等你!"

秦武挂断电话的一刻泪流满面，他看着身边围成一圈、对他指指点点的路人，没有丝毫的羞赧，这是因为在他记忆中，秦文、自己的亲哥哥，已经去世整整半年了。

第三部分

兄弟

第九章　死而复生

道情酒吧是一家灯光昏暗的迷你清吧，酒吧里人很少，音乐舒缓而悠扬。秦武直直地看着对面的秦文，整整一分钟没有眨眼，一分钟后，秦武的眼眶里再次涌出泪来，泪水顺着尚未干涸的泪痕缓缓流下，滴在桌上，洇出一个形状奇异的斑痕。

"十瓶啤酒。"秦武对一旁的女服务员说。

"不，一瓶酒都不要，来两扎果汁。"秦文说。

服务员有些发蒙，也不知道该听哪一边的意见。秦文坚定地点了点头，然后从口袋里掏出一沓人民币，递到服务员手上："我买单，我说了算。"

女孩如释重负地点了点头，一溜烟地往吧台的方向跑了。

"为什么不让我喝酒？你肯定不知道我经历了什么！我已经好久没喝醉了，今晚，你不要拦我。"秦武说。

"不，就这一个月，你至少喝醉过二十次。"

秦武悚然一惊，他意识到，自己记忆中的一切都并非真实："我最近常常喝多？"

"先不聊这个，今晚，我要和你在绝对清醒的情况下聊聊。"

秦文压低了声音，"在你的记忆里，我去年就已经死了，是连夜加班，猝死在工作岗位上，被追认为烈士、全市劳模，市委书记都参加了我的追悼会，对不对？"

秦武全身一震，用难以置信的目光注视了秦文很久："你怎么知道的？"

秦文深深看了秦武一眼，说："你这样的情况，这两天在咱们市出现了好几十个。我们刚刚开了会，把这种病临时命名为'非典型性失忆综合征'，也叫'记忆偏离症'。"

"网上的传言都是真的？"

"基本事实是真的，略有夸张的成分。"秦文说，"你是不是发现，记忆中最近这几年的经历见闻，跟现实完全不符合。举个例子，我上个星期接诊了一个女人，老公姓钱，夫妻俩有一个两岁的女儿，然而她记忆里的丈夫，是村里的一个光棍泥瓦工。但女人更早一些的记忆则没问题，她记得自己的名字，对小时候的事也记得清清楚楚，唯独最近三四年的记忆却跟现实对应不到一块儿去。你能明白我的意思吗？"

"能，完全明白，因为我的情况，和你说的一模一样。对了，就在我失忆的前几天，我有同事报了一条新闻选题，就是跟这种失忆症有关的，但没有发。"

"我们刚才也开了个紧急会议，禁止讨论、扩散这件事。"秦文眉头紧锁，"你能仔细回忆一下，我到底是怎么死的吗？"

"去年8月22号。"秦武深呼吸了一口，闭上眼，缓缓说出，"我晚上正跟同事在外面吃饭，20:00左右，你同事郑医生打电话给我，说你劳累过度，在查房时忽然昏倒了，正在紧急抢救……记得我冲进急救室时，你的好几个同事正从你身上拔管子。我当时没有哭，只是想，这不可能是真的，你平时身体那么好，怎么可能加几天班人就没了，我一定在做梦。不瞒你说，直到你火化那天，我都没有正眼看你一眼，就连遗体告别的时候都是闭着眼的。我想，你以前有那么多照片录像，真想看你的话，看照片录像多好，那时候你多精神……那几天，电视上一直在播你的事迹，市长、书记都参加了你的追悼会，那个徐天副市长说的话我到现在还记得，他说，我们Y市的全体市民都应该以你为荣……"

"徐天？他说这话了？"听到这个名字，秦文愣了片刻，随后大声笑了出来，秦武愣住了，他想不明白这事到底好笑在什么地方，"你怎么了？"

"没什么，在你的记忆里我死了，但现实我活着，问题在于，我现在不是英雄，也不是模范，反而是这个城市里最大的笑话，是人人皆知的酒鬼、傻×，你说好笑不好笑？"

秦武瞪大了眼："为什么？"

"因为在现实里，发生了一些事。"秦文把"酒后查房"事件，向秦武说了一遍。之后秦文又一次笑了起来，这一次他几乎笑出了眼泪："在记忆世界里，我是一个死去的英雄，而在现实世界，我是一个活着的笑话。如果是你，你选哪一种？"

秦武愣住半秒，随后不假思索地说："你活着，就好！"

"是啊，活着就好。"秦文的脸色再次严肃起来，因为他忽然想到了一种可能，一种看似无比离谱却又无法推翻的可能，他没有把这种可能说出口，而是认真地说："我想知道，在你记忆里，这些年发生的所有重要新闻，不是你自己的人生经历，而是你听说的事，包括这个城市，这个国家，这个世界发生的大事，而且，越详细越好！"

"什么意思？"

"因为就在几个小时前，我接诊了一个八九岁的小姑娘，她最近三四年的记忆，也跟现实完全不符。"秦文拿起果汁抿了一口，盯着秦武的眼睛说，"最重要的是，在这个小女孩的记忆里，我也已经死了，具体过程跟你记忆里的几乎完全一致。"

"你的意思是？"

"我怀疑，所有记忆出问题的人，大脑里的那个记忆世界，都是相通的，或许，你们的记忆与意识，是来自同一个平行世界……"

秦武愣住了，平行世界，在之前某个混沌的瞬间，这种看似荒诞的可能也曾在脑中一闪而过，然而事后，就连他自己都认为这是看多了科幻电影的胡思乱想而已，然而秦文刚刚说的一切足以证明，这种可能并非毫无根据的狂想，是目前为止最合理的一种解释。

"好吧，我记得，那个叫徐天的副市长，就是在追悼会上赞扬你的那个，年前因为贪污被双规了，这事真有发生吗？"

"没有，就在一小时前，徐天还在给我们开会……"秦文表情复杂，他隐约猜到为什么徐天会那么紧张地对这件事下封口令了，"还有呢？"

"去年春天，A省发生了一场地震，7.3级，死了有好几万人，全国默哀了三天，所有单位都组织捐款了。"

"没听说过，我上网查查。"秦文快速浏览了一下网页，"没有，A省最近二十年都没有发生6级以上地震。你还记得什么大事吗？例如飞机失事、恐怖袭击这些？"

"这个……"秦武思索了几秒，"就在一年前，美国总统尼尔森被弹劾了，这事现实里有发生吗？"

"没有！"

……

秦文点点头，将秦武说的信息一字不落地记在手机记事本里——包括徐天被查处、A省地震、美国总统被弹劾等七八件事他问得很详细，遇到一些细节问题会反复确认，在一些秦武有模糊印象却又无法百分之百确定的关键信息后面，他还标上"无法完全确定""存疑""高度存疑"等备注信息。

秦武看着秦文做完这一切，问："你要干什么？"

"我去问问其他被诊断为这种病的病人，看看他们的记忆里，是不是也存在同样的信息。"秦文将记事本保存、关闭，发了一份到自己的邮箱，随后用一种无比严肃的眼神看着面前的秦武，"对了，你记忆出问题的事情，现在还有谁知道？"

"白静。"秦武脸上现出一丝痛楚之色。

"白静？"秦文全身一震，手上的杯子差点拿不稳掉在地上，他用力呼吸了两口，问，"在你记忆里，你还跟白静在一起？"

"是的，我刚刚约她见了一面，她把一枚戒指还给了我……"秦武脸色变得黯淡下来，他沉默了片刻，随后一口气问了秦文很多问题，包括自己和白静是何时在一起的，有没有订婚，那枚戒指是什么时候送出去的，后来又是怎么分手，何时分手的。谁知这一次，秦文没有回答其中任何一个问题，秦文眼神空洞，喃喃自语道："没问题的，应该没问题的。"

"什么意思？"

"白静这姑娘比较内敛，应该不会把你生病的事跟别人说。"

"到底怎么了?!"

"很简单，我们刚刚接到通知，所有被确诊为非典型性失忆综合征的人，都要被强制隔离，我想，你应该不太喜欢坐牢的日子吧。"

"隔离？隔离到哪里？为什么隔离？"

"我们医院的第三病区，过去用来关重症精神患者的。至于隔离的原因，官方口径是防止疫情传染，以及避免社会恐慌。也有人怀疑，这是某个非法团伙的洗脑方式。对了，刚才你说，你记得徐天因为贪污被双规了，说不准他在现实世界里也不干净，只不过没被查出来罢了。如果这样的话，他肯定担心你们这些人到处乱说。"

秦武点了点头，他发现，自己记忆中的世界与现实世界的关联相当微妙，一方面存在巨大的差异，但也有千丝万缕的联系。"平行世界"，没有比这个猜想更合适解释这一切的了。他低下头，喝完杯里的最后一点果汁，然后直直地凝视着秦文，用前所未有的严肃语气说："现在，可以跟我说白静的事了吧。"

"你猜得没错，你们确实分手了，去年年底的事。"

"为什么？"

"因为我。"秦文的眼神忽然变得很奇怪，他将这三个字又重复了一遍，"因为我。"

秦武与白静是在秦文"出事"后第五天分手的，当时无德医生酒后查房的谣言正发酵到顶峰，并因此衍生出"医生秦文当晚在金童玉女夜总会叫了六个小姐，开了两瓶XO，给弟弟秦武的三十一岁生日庆生，两男六女在二百平方米的包房里颠鸾倒凤了三个小时，共计消费八千八百八十八元，最后由一名医药代表买单"的终极版本，声情并茂又惟妙惟肖，几乎比天桥下的说书人的故事更一波三折扣人心弦。这些流言蜚语，终究钻进了白静的耳朵。她第一次听说这个版本的流言时还竭力为自己的恋人辩白，但三人成虎，当流言从第四个人嘴里说出来的时候，她心里开始犯嘀咕了。等第六个闺蜜"好心提醒"她时，白静终于按捺不住了，她把秦武约到咖啡馆，死活要他把当晚的事情解释清楚。

那一晚上白静问了秦武很多问题："你们吃饭点了哪些菜？""最后花了多少钱，谁买了单？""为什么你哥哥为你过生日吃饭没叫我？""当时还有没有其他朋友在场？"秦武起初还耐心地一一作答，但到了后来，他开始用一种冷漠、痛苦的目光看着她，不断回问："你就这么不信任我吗？""我是那种人吗？""就算你不相信我，我哥哥会是那种喝完酒去病房查房的人吗？"

一对恋人的争吵逐渐升级，并擦出了火药味，当白静提出"你现在打个电话给你哥，我问他一些问题"的时候，秦武不再忍气吞声，而是将冒火的目光投向白静，愤怒地说："我哥现在这样，你不好言安慰他，还找他查岗？"

"你哥怎么了？你们不是常吵架吗？他比我重要吗？"

"你能不能不要胡闹了！"

胡闹，这个词让白静更生气了，她脑子一热，一句未经思考的话语脱口而出："我看，你和你哥就是一路货色。"

白静说完这句话就后悔了，她很清楚这个词语的贬义程度，也明白这四个字的杀伤力。说实话，她在内心深处是相信秦武的，然而这两天始终在耳边萦绕的流言蜚语让她失去了以往的温柔与冷静，她正想说几句场面话来中和这句无心之言，却听见秦武冷冷吐出一个字。

"滚。"

白静有些眩晕，她怀疑自己是不是听错了，她抬起头时恰好迎上了秦武冰冷彻骨的眼神，秦武说："你不但侮辱了我，而且侮辱了我的家人。"

"那是你的原因！"

"滚。"秦武又重复了一遍，这个字就像一把沉重的铁锤，狠狠砸在白静柔软的心房上。"好的，这是你说的话。"她腾的一下从椅子上站起来，走到吧台结账，掏钱时泪水不由自主地流了下来。刚走出咖啡店的时候，白静走得很快，她觉得这世上没有比秦武更可憎、肮脏的男人了，等走到街角，她的脚步渐渐放慢了，她在等身后的那个男人追上来给自己道歉，然后她会甩他一巴掌，潇洒地将"滚"这个字原封不动地还回去。然而等走过第一个街角后，白静的双脚仿佛陷入了泥沼，她渴望那个熟悉的声音在身后对她说"等等"，如果秦武真诚地说一声"对不起"，再把那天的事情解释清楚的话，她也不是不能原谅他。

然而她什么都没有等到。

一个略显残酷的事实是，这个晚上发生的一切，如今只剩白静一个人知道了，当秦武在酒吧里最后一次举杯时，白静正孤独地坐在卧室的床头，屋里没有开灯，唯一的光源是手机荧幕发出的蓝色冷光，白静闭上眼，将半年前的那一幕在大脑里重新回放了一遍，自言自语着：

"我不会原谅你的。"

第十章　无法抗拒

道情酒吧。

如今，秦文把秦武曾经对自己倾诉的话语，又给秦武复述了一遍。秦文说："这件事之后，你也有些怨我，不瞒你说，我们最近都很少交流了。"

"我怨你？这有什么好怨的？"

"呵呵，毕竟这事是因我而起，而且，除了白静跟你分手之外，这件事也给你的生活带来了不少麻烦。"秦文苦笑了一下，"你这一失忆，反倒不恨我了，真是世事无常。"

秦武也笑了："在吵架之前，我和白静感情怎么样？"

"很好，快要结婚了，钻戒差不多是去年11月送的。其实你们刚分手那段时间，我也劝过你，去找白静说几句好话，但你那会儿不听我的，还在等她来找你道歉。"

秦武咬了咬牙，照秦文所言，自己与白静之间的感情应该还没到无法挽回的地步，而眼前最大的障碍，无疑是那个"C先生"了，到目前为止，秦武对这个"情敌"的了解都仅限于白静的几条朋友圈，他问秦文："那个C先生是什么人，你知道吗？"

"你不记得白静跟你分手，却记得这个C先生？不应该啊!"秦文有些吃惊，但很快明白了过来，"白静刚跟你说的?"

"不，不是白静说的，是我看白静的朋友圈，发现这个人的。"

"好像叫陈远波，一个搞艺术的大胡子，平时画一些乱七八糟的抽象画。模样也还行，但不如你。"秦文说。

"噢。"秦武忽然想起一件事，他问秦文，"对了，白静下午见我，问了一个奇怪的问题。"

"什么问题?"

"她问我，画室那件事，是不是我做的。"

"画室的那件事?"秦文皱了皱眉，"好像是上个星期，陈远波的画室失了一场火，人没事，就是十几幅画都被烧了。唉，一个画家的作品毁于一炬，也是可惜了。"

"白静问我这个干什么？难道她怀疑我纵火?"秦武并没有感同身受，反倒很愤怒，咬牙切齿地说，"难道在她眼里，我是那样的人吗？派出所没查吗?"

"这个我就不清楚了，说实话，一个未成名画家的几幅作品并不值钱，就算报警，也说不准会查到什么时候。你不用想这个，清者自清。"

"嗯。"想到这儿，秦武的醋意又生，白静现在在哪儿？是不是和那个"C"在一起？他们又在做什么？秦武觉得有一把刀子正在心脏的位置反复搅动，他用力砸了一下桌面，认真地说："我不会放弃的，我会尽快把白静追回来。"

秦文有些愕然，他没有想到秦武在这种情况下，居然树立了明确的"人生目标"。说实话，当初他挺看好秦武与白静这一对，白静是个安静沉稳的聪明女孩，恰好弥补了秦武热血冲动、遇事一根筋的缺点。至少，比那个叛逆的非主流少女"思思"要好很多，当想到"思思"这个名字时秦文不由得叹了口气，他说：

"那思思怎么办？"

"思思？"秦武瞬间想起了上午躺在身边的陌生女孩，"肩膀上有玫瑰刺青的那个？"

"是啊，你不记得思思了？"

"我，我今早刚见过她。"秦武答非所问，他忽然有些想笑，虽然只"见过一面"，但思思无疑是个迷人的女孩，她比白静更青春洋溢。不知是不是巧合，就在心中的旖旎念头升起的一刻，秦武的手机响了，一行信息出现在屏幕上：

几点回来？——思思。

秦武的心跳一下子加快了，他感觉有些口渴，下意识地端起杯子，却发现里面已经空了，秦武抬起头，茫然地看着秦文。

"思思很年轻也很漂亮，她是……"秦文犹豫了大约两秒，说，"她之前在香闻夜总会上班，你别误会，是前台收银，不是小姐公主。思思应该挺喜欢你，但你跟我说你并不爱她，你还是放不下白静。她找了那个画家男朋友之后，你为了报复，就跟思思在一起了。"秦文摇了摇头，说："我觉得，你这么做挺幼稚，但又劝不动你，其实不只是我，连爸也劝不动你。这段时间你们为了思思的事，可没少吵架！"

秦武全身一震，脸上肌肉发出一阵剧烈的颤抖，牙齿撞击出可怕的咯咯声，如此激烈的反应把对面的秦文吓到了："你怎么了？"

"你说，爸也劝我了？"

秦文怔住了，他沉默了几秒，然后难以置信地问："在你的记忆里，爸爸也不在了？"

"不，不。"秦武喘息了两口，他觉得整个人此刻都沉浸在幸福中，"在我的记忆里，爸爸前几年得了老年痴呆，现在连你我都不认识了。"

"哦。"秦文思索了几秒，"说实话，爸爸现在的情况，比你记忆里稍微好一点……但也好不了多少。"

"什么意思？"

"爸爸确实出现了老年痴呆的症状，但没有那么久，也没那么严重。"秦文脸上浮现出一丝愧色，"从三五年前开始，爸爸的大脑就不那么灵光了，但是发展到阿尔茨海默病的程度，还是半年前，也就是我'酒后查房'那时候的事。"

"啊？这两者有关系？"

"有关系。"秦文的脸色更黯淡了，他本不想提这段往事的，但秦武的追问让他不得不说，"那段时间家里发生了很多事，我被医院处分，你跟白静分了手，更过分的是，一些傻×看了网上的消息后，居然人肉到了咱们家的地址，然后半夜三更在大门口泼漆、放花圈，爸爸在那段时间受了刺激，精神一下子就不行了。现在爸爸的情况时好时坏，好的时候能正常交流，坏的时候就不太清醒，说话都前言不搭后语，但人还是认识的。"

秦武咬了咬牙，拳头在桌面上捶了一下，骂了一句脏话。

"这帮浑蛋，我当时就没干他们？"

"我跟爸爸都清楚你的脾气，那段时间每天都守着你，生怕你一时冲动，把人打伤了。"秦文说，"反正事情都过去了，你也不要激动，爸爸前些年出过车祸，脑袋受过伤，到这个年纪，脑袋犯点糊涂，也是正常的。"

"没事……没事，怎么说，爸爸的状态比我记忆里都好多了。"秦武说。

"要不你现在跟我回家，跟爸爸聊聊？"秦文心念一动，在现实里，秦武和父亲因为置气，已经好几天没说话了，没想到秦武居然"失忆"了，这不正是缓和父子关系的"契机"吗？

"什么意思，难道我最近都没回家？"秦武的反应有些出乎意料，他忽然明白，思思发的那条"几点回来"是什么意思了。"我现在跟思思住在一起？"秦武刚意识到这一点，面前的手机再次响了，这一次是来电——思思宝贝。

秦武尴尬地笑了笑，下意识地瞥了一眼秦文，秦文脸色一变，凑到秦武的耳边，严肃地说："不要说你失忆的事情，别的随便。"

秦武按下了接听键。

"怎么还不回来？"电话那头，思思的声音像糯米一样柔软滑腻。

"我，我跟我哥在酒吧……"

"去酒吧不叫我？旁边坐着几个妹子呢？"思思的语气里带着明显的撒娇味道，但并没有生气，"老娘不管你旁边有几个妹子，你告诉我一句，准备玩到几点回来？"

"我……"秦武觉得喉咙似乎被什么堵住了，他下意识地想起了早晨醒来时，躺在自己身边的那具胴体，那具火热的、柔软的、散发出无尽青春活力的胴体，他有心推辞，但话到嘴边却怎么都说不出口，只能将征询的目光投向对面的秦文，却发现秦文一脸玩味地看着自己，秦武结结巴巴地说："我……我想回家跟我爸聊点事。"

"你的意思是，今晚不回来了？"电话那头，思思的语气一下子变了，秦武心头一颤，一种难以用语言形容的复杂感觉浮了上来。似乎有些释然，好像卸下了一副沉重的担子，又似乎有些怅然，好像错过了什么无比美好的东西。就在这时，电话那头忽然响起一声震耳欲聋般的尖叫："你不是说，你跟你爸都一个礼拜没说话了吗？你是不是骗我，跟什么女人鬼混去了！老娘告诉你，半个小时之内给我到家，不然后果自负!"

秦武愣住了，嘴巴张得几乎能塞下一个网球，反倒是秦文一脸见怪不怪的表情，秦文笑着说："没什么，思思一直都这样，不但黏人，而且挺泼辣，你被她吃得死死的。"

"那我不过去会怎么样?"

"以我对这丫头的了解，你今晚要是不去，她估计2:00会来我们家敲我门。"

"那我真要过去?"秦武脸上有些发烫，呼吸变得急促起来，他不得不承认，思思是个很有吸引力的女孩……秦武支支吾吾地说："那个，你知道她住哪儿吗?"

"梅香小区，你跟思思确定关系后，在外面租的房子。"

"我们同居多久了?"

"没多久，一个星期吧。"秦文说，"对了，白静和思思，你想好选哪一个了?"

"当然是白静，今晚我……我会控制好自己的。"秦武的第一句话说得很果断，但第二句话则不那么流利。毫无疑问，白静依旧在他心里占据着最重要的位置，秦武决定，在未来的几天会尽一切努力追回白静。然而白静寒冰般的冷漠，以及思思火焰般的热情给了他一个放纵自己的理由，他想了想，又补充了一句："我会尽快跟思思分手的。"

秦武扯出一丝不太真诚的笑容，从椅子上站了起来，走到吧台去结账了，在等待找零的时候，他又扭过头，认认真真地看了身后的秦文一眼，这一眼看得时间很长，至少持续了半分钟，"怎么了?"秦文问，秦武摇了摇头，眼睛里闪烁着隐约的光芒，他哽咽着说："我害怕，今晚的一切都是做梦，我一回头，就又看不到你了。"

秦文有些恻然："随时打电话给我，几点都没关系。"

"那我走了，你现在回家吗？"

"嗯，不然去哪儿？"

"你跟爸说一声，明天，我回家吃晚饭。"秦武顿了顿，说，"我的事情，你先不要跟爸说，我怕他担心。"

"我知道了。"

秦文到家时已是23:00了，他推开门的时候意外地发现别墅二楼的灯居然还亮着，楼上时不时传来几声沙哑的咳嗽。秦文有些讶异，平日里，父亲这个点应该早已睡熟了。秦文轻手轻脚地走上楼，却看见秦山正低头坐在书架前的椅子上，拿着一本看不清封面的书读着。

秦山读书的样子很专注，宛若一尊沉默的雕像，五官与皱纹全部隐没在阴影之中，不知是光线还是心理因素，父亲似乎比印象中更瘦削、苍老了一些，两鬓已经找不到一根黑发了。秦文鼻子有些发酸，他走到父亲身边，轻声说："爸。"

秦山抬起头，刀刻般的皱纹在灯光下闪闪发光："今天又加班了？"

"没加班，我跟小武聊了会儿……"

"嗯？小武呢？怎么没回来？"

"他……"秦文犹豫了片刻，他知道父亲并不太待见思思，事实上这也是最近这段日子，秦武与父亲、兄长的矛盾起源，但秦文还是说了实话，"他去思思那儿了。"

唉，秦山摇了摇头，叹息声悠长绵延："我真的不明白，那个思思哪里好。"

"漂亮吧。"

"打扮得花里胡哨的，哪里漂亮了？"

秦文不再说话了，他发现父亲今晚状态不错，于是决定，将最近遇到的"非典型性失忆综合征"说给父亲听——在被岁月侵蚀了智慧之前，秦山是国际知名的脑科专家，研究的方向和周诚相近：海马体在记忆表述中的作用机理。秦文当初选择学医，很大程度上是子承父业。直到今天，秦文还清楚记得，十多年前，父亲是如何给自己解释记忆的。

那时的秦山是个睿智、沉稳的中年人，而秦文还是个对一切充满好奇的懵懂少年。那是某天下午，秦山微笑着从抽屉里找出一根一米长的绳子，在绳子中间打了七八个结，每个结的打法、形状都各不相同，秦山对秦文说："结绳记事，这个你知道吧。"

"是啊！"

"那你给我说下，结绳记事是什么意思。"

"这还不简单，不同的绳结以特定的顺序组合在一起，用来表达不同的信息，就跟计算机里的0和1一样。"

"没错，海马体，就是这根绳子，而蛋白堆叠的形式，就是绳子上的绳结，至于记忆，则是这些绳结表达出的信息了。"秦山笑眯眯地看着秦文，"现在，你能理解，海马体、蛋白堆叠与记忆之间的联系了吧。"

秦文几乎瞬间通透了，他毫不犹豫地报考了医学专业，在大学里，秦文也曾遇到好几个国内顶尖的大牛、专家，这些人的学术水准、业内声望并不在父亲之下，却没有一个人像父亲这样，将"记忆"的本质描述得如此透彻形象的。

秦文说："爸，有个问题想问你。"

"嗯？"秦山的目光从书本上移开了，浑浊的瞳孔里闪烁出光芒。

"是这样的，最近我们医院接诊了十几个病人，这些人的记忆出现了复杂的问题……"

秦文花了七八分钟，用最简单的语言，把这个奇怪的病症描述了一遍，秦山听得很认真，偶尔微微颔首，当听到秦文说"病人的短期记忆出现了问题，但长期记忆却又很正常"的时候，秦山忽然插话道："短期是多短，长期是多长？"

秦文心头一喜，父亲明显听懂了自己的意思，他说："这个，差不多两三年吧。"

"噢。"秦山点了点头，继续倾听儿子的陈述，秦文说完后，秦山闭上眼，沉思了大约半分钟，缓缓说，"没有听过，我没听过这种病，你问小周了吗？"

秦文愣了几秒，才明白父亲口中的"小周"是自己的领导——副院长周诚。"他也没什么头绪，所以才来请教您。"

"不知道，我没听过，我没遇到过。"秦山又重复了一遍，他的表情有些茫然，瞳孔中的光芒也渐渐消失了，锐利的目光仿佛散去了焦点，"你说那个女的，不记得她老公了？"

"嗯。"

"那你为什么又说她记得自己有老公。"

"是这样的，她记得的老公，跟现实中的老公不是同一个人。"秦文努力解释道，然而他很快发现，这完全是徒劳的，父亲的思维越来越迟钝，完全跟不上这些错综复杂的逻辑关系。尽管秦山听得很虔诚，思考得很仔细，但嘴巴里却只反复念叨几句重复的话语："谁是谁老公？""短期是多短，长期是多长？""我没见过，也没听说过。"秦文叹息了一声，扶着秦山的肩膀，指尖传来的感觉让他猛然发觉，不知何时，父亲已瘦到了肩胛骨都硌手的地步。秦文心头一酸，将秦山扶进房间："您早些休息吧。"

"你刚才说的这个病，叫什么名字？"秦山神色迷离，大脑明显陷入了混沌。

"别管了，睡吧!"

"短期是多短，长期是多长?"父亲躺在床上，似乎在问秦文，又似乎在自语。秦文没有再搭话，关灯往楼下走去，当走到一半的时候，秦文的脚步忽然停住了。"短期是多短，长期是多长?"这句含混不清的话语忽然再次在脑海里响起，随后，化作一道明亮的闪电，劈开一片混沌的黑暗。秦文猛然意识到，父亲在半清醒状态下的这句无心之言，或许是解开谜题最关键的钥匙。

第十一章　思夜

　　当转动的车轮碾过梅香小区门口减速带时，秦武看了一眼仪表盘上的时间，22:55，距离思思的电话已过去了二十二分钟，凭借上午的记忆，秦武很快找到了那栋熟悉的楼房。他将车泊在楼下，却没有立刻下车，而是仰面躺在驾驶座上，透过车窗，往高处望去。五楼的窗户里亮着灯，灯光透过粉色的窗帘散射出来，显得暧昧而绮丽，秦武的心跳有些加快了。"真要上去吗？""我是该顺水推舟，还是坐怀不乱？""算了，先上去再说。"秦武掸去头脑中纷乱的杂念，打开车门，走向黑暗的楼道。

　　咚咚咚，秦武开始敲门。

　　"谁？"门内传来一个熟悉的年轻女声。

　　"我，秦武。"

　　"我在洗澡，你的钥匙呢？"

　　秦武在原地呆立了几秒钟，随后从裤兜摸出一串钥匙，开始一把把地试着开门，当试到第三把钥匙时，厚重的防盗门吱嘎一声打开了，秦武又一次走进这间熟悉又陌生的房子——这间十多个小时前，他"仓皇而逃"的房子。

这是一套装修精致的两室一厅，面积大约八十平方米，客厅的布置很简约，沙发上散乱地叠着几件女人的睡衣与内衣。思思洗澡的卫生间就在大门右侧不足一米的位置，一道讨厌的磨砂玻璃门阻断了秦武的视线，却无法阻挡清晰的水声和联翩的浮想，哗啦哗啦，秦武仿佛看见，一粒粒透明水珠从女孩如美玉般光洁、如绸缎般滑腻的肌肤上缓缓流下来。

思思无疑是个很有吸引力的女孩，那是一种单纯且放肆的美丽，会让你瞬间想起高中全校最漂亮的不良少女，又或者电视荧幕上由超人气偶像扮演的正点辣妹，秦武的手机里有好几张跟思思的合影，这些照片让他对这一点更加确定与深信不疑。

嘀嗒、嘀嗒，墙上的挂钟发出规律的轻响，秦武心中的某根琴弦也被这响声拨动了，他感觉时间过得很慢，仿佛陷入了一片泥沼，与此同时，胸腔里的心脏越跳越快，六十、八十、一百，当秦武的心率突破每分钟一百二十下时，水声停了，伴着金属摩擦的钝响，卫生间的大门缓缓打开。一个足以让任何男人疯狂的少女从一片水汽里走了出来。

思思身上裹了一条黄色的浴巾，浴巾很大，上面印着可爱的卡通图案，将女孩曼妙的身躯裹住了大半，只露出两条纤细、嫩白的小腿，仿佛两段刚刚被洗净的嫩藕。由于水蒸气的晕染，思思脸颊上带着胭脂般的红晕，显得分外娇媚迷人，秦武的双眼一下子直了，想好的几种开场白一下子全卡在喉咙里，倒是思思一脸嗔怒地问："小武，给我老实交代，晚上去哪儿了！"

"道情酒吧，和我哥在一起。"因为是实话实说，秦武的这段辩白挺流利。

"你哥不是很少去酒吧的吗？"思思语气有些不善，"和你哥在一起，为什么要夜不归宿？"

"我……我有事想找我爸！"

"放屁，你跟我说过，你一年都跟你爸说不上几次话！"

秦武被思思看得头皮发麻，心头不由得懊悔，为什么在回家的路上，没有提前想一些借口和对策。正当他手足无措时，思思又做出了一个让他目瞪口呆的动作，她冲到秦武跟前，一把将秦武手上的手机抢了过去。

"你干什么？"

"怎么了？胆儿肥了？手机不给老娘看了？"思思的语气很自然，显然对查岗这件事早就驾轻就熟。

秦武愣住了，没错，除了外表外，他对思思"一无所知"。他只记得，白静是从来不会主动翻看他的手机的，就算秦武偶尔因为工作原因晚归或失联，她也会心平气和地听他解释。然而思思不一样，她和白静仿佛是相反的两个极端，她翻开秦武手机的时候浴巾向下滑落了几寸，露出洁白滑腻的肩膀与清晰的锁骨，秦武的呼吸又一次变得急促了，在心脏跳出胸腔之前，思思却先跳了起来，就像一只被踩了尾巴的野猫。

"你打电话给白静了？"思思的声音很大，几乎整栋楼都能听见。

秦武被思思的声音吓到了，他没有想到，一具如此纤弱的躯体里居然能爆发出这么可怕的音量，他更没有想到，下午给白静打的那两个电话，居然会引发如此石破天惊的结果。"我……我……"秦武有些慌乱，想要解释几句，却说不出一句完整的话语，很快，一个念头蹦入脑海："我为什么要解释？我不是决定离开思思，和白静在一起了吗？"

秦武没有回答这个问题。

"你居然给她打了两个电话！你不是说跟她早就分手了吗！你们这辈子都不会再联系了吗！你们是不是见面了？晚上打电话的时候，你们是不是在滚床单？"思思的声音越来越尖锐，她不再是一只受伤的野猫，而是一头愤怒的狮子，美丽的眼睛瞪得溜圆。她一屁股在对面的沙发上坐了下来,点了根香烟,问:"你给我老实交代,晚上到底去哪儿了?"

秦武忽然有些烦躁。没错,面前的少女确实很美丽、迷人且性感,但她的浅薄、她的泼辣、她的喜怒无常极大削减了她的魅力,更何况,她还有一个秦武无法容忍的恶习——抽烟。这一刻,秦武再度回忆起白静,白静的大度与冷静源自她内心深处的自信与理性。秦武忽然发觉,眼前这具半裸、滚烫的少女胴体并没有外表看去那么美妙与诱人,他不再理会思思的聒噪,而是淡漠地说:"是的,我打电话给白静了。"

"你们有没有见面?"

"见了!"

"然后去哪儿了?"

"咖啡馆,聊了十分钟。"

"聊的什么?"

"我不想说。"秦武说的每一个字都是实话,正因如此,他的语气显得分外平静,就像秋天里无风的湖面,秦武双手交握,冷冷地看着思思,这张精致的面容在烟雾之后显得有些模糊扭曲。秦武忽然感觉很寂寞,深入骨髓的那种,他确信自己在这一刻彻底战胜了体内的原始欲望,秦武说:"该说的我都说了,如果没事的话,那我走了。"

秦武说完这话后便站了起来,整了整衣领,头也不回地往门口走去。"等等。"他听见思思在身后大喊,秦武没有回头,也没有放慢脚步。"我说等等!"秦武猛然意识到,思思声音里的愤怒减弱了,反倒带着些许的颤抖,这丝颤抖仿佛一根无形的绳子,将秦武正要跨出的右脚绊在了原地。"还有事吗?"秦武问。"你不要走。"思思声音里的颤抖更明显了,似乎还掺入了隐约的抽泣,这抽泣声就像一把锋锐的刀子,狠狠扎穿了秦武的心房。秦武转过身，发现女孩眸子里的湖水早已决堤而出，思思直直地看着秦武，一字一顿地说："小武，我不会放弃你的。"

秦武呆住了，先前对思思的恶感瞬间消散得无影无踪，秦武身体里的每一个细胞，连带着灵魂都狠狠抽搐了一下，他清楚地记得，就在几小时前，白静曾用截然相反的语气，对自己说出过截然相反的话语："我不会原谅你的。"

秦武走向思思，低头吻她脸上的泪珠，思思依旧在哭泣，身上的浴巾不知何时已滑落到地上，她肌肤的触感比眼睛所见、甚至心中所想还要美妙十倍。

秦武没有说话，他觉得这情况下动作比语言管用十倍。这一刻他完全忘记了白静，忘记了"记忆错位"与"平行世界"，他甚至忘记了秦文的"死而复生"。他的眼里只剩下思思美丽的身体，耳中只听见思思疯狂的喘息，鼻畔只嗅到思思淡淡的体香，他觉得此前的三十年人生都是虚度，都是为这一刻准备的，有生以来的所有愉悦与渴望都凝聚在了这一刻。

半小时后。

"小武。"

"嗯？"

"有件事问下你。"

"什么事？"

"我看网上说，现在身边有一些人得了一种奇怪的失忆症，是真的吗？"这个问题好像一盆迎头泼下的冷水，将秦武从意乱神迷的状态里浇醒了，秦武身体一震，差点儿从床上坐了起来，思思察觉到秦武的异样，略显惊讶地问："怎么这么激动？"

"没、没什么……"秦武的大脑有些混沌，"你怎么忽然关心这个？"

"我上午听说，我一个朋友的朋友，好像也得了这种失忆症。"

"你朋友的朋友？"秦武心中泛起巨大的波澜，如果撇去以讹传讹、危言耸听的因素，这种记忆偏离的蔓延程度似乎要超过他此前的想象，秦武问，"什么情况？"

"我也是听朋友说的，现在不少微信群里都在聊这个事情，有说是传染病的，有说是邪教洗脑的。网上说，得这种病的人，会忘记最近几年发生的一切，然后记得一些奇奇怪怪的事情……"思思有些怅然，美丽的眸子里流露出异样的光彩，她说，"如果我们得了这种病，会不会就不认得对方了？"

秦武沉默了，下意识地将怀里的女孩抱得紧了一些。此前他从未想到，这个跳脱、不羁的少女居然还有如此深情的一面，谁知思思接下来的反应再一次让他大跌眼镜。就跟变戏法一样，思思的忧悒、温婉在半秒钟内一扫而空，她仰起头，笑嘻嘻地看着秦武，俏皮地说："小武，其实我有办法。"

"什么？"

"我们明天去文身吧！"

"文身？"

"是啊，我让师傅在我胳膊上文一行字'思思只爱秦武'。"思思从被窝里伸出右手，白玉般的胳膊在灯光下闪闪发光，"不对，前面还要再加一行'就算失去记忆，思思只爱秦武'，你就文'就算宇宙毁灭，秦武也只爱思思'……不对，不能加'也'字，就'秦武只爱思思'。这样的话，就算我们失忆了，一看到身上的文身，也不会分开。"

秦武觉得整颗心都要融化了，他凝望着思思的眼睛，认真地说："好，我们明天去文身。"

明天也将是今日，今日也曾经是明天。

第十二章　陌路

秦武是被一股钻心的疼痛给弄醒的，他睁开眼，发觉思思正站在床头，用一种陌生、毛骨悚然的目光打量自己。秦武还没清醒，一只洁白的手掌已带着风声落在脸颊上，啪，秦武的右脸上瞬间多出五道鲜红的指印，本就迷糊的大脑几乎被拍晕了，等清醒过来后，他听见思思正坐在沙发上抽泣着打电话。

"爸，我好像被坏人欺负了，呜呜……"

秦武脊背发凉，他几乎在一瞬间便明白了是怎么回事，思思的记忆，显然也发生了那种诡异的偏移。他试图去抢思思的手机，但思思就像一头发疯的野兽，完全失去了控制，她披头散发地冲进厨房，抓起桌上的水果刀，对准秦武，瞳孔中燃烧的火焰让秦武丝毫不怀疑，自己只要再上前一步，她会毫不犹豫地将泛着寒光的刀尖扎进自己的胸腔。秦武真的害怕了，他向后退了一步，艰难地说："你看看，这沙发上，有好几件你的衣服……"

"滚！"

"我们住在一起，已经……"秦文看了一眼日历，5月18日，秦文曾告诉他，自己跟思思大约是十天前认识的，之后如闪电般一见钟情，很快同居了。秦武下意识地把时间说久了一点，"我们在一起已经快一个月了。"

"不要逼我！不要说话！"思思显然已彻底失去了理智，她背靠房门，双手疯狂地挥舞，锐利的刀尖在空气里划出一道道寒光，秦武不得不闭上嘴，眼睁睁地看着思思对着手机说，"我不知道我在哪儿……爸爸，你现在就过来……我在微信上把位置发给你……就一个人，个子不高，看样子挺凶的……嗯，你别挂电话……"

秦武在绝望与惊惧中等待了十分钟，在最开始的五分钟里，秦武试了很多办法来安抚思思："你听我解释。""我是你男朋友……"然而思思完全听不进任何言语，后面的五分钟，秦武开始想尽办法逃离这个房间，"你能不能先让我出去。""什么事等冷静下来再说不好吗？"然而这些尝试无一例外地失败了。当汽车喇叭声在楼下响起的一刻，秦武的大脑已陷入完全空白的状态。吱嘎，思思打开门，一个比秦武高半个脑袋、西装革履的中年男子如雄狮般冲了进来。

"爸，就是他，他欺负我。"当思思哽咽着将手指指向自己的一瞬，秦武感觉堕入了一个巨大的、无法挣脱的冰窖。

"叔，你等一下……"

啪，回应他的是一记沉重的耳光，接着，是一只巨大、坚硬的拳头，思思的父亲像发疯了一样，将双拳劈头盖脸地砸在秦武的脸上、身上，秦武被他可怕的气势彻底震慑了，只能可怜兮兮地抱着脑袋，喉咙里发出痛楚的呻吟。

男人足足打了三分钟才停手，这个时候，秦武感觉全身的每一根骨头都离开了原本的位置，强烈的痛楚从每一处神经末梢传来，讽刺的是，这疼痛却让秦武清醒了几分，他说："叔，你听我说句话，一句就行！"

"你还能说什么？"

"我是思思的男朋友，我手机里有我们俩的合照。"

"我知道你是我女儿的男朋友，男朋友就能欺负我女儿？"男人的愤怒没有丝毫减弱，但此言一出，一直靠在门边的思思眼睛一下子瞪大了，"爸，我不认识他。"

"思思，你看看你手机的相册，里面有好几张我们的合照。你再看看你这两天发的朋友圈，好几条都是关于我的。"秦武露出无比苦涩的笑容，如果他早几分钟想到这一点，或许结果就完全不一样了。

思思抬起头，迷茫地看了父亲一眼，掏出手机。几秒钟后，思思脸上的表情一下子变得无比精彩，她抬起头，偷偷瞄了鼻青脸肿的秦武一眼，接着又偷偷瞟了尚未从暴怒中平息的父亲一眼，最后将目光落在沙发上的几条短裙，以及茶几上的手链，吐了吐舌头，将手上的水果刀悄悄丢进了门口的鞋柜。

"爸。"思思的声音很轻。

"嗯？"

"他，他真是我男朋友？"

"嗯？"男人明显有些讶异，"你们刚认识不久，我之前也没见过，但是你给我发过他的照片，你怎么了？"

"爸，我不认识他啊，我男朋友是……"思思说出一个无比陌生的名字。尽管早有预备，但秦武依旧感到了一丝寒意，他猜得没错，思思已不再是昨晚的思思了，不再是那个要把"思思只爱秦武"文在手臂上的思思了。在她的记忆中，秦武这个名字，以及这个名字对应的那个人、那段感情已不复存在。不知为什么，秦武又一次想起了白静，他想，如果是白静遇到同样的情况，以她的冷静、她的睿智，一定很快就能发现问题出在自己的记忆才对。"思思，我叫秦武，是你的男朋友。你的记忆出现了一些问题。"秦武顿了顿，转头对思思的父亲说，"您看到网上的消息了吗？有不少人的记忆出现了问题。"

"我听说了。"思思的父亲皱了皱眉，他已隐约猜到，这个早上到底发生了什么，不怒自威的脸上现出一缕歉意。他对秦武说："你没欺负思思？"

秦武咳嗽了两声，身上钻心的疼痛让他龇牙咧嘴："没有。"

"看来，确实是我女儿不记得你了。"思思的父亲脸色有些复杂，"要不我带她去医院看一下，你也一起去一下吧？"

"不用了。对了，我听说像思思这样记忆出现问题的人，都被紧急隔离了，具体原因我也不太清楚。"秦武的语气有些冷淡，这也很正常，无论是哪个男人，在平白无故地挨了一顿狠揍之后，语气都不会太友善的。

"对不起。等你做了父亲的时候，应该就能理解我的心情了……"男人脸色微微发红，他朝秦武歉意地笑了一下，随后转头呵斥思思，"跟人家说对不起。"

"对……对不起。"思思跟秦武对视了不到半秒就低下了头，然而正是这不足半秒的对视，让秦武的心又冷了几分，这一刻，心中的寒意甚至盖过了身上的痛楚。思思的眸子里有愧疚、有茫然、有惊诧、有许多难以读懂的情感，但唯独没有爱慕与依恋。这一刻秦武丝毫不怀疑，就算在她的手臂上已文上了"思思只爱秦武"这行字，她依旧不会爱上自己。因为，在她的记忆深处，在她的心脏与脑海里，这行字早已被彻底抹去了。

"没事，你们先走吧。如果……如果……"秦武仿佛被抽空了全身的力气，他呼出一口带着鲜血味道的空气，做出最后的、毫无意义的挣扎，"思思，你手机里有我的电话，微信上也有我，如果你愿意，随时联系我。"

思思看了一眼秦武，没有点头，也没有摇头。

"我带思思回去了，你去医院查一下，有什么问题的话，随时打我电话……"思思的父亲显然也想尽快摆脱这尴尬的局面，他从口袋里掏出一张名片，放在秦武的面前，然后拉着思思快步走了出去。

秦武仰面朝天，躺倒在冰凉而柔软的沙发上，在距离脸颊不到十厘米的位置，恰好叠着一件印有卡通图案的粉色睡衣，睡衣上留有熟悉的少女清香。秦武在沙发上躺了大约半个小时，身体上的疼痛并没有减轻，内心的刺痛反倒更加清晰，秦武颤抖着伸出手，拨通了秦文的号码，电话那头十分安静，秦武说：

"你中午几点下班，我有事找你。"

"12:00，我上午都不忙，你现在过来也行。"

"好的。"

秦武竭力从沙发上爬起来，走进洗手间擦了把脸，镜子里的男人十分狼狈，脸上有好几处大小不一的瘀青，右边下巴肿出高高一块，在鼻翼两侧，刻着两道清晰的指甲印，好像两片弯弯的月牙——这自然是思思的杰作。秦武冲着镜子，龇牙咧嘴地笑了一下，拖着几乎散架的身体走了出去。

三号诊室像往常一样门可罗雀，他推开门，对正在闭目养神的秦文说："你怎么不忙？我记得，以前你门口排的队最长啊。"

"以前是以前，现在，我的外号叫酒鬼医生、色鬼医生，不少当地人挂号之后，看到我的名字，都会特地退掉换个大夫。不过，你肯定不记得这些，你记得的那些，应该是我生前的事情。"秦文似乎心情不错，一本正经地开起了玩笑，但当他抬起头，看见秦武脸上的累累伤痕时，笑容瞬间消失了，"你怎么了？"

"思思的记忆出问题了。"秦武看了一眼旁边的护士张茜，把后半句"情况跟我一样"咽了回去。

秦文豁达地笑了笑，身为医生，他一眼看出秦武受的不过是一些皮外伤。他的脑海中，正在上演着秦武被暴怒的思思满屋子追打的生动场景，秦文对秦武说："比我想象的好点。"

"什么意思。"

"昨晚我就说过，思思那丫头是个小辣椒。"秦文说，"这样也好，你可以专心追白静了。"秦文并没有注意到，自己说这句话的时候，张茜脸上流露出的鄙夷与唾弃。"脚踏两只船的渣男。"她在心里念叨了一句。

秦武咽下一口带血的唾沫，哑着嗓子说："思思昨晚还好好的，今天一大早就不认得我了。"

"嗯……"

"我能感觉到，思思是真爱我的。"

"是啊，她对你是认真的。"

"思思也听说这种记忆偏离症了，她昨晚还说，今天跟我一起去文身。"

"文身？"

"她说，要在胳膊上分别文一行字，思思只爱秦武，还有秦武只爱思思。这样，就算日后失忆了，只要看到这个文身，我们就会想起彼此了。"

秦文心头一震，不由得有些动容，他之前并没有见过思思，对她的印象完全来自秦武以及身边朋友的描述。坦白地说，秦文对这个叛逆、野性的少女没有任何好感，甚至主观认定她对秦武的爱慕也多半是冲动与幼稚。然而当他听说，思思竟然想到用"文身"来"记住"秦武时，秦文对这个女孩的印象一下子就颠覆了，没想到她会对这份感情如此认真，甘心投入。

张茜对两个人印象都不好，说："秦老师，您弟弟来找你，那我先去吃饭啦。"

张茜出门时脚步故意踩得很重，踢踏踢踏，似乎在发泄心中的不满，秦武看着她离开的背影，说："这个小护士挺有个性的。"

"不是有个性，我刚才说了，我是酒鬼医生兼色鬼医生，她分到我手底下，也算倒了八辈子霉了。不过提醒你一下，你现在的名声也比我好不到哪里去，因为在传言里，那天晚上你是陪我一起喝花酒的。"

秦武嘴角扯了一下，脸颊的疼痛让微笑变成龇牙咧嘴的怪笑，说："怪不得我在单位的时候，领导跟同事对我的态度和我记忆里的不太一样。"

"怎么了？"

"没怎么，就是领导有点针对我，小姑娘全都躲着我。"秦武说，"对了，思思说她有个朋友的朋友，也得了这种失忆症。"

"噢。"秦文并不惊讶，他从椅子上站了起来，快步走到门口，关上了诊室大门，将数十道惊奇的目光隔在门外，秦文压低喉咙说："你还记得，我昨晚提出的猜测吗？"

"记得啊，你怀疑我们所有记忆出问题的人，记忆里的世界是互通的。"

"没错，不过现在不是怀疑了，我几乎百分之百地确定，这一点是真的。"秦文顿了大约两秒，用前所未有的严肃语气对秦武说，"今天一大早，我去了病房一趟。现在，我百分之百确定，所有的患病者的记忆里，都存在着同一个世界。我把这个世界叫作M世界，M，就是记忆，Memory，也就是记忆世界。"

第四部分

记忆世界

第十三章　重生

5月18日。

秦文也没能说清，自己为什么会如此热衷于去验证"M世界"假设，或许源自他大学时读过的那本《果壳里的宇宙》，又或许因为他遇到任何新奇事物都希望找到"本质原因"的求知渴望。

秦文验证这个假设的过程确实是科学严谨的：前一天晚上，秦武在日记本上，记下了超过八百字的、秦武"记忆世界"的异常信息，这里面包括徐天被双规、A省地震，以及美国总统被弹劾等十多条"重大新闻"。秦文最初不过是希望将一个已被证明了百分之八十的猜测——"所有病人脑中的虚假记忆都是相通的"，进一步验证。然而父亲的一句话点醒了秦文，让他在迷雾中发现了一条全新的道路。

"长期是多长，短期是多短。"

这句无心之语让秦文注意到一个不太起眼、却极其玄妙的事实：就目前收集到的信息，他所接诊乃至听说的所有患者（包括秦武），他们的记忆世界，与现实世界产生偏离的时间"拐点"，似乎都集中在同一个区间内——三四年前。

赵春梅今年二十六岁，她脑中所有童年、上学、在电子厂上班的记忆，都与真实一致，然而最近这三年的记忆，包括结婚、生子、同事坠楼、遭遇车祸，则纯属虚幻，而且，随着时间的推移，记忆世界与真实世界似乎渐行渐远。

花花今年三年级，她的虚假记忆，全部集中在上小学之后的经历。

一个看守所送来的二十五岁电脑黑客，对走上社会后经历的一切全然不知，但毕业前的记忆却准确无误。

一个老教授以为前年过世的老伴儿还活着。

当然还有秦武。

如果将两个世界比作两条河流：患者脑中的"记忆世界"是河流A，现实世界是河流B，那么，河流A和河流B，如果往上游追溯，显然是同一条河流（母世界）的两条分支——这样的比喻也基本符合多维时间轴，以及平行世界理论。如今他发现，所有患者记忆世界与现实世界的"时间交点"，居然完全一样，这显然不能简单地用巧合来形容。

那么，这个时间交点，究竟是哪一天？在那个时间点，到底发生了什么？

这个问题的答案似乎并不难找。目前秦文掌握的信息，已足以将这个时间范围缩小到半年以内：大约是三年前，也就是2022年的春天到秋天，然而半年的区间在这个信息爆炸的时代还是略大了一些——秦文相信，如果能找更多的患者聊聊，或许能将这个区间缩小到一个月，甚至一个星期之内。

秦文花了整整一个上午，将手机笔记上一千多字的"记忆世界大事记"背得滚瓜烂熟，并由此设计出十多种"诱导性""迷惑性"提问，要做如此充足的预案是因为他预料到多数病人很可能会被下达"封口令"。而事实也确实如此——前一晚的会议结束后，被紧急隔离的十四名非典型性失忆综合征患者便被一一约谈。约谈者用各种威逼利诱的方式，告知病人"你们很可能被非法组织洗了脑"，"在治疗过程中，不得对任何外人，包括非专家组的医生、护士，诉说记忆中与自身无关的事情，尤其是涉及官员落马、升迁等政治事件，因为这些事与现实完全不符，很容易引发社会动荡与恐慌"，"如果配合保密工作，本次医疗费用将会有额外报销"。但这些专家眼中的信息壁垒，在秦文面前就像纸糊的一样脆弱，不堪一击。

秦文甚至没有用到事先准备的提问便基本达到了目的。他探访的第一站是赵春梅与花花住的306病房。那会儿赵春梅正坐在床上吃早饭，秦文刚一进屋，她就跟触电般打了个激灵，手里端着的豆浆泼了小半碗，下一秒，赵春梅抬起头，死死盯住秦文胸前的名牌，用难以置信的语气问："你，你真是秦文医生？"

秦文点了点头。

赵春梅猛地从床上跳下来，冲到秦文跟前："秦医生，其实我脑子里也记得你的事，只不过那天太激动了，只觉得你有点眼熟，没对上号。直到昨天晚上睡觉，花花跟我聊天，我才想起来，你跟电视上那个秦医生有点像。我当时还不信，觉得八成是同名同姓，但现在我信啦！你真是电视上那个秦医生！你，你居然真的没死！但我跟花花怎么都记得你死了呢？"

赵春梅说话语速很快，当说到最后几句的时候，因为逻辑关系错综混乱，已近乎语无伦次。但秦文听懂了她的意思，自嘲地笑了笑，用平静的语气说："我知道，你记得我是因公殉职的，烈士、劳模，对吧。"

"是，是。"赵春梅脸色有些尴尬，"不过这都是假的！你别介意！"

"秦哥哥。"此前一直默不作声的花花忽然开口了,湖水般清澈的眼睛里放射出异样的光芒,她怯怯地走到秦文跟前,抬起头,就像仰望最崇拜、最信任的兄长,"我能跟你说几句话吗?"

"嗯,当然可以。"

"你长得有点像我哥哥,但我哥哥才十四岁,还是初中生,我看电视的时候,心里特难过,觉得这么好的医生哥哥,这么年轻就死了……"

"丫头,要说走,不能说死。"赵春梅开口纠正,"再说,秦医生现在不是站在咱们面前吗?这世间,还是好人有好报啊。"

"好人有好报。"这五个字让秦文忽然感到一种莫名的暖意,他已经许久没有感到这样的尊敬与善意了,这就像受冻了一夜的猎人,找到了一间生着篝火的小屋,秦文的鼻翼微微发酸,哽咽着说:"其实,我现在,也不太好……"

"怎么了?"赵春梅问。

"没什么,算医患矛盾吧……也不是医患矛盾,就是半年前有一天,我下班后陪我弟喝了两杯酒,出来的时候有点冷,就回医院拿了件大衣,结果被一个患者家属看到了,硬说我值班喝酒。"放正常情况下,秦文是绝不可能对陌生人说这些话的,但不知为什么,这一刻他忽然生出一种强烈的倾诉欲望,胸中的委屈、不平好像漫过堤坝的洪水,瞬间涌了出来,赵春梅与花花呆呆地看着秦文。

"这不是冤枉人吗?"赵春梅说。

"是啊,那个人也太不讲理了吧。"花花气得腮帮子都鼓了起来,用稚嫩的童音说,"事情都不弄清楚就乱说话,我最讨厌这种人。"

秦文从未想过,自己在有生之年,还能感受到来自亲友之外,如此真挚的理解、尊重、爱戴,或许,还要加上"缅怀"。

这一刻他忽然对"M世界"产生了一种全新的感觉，一种危险的、微妙的念头毫无来由地占据了他的脑海："如果世界上所有的人都得了这种记忆偏离症，那我，是不是就重获新生了？"

秦文被这个想法吓了一跳，花了一两分钟才平复狂跳的心脏。他在病床边的椅子上坐了下来，认真地说："我有几个问题想问你们。"

"嗯，您说。"

"在你们记忆里，最近这几年，全世界、全中国、还有我们市发生了什么大事？"

赵春梅脸色一僵，吞吞吐吐地说："这个，昨天晚上有人找我们谈过话了，要我们不要跟任何人说这些。"

秦文点了点头，这种情况是一早预料到的，他并没有直接追问，而是话锋一转，转过头，用一种无比平常的语气问旁边的花花："小妹妹，去年A省地震，你捐了多少钱？"

女孩抬起头，清澈的眼睛眨了两下："二十，你问这个干什么？"

秦文点了点头，他已经找到想要的答案了——他说的这场地震，在现实世界里根本从未发生，是专属于M世界的一场天灾。他又转过头，将同样的问题抛给一脸茫然的赵春梅，然而意外的是，这个农村妇女脑子还挺灵光，她犹豫了片刻，居然猜到了秦文的用意，反问道：

"地震的事情，也是假的？"

"对。"秦文愣了几秒，随后爽快地承认了，"现实是，最近这几年，A省都没发生过地震。"

"你的意思是……"赵春梅一下子傻了眼，"我们这些病人，脑子里所有出问题的记忆，全都是一样的？"

"我觉得，用'共通'这个词更合适一些，至少，我牺牲、A

省地震这两件事在现实里都没有发生过。"

"怎么会这样？怎么会这样？"赵春梅抱着脑袋，声音变得无比嘶哑，一旁的花花则满脸茫然，纯净的眸子里流露出令人心疼的光彩。秦文赶紧说："你们冷静一点，听我说完。"

"嗯。"花花毫不犹豫地说，赵春梅脸色挣扎了一阵子，也点了点头。

秦文组织了一下语言，开口道："说实话，你们的病情很奇怪，我正在想尽办法寻找你们的病因，我相信，很多医生也在做跟我一样的努力。但这里面的情况有些复杂，我下面跟你们说的话，问的问题，你们不要对别人说，好不好？"

"好的，秦哥哥，我相信你，你是好人。"花花毫不犹豫地说。

"时间有点紧，我长话短说。我这两天看了十几份病例资料，发现大多数病人，记忆里2022年以前的信息，基本都没有问题，但2022年之后的记忆，就跟现实发生了偏离，你们仔细想一下，是不是这样？"

赵春梅没有立刻回答，她低下头，仔细捋了一遍脑中的记忆，然后又认真想了想自己犯病后的问询、治疗过程，点了点头。花花则迷茫地眨了两下眼睛，表情有些迷糊，秦文没有继续纠结，他知道自己来306病房的目的在于"证明"而非"突破"，秦文又问了几个问题，便与两人道别，走进了隔壁的308病房。

早在上楼之前，秦文就将308病房定为此行的最重要目的，原因很简单，308病房住的是两个年轻男生，一个大三、一个高三。这意味着三年前，恰好是两人高考、中考的那一年——对大多数人来说，这两个时间段内发生的诸多事情，无疑会深深烙印在记忆之中，包括自己的考分、志愿、心仪学校的分数线、作文题、毕业旅行等。与此同时，这些事件的发生时间，以及在真实世界里的情况很容易得到精确考证。

跟赵春梅一样，这两个学生在见到秦文后，也经历了震惊——接受——崇拜——配合的过程。这让交谈过程变得异常顺畅，在308病房坐了半个小时后，秦文的笔记本上已记下了超过两千字的信息。通过这些信息的对比验证，秦文几乎已经可以确定，这两名患者大脑中"记忆世界"与"现实世界"的时间岔点，位于2022年6月中旬到7月上旬这短短二十多天内。患者在这个时间段之前的记忆全无问题，而往后的记忆，则与现实世界逐渐产生偏离，并且在蝴蝶效应的作用下渐行渐远。秦文接下来的走访过程也一如既往地顺利。当从第六间病房、住着一名初三女生的315病房走出来时，秦文拿出笔，在笔记本上写下了一行数字：

2022.06.15—2022.06.30

换而言之，对所有患者来说，记忆世界与现实世界的"分岔点"，就在这短短十五天内。

秦文深呼吸了两口，任由带着刺鼻消毒水气味的空气灌入肺泡，接着抬起头，往电梯的方向走去。当路过护士站时，两个正在调配药水的小护士抬起头，瞅了一眼秦文，随后目光短暂交会了片刻，俊俏的脸上同时露出无比熟悉的表情——这种表情很难直接用语言描述，但很容易找到合适的比喻：就像是一个普通人看一个精神病人又或是犯罪嫌疑人的表情。秦文本已对这种表情习以为常了，但这一刻，本该平静如水的心里再度泛起了波澜，在刚刚过去的几个小时里，感受到了太多久违的尊重与崇拜。

由于心绪激荡的缘故，秦文没有注意到，在他等电梯时，有一个小小的身影悄悄跟了过来，当电梯门缓缓打开的一刻，一双洁白的小手忽然伸了过来，并抓住了秦文的右手衣袖。

秦文打了个激灵，心脏漏跳了整整两拍，秦文转过头，发现站在身后的，居然是刚道别不久的女孩花花。

花花瞪着无辜的大眼睛，一脸惊讶地看着秦文，她不明白秦文为什么会没注意到自己，更想不通自己的出现怎么会吓到他："秦医生，你怎么了？"

"没怎么。"秦文无力地靠在墙壁上，"有事吗，小妹妹？"

"秦哥哥，我真的很崇拜你，你是我的榜样，你能给我的作业本签个名吗？"花花歪着脑袋，将一本粉红色的作业本递到秦文的面前，作业本封面上印着可爱的小熊维尼图案，下方的横线上则写着女孩的班级与姓名："三（6）班，朱芙蕖"。尚未从惊骇中缓过来的秦文一时忘了感动，点了点头，手忙脚乱地在作业本扉页上签下"秦文"两个字，迅速将本子递回花花的手上。花花接过本子后并没有立刻离开，而是将作业本翻到最后，将一页写满字的纸给撕了下来。

花花将这张纸递到秦文的手上，白嫩的脸颊上泛起微微的红晕，好像抹上了一层淡淡的胭脂。

"哥哥，再见！"

花花抿嘴一笑，小巧的鼻子微微皱起来，美丽的脸蛋上荡漾着纯真的幸福。她冲秦文挥手告别，撒开腿往病房跑去，乌黑的长发伴着轻快的脚步飘扬起来。秦文在原地愣了十多秒，打开了手上的作业纸：

秦哥哥，你好！

　　这是我脑子里记得的，去年班会时写的作文。当时老师在班上朗读了，说我写得很真 zhì，很感人，我现在凭印象抄一遍送给你。

像哥哥一样的秦医生

秦医生是个好医生。

他长得很帅，有点像明星，他长得很年轻，有点像大学生，他长得有点像我哥哥，但比我哥哥的个子高，眼睛大，皮肤白。

医生是救死扶伤的白衣天使。秦医生为了给病人看病，连续上了一个月的班，身体不舒服也不休息，最后为了别人的生命牺牲了自己的生命，我觉得，这种精神是白衣天使的精神。

我最早是在报纸上看到秦医生的，秦医生在照片上笑得很开心，就像考试考了一百分。我觉得，秦医生在生活里，一定是个特别爱笑的人。我上次生病住院，管我的护士姐姐就特别爱笑，她一笑，我扎针都不疼了，我喜欢爱笑的医生，我好想见见秦医生。

我后来又在电视上看到了秦医生，好像是追dào会，我看到一个跟秦医生长得很像的大哥哥哭得很伤心，电视上说他是秦医生的弟弟。

我也有哥哥，我看到电视也哭了，我好想秦医生还活着，我想认他做我的哥哥。

秦医生，如果有下辈子，我希望做你的妹妹。你生病的时候，我就带你去看，这样你就可以健健康康、开开心心地活下去了。

花花

秦医生，你是个好人，你刚才说，你现在被人误会。没关系，花花相信你，你是个好医生。不要在乎别人说什么，好人就是好人。

花花的字迹很工整，一行行娟秀的汉字仿佛一朵朵盛开的花儿，绽放在秦文久已干涸的心房上。秦文咬了咬嘴唇，认真地将纸叠好，插进胸前的贴身口袋。这一刻，他甚至忘了走进大门缓缓打开的电梯，忘了继续追索那个苦苦寻觅的答案，他觉得这一刻自己仿佛刚从死亡中重生，他不知道自己究竟在哪个世界中才是真正地活着，自己身处的这个世界其实无比幼稚与可笑。

第十四章　交点

秦文并没有将详细的调查过程告诉秦武，他对秦武说："我查到时间节点了，三年前，也就是2022年6月15至30日。所有的患者，大脑里这个时间段之前的记忆都完全正常，而之后的记忆则开始与现实发生偏离。"

"这段时间发生了什么？"秦武下意识地拿起手机，然而秦文阻止了他，他低头从抽屉里拿出一沓微微泛黄的《Y市晚报》："到目前为止，所有的病例都出现在我们市，其他城市并没有出现相关的病例，所以，我觉得这件事多半和我们市有关。"

秦文一面说，一面从报纸里仔细翻出一张，平展开，递到秦武跟前，指着上面的一则新闻说："我觉得，多半跟这件事有关。"

秦武接过报纸，发现这是一张2022年6月18日的《Y市晚报》，在报纸A1版的最上方，印着一行醒目的大字：

**解锁宇宙的终极奥秘——新型强子对撞机"盘古"
首次试运行**

本报讯，今天上午，在我市702研究所高能物理实验室，大型强子对撞机"盘古"首次试运行成功。

强子对撞机是一种将微型粒子加速对撞的高能物理实验设备，是探索宇宙起源、万物原理的终极钥匙，是推动物理学理论进步的最强发动机。"盘古"试运行成功，预示着我国高能物理实验技术走在了世界前列。

据"盘古"工程设计师、中科院物理分院院长李森介绍，"盘古"对撞机采用了全新的粒子流加速技术，体积只有传统大型对撞机的数十分之一，但性能犹有过之，甚至可以尝试一些全新的、尚处于探索阶段的物理学实验。我们希望，"盘古"能像它的名字那样，劈开宇宙洪荒的混沌，让我们洞悉更多的万物至理。

秦武用了五分钟，将这则不足三百字的短讯反复读了三遍，然后拿出手机，搜索网上的相关信息。结果有些出乎意料，当以"盘古""强子对撞机"为关键词搜索时，网页上跳出了数十条不同标题、不同来源的新闻，包括《盘古强子对撞机正式落户Y市702研究所》《"盘古开天"，我国高能物理实验即将揭开新的篇章》，但这几十条新闻的内容却大同小异，基本就是晚报报道的文字加工版。不但如此，这些新闻的发稿时间全部在6月18日，也就是"盘古"试运行之前，往后则彻底沉寂，就像"盘古"从未出现一样。

"很奇怪是吧！这么重要的科技新闻，居然没有深度报道，也没有后续。我上中科院的官网看了看，在高能物理实验室简介那一块，确实提到了'盘古'强子对撞机，但只是一笔带过，没有任何具体介绍。"秦文忽然压低了声调，"关于这件事，我有问题想请教你。"

"请教我？"秦武哑然失笑，"你学医，我学文，高能物理这一块，如果说你是外行，那我就是文盲。"

"不是这个意思，你在媒体行业待的时间比较长，这种大国重器级的物理实验，新闻报道却很少，而且实验成功后，居然就再也没有下文，从舆论宣传的角度来看，一般是什么情况？"

秦武恍然大悟，这确实是他的专业范围，他思索了大约五分钟，说："有三种可能。

"第一种可能，这个盘古强子对撞机，不过是个高不成低不就的半成品，实际技术含量与科研价值并没有新闻里说得那么高。至于这些新闻，自然就是所谓的广告水文，我想你也懂。

"第二种可能，这个盘古强子对撞机确实很厉害，里面有很多领先世界的高科技，盘古的粒子对撞实验，足以助推我国理论物理学的探索与研究，甚至可能催生出一些足以对综合国力、乃至世界格局产生影响的物理学理论或衍生技术，就跟二战时期的核裂变技术一样。但正因如此，出于保密需要，宣传部门刻意保持低调，封锁了相关的新闻报道，这种情况也很常见。"

秦武顿了顿，说："不过，如果是第一种情况，盘古就是个噱头的话，那这新闻就不该上中科院的网站；如果是第二种情况，需要高度保密的话，那又不该有晚报上的报道——我个人最倾向的，是第三种可能。"

"第三种可能？"秦文的眼睛亮了。

"盘古的这次试运行，很可能出了一些问题，或许实验并不如想象的那么成功，又或者实验发生了安全事故，就跟火箭发射失败一样，当年好几次火箭发射失败，就是直播到一半忽然被掐掉信号的。"秦武捏着报纸的手微微颤抖，他看了一眼秦文，说，"又或者，实验发现了一些意料之外、又不适合公开的结果。"

室内陷入了可怕的沉默，兄弟二人四目相对，他们从彼此的眼睛中发现，自己与对方显然想到了同样的东西："M世界"就是那次实验的产品？秦文艰难地咽了一口唾沫，说话的声音都比之前沙哑了几分，他说："我也觉得，第三种可能是最合理的解释。"

秦文与秦武几乎在同一时间作出了"决定"，去702研究所走一趟。

第十五章　给另一个自己

702研究所位于Y市郊区某贫困县内，占地约十公顷，四周是一片尚未开发的荒地，只有一条笔直的四车道水泥路通往大门。在厚重的铁门外，两名全副武装的武警如旗杆一样站得笔直，一副戒备森严的样子。

秦文秦武在车上对视了一眼，表情都有些无奈。在刚刚过去的十分钟里，这扇铁门里一共进出了两辆车、三个人，两辆车都是挂政府牌照的黑色红旗，而三个人全部模样斯文，胸口挂着特制的名牌，显然是研究所内部的工作人员。即便如此，这三个人进门时，武警都做了认真的登记盘查。秦文秦武并未立刻死心，他们将车停在远处，冒着炎炎烈日，步行绕研究所走了一圈，高逾六米的院墙彻底隔绝了外界与研究所的联系，同时也粉碎了他们从外面偷窥内部的念头。

"嗯。"秦文点了点头，"先回家吧。"

正当秦文准备踩下油门的一刻，研究所紧闭的铁门又一次打开了，一个穿白衬衫的老者推着一辆自行车从门里走了出来。这自行车明显有些年头了，式样还是二十世纪八九十年代流行的

"二八大杠"，老人个子不高，雪白的银发整齐地梳在脑后，一副老派知识分子的模样。老人颤巍巍地跨上车，蹬动脚踏，深褐色的链条带动闪闪发光的轮毂转动起来。秦文的眼睛忽然亮了，他拉了一把秦武，说：

"等等！"

"怎么了？"

"那老头儿很眼熟，他不是爸爸的同学，林泉博士吗？"

秦武愣住了，他眯起眼，仔细观察缓缓骑近的老人，老人骑车的速度不快，每蹬一圈都仿佛要耗尽全身的力量，但偏偏又很稳定，就像身下的这辆老式自行车早已与他苍老的身躯融为一体。当路过秦文车边时，老人往汽车瞥了一眼，但并没有停下来。

"不急！"秦文拉了一下秦武，"等一分钟，然后跟上去。"

秦武在心里数了六十下，然后以三十公里的时速追了过去，从老人身边缓缓驶过。两车相交的三四秒内，兄弟二人已彻底确定，这个蹬自行车、身形佝偻的老人，正是他们的父亲秦山的校友兼好友，林泉。林泉是一名理论物理学者，从研究方向和资历能力来看，当初的盘古工程，他很可能也是参与者之一。更重要的是，林泉跟秦山一直保持着来往，秦山七十岁生日那天，林泉还特地上台说了祝酒词，显然私交甚笃。

"我现在要去医院，大概六点下班。一会儿你先回家，如果爸爸清醒的话，就请他打个电话跟林教授约一下，说我们有事想见他一面，如果爸爸不太清醒，你就直接翻电话本。以他们的关系，林教授肯定不会拒绝，至于时间，最好就今晚，如果不行就明早。我觉得，我们离真相越来越近了。"秦文越说越激动，以至于完全忽略了一旁的秦武，当他发现，秦武的脸色已苍白到近乎透明的时候，下意识地住了嘴：

"你怎么了？"

"然后呢?"

"什么然后?"

"等找到原因后,你就要'治好'我吗?"

秦武的声音很轻,但每一个音节都格外清晰,他说话时脸上看不出任何表情,仿佛戴上了一层无形的面具。

秦文呆住了,没错,他此前做的一切,追根到底,都是为了"治好"这些非典型性失忆综合征的患者。然而从头到尾,秦文都忽略了一点,如果平行世界的理论真的成立,那所谓的"治好"究竟意味着什么。

一些新鲜的记忆涌入秦文的脑海,他忽然想起几小时前,自己在隔离病房里享受到的,那一道道久违的、崇拜的目光,一句句陌生的、饱含敬意的言语,他的左手下意识地伸进衣兜,并触到了那张折得整整齐齐、似乎还散发出淡淡香气的作业纸。秦文又想到,如果秦武真正恢复了"正常"的记忆,他很可能会放弃白静,重新回到思思身边,以及——回到前段日子那种颓废、自暴自弃的状态里去。"如果让他们保持现在的样子,是不是反而会好一些?"这个念头如电光火石般在秦文大脑中一闪而过,他深深吸了一口气,将这种无比怪异、无比危险的念头驱赶了出去,秦文说:"是的,我想治好你们,你不希望恢复正常的记忆吗?"

"什么是正常,什么又是不正常?"秦武的眼神有些空洞,言语的逻辑也渐渐混乱起来,"你也说了,我们的记忆,很可能来自另一个平行世界。我不知道到底发生了什么,是两个世界的我灵魂互换了?如果不是的话,原来的那个我又去了哪里?"

秦文沉默了,他转过脸,用一种悲哀的、充满怜悯的目光注视着秦武,握着双向盘的手开始发抖。秦武读懂了哥哥的眼神,喉管里发出沉闷滞涩的声音,像是悲鸣,又像是哀叹,过了大约半分钟，秦武叹了一口气，说："好吧，先不想这些，我现在回家找爸爸，尽快约林教授见一面。"

"你不用想太多，还不知道林教授会怎么说呢。"

秦武不置可否地摇摇头，一路沉默。下车时，他迈向家门的脚步也变得沉重且蹒跚，就像是一个风烛残年的老人。秦武推开家门时是14:20，楼上的卧室传出隐约的鼾声，秦武没有上楼，而是走进房间，在电脑面前坐了下来，他打开了一个桌面的文本文档，开始给自己"写信"。

这封被反复修改的"信件"的最终版本是这样的：

给秦武的信

你好，秦武。我是另一个你。

我知道这说法诡异且离奇，但你一定要相信，这是真的。

一天前，我的记忆出了问题，记忆里最近三年发生的许多事，都与现实世界存在极大的偏差——我没有失忆的感觉，也没有精神分裂，只是单纯的，记忆与现实发生了偏离。例如，我记忆里的那个世界，美国总统是蕾娜，但现实是尼尔森；我记得去年A省发生了大地震，但现实没有……我不打算在这些无关紧要的事情上浪费太多笔墨，只是尽可能地描述一下这种难以描述的情况。

据说，现在好几十个人都得了和我一样的"病"，原因不明，有人封锁了消息，很多病人都被隔离了。

秦文发现了一条线索，也许能因此找到整件事的根源，"治好"我们。但这样的"治好"，很可能意味着现在的我会"死去"。所以，我一定要写下这封信留给你，留给自己。

你一定要相信，这不是朋友开的玩笑，也不是精神分裂或梦游的产物，这确实是另一个"秦武"写给你的。为了让你相信我，我说两件事：第一，我的大腿内侧有一粒花生大小的脂肪瘤，是大三那年长的，当时我以为得了性病，几星期没睡好；第二，我上初中时，曾经在学校对面的金鹰商场帮同班的小混混朱志把风，帮他偷看女厕所。这两件事我从未告诉任何人，我想这足够"证明"这封信的真实性了。

好，现在开始，我该给你讲述自己的记忆了。

首先，我记得，自己依旧与白静幸福地在一起，我们的关系很好，马上就要结婚了。然而现实是，我们（或者说你们）已经分手很久了，我前两天找了白静，她拒绝了我，但我感觉，她并没有彻底放下当初的感情，我依旧很爱她，我不知道你到底爱不爱她，但我希望，你能慎重考虑这一点。

还有思思，生病后的我记忆中并没有思思这个人……然而思思认识我，思思也很爱我，甚至想到，在手臂上文上"思思只爱秦武"，来提醒自己不要忘记这一切。

但是，现在思思也"生病"了，她不记得我（你）了，我不知道她会不会跟我一起被"治好"，所以我得记下这一切。

我不知道应该选择哪一个女孩，我更不知道你会作出什么选择。我不想干预你，只是希望你可以认真地选一个，然后好好对她们。对了，秦文说，你这段时间有些堕落，整天醉生梦死，我很讨厌这样的"秦武"，在我现在的记忆里，我依旧不抽烟，不酗酒，不会在夜场流连忘返，我相信，这也不是你的初心。希望你能从这样的状态里早点儿走出来，我宁愿你对不起任何人，也不希望你糟践自己。

好了，其他记忆大多是一些不怎么重要的事情，至于世界大事又不是需要你我操心的，祝安好！

秦武

秦武花了大约一个小时才写完这封"信"。最终修改完成后，秦武将这封信打印了五份，然后在卧室床头、客厅电视墙、楼梯口分别贴了一张，并将剩下的两份放进口袋——准备一份随身携带，一份放到车上。做完这一切后，秦武忽然听到楼梯处传来清晰的脚步声，秦山扶着楼梯的扶手，蹒跚地走了下来。他上身套了一件宽大的睡衣，眼睛有些无神。当看到回家的是秦武而非秦文时，秦山的脚步顿了顿，他低下头，沉默地继续往楼下走。

秦武鼻子一酸，此前他已从秦文、思思那里得知，现实世界里自己已许久没和父亲说话了，他下意识地走上前，搀住父亲，说："爸，你慢点。"

"小武？"秦山愣了愣，表情有些诧异，似乎没想到秦武会忽然有如此大的转变，"没事，我自己走就行。"

这声含混不清的"小武"让秦武险些落下泪来——这并非感伤，而是高兴。毕竟，在他的记忆中，父亲的阿尔茨海默病已严重到谁都不认识的地步了，而现实中，父亲虽然动作迟缓思维迟钝，但至少眼神还是清明的，还能叫出自己的名字。秦武一只胳膊撑着墙壁，另一只胳膊垫在父亲的腋下，轻轻托住这具瘦骨伶仃的身体。一步、两步、三步……两人走到客厅正中，在沙发上坐了下来，秦山看了一眼秦武，忽然说："小武，这几天去哪儿了？"

"没什么，出差做了个采访。"

"嗯，注意身体，吃饭了吗？"秦山的语气有些颤抖，也不知是衰老还是激动，"要不要我给你去做饭？"秦武心头酸楚更甚，他看了一眼挂钟，此刻刚刚 16:00，对父亲说："我吃了，你别为我操心了。"

秦山点点头，身子向后靠了靠，整个人蜷缩在宽大的沙发上，就像一只衰老的虾公，他的精神状态依旧有些不稳定，虽然思维还算清醒，但说话有点前言不搭后语，常常几秒钟后就忘了刚刚在说什么。秦武有些犹豫，他不知道父亲在这样的状态下，还能不能正常交流，但还是没忍住开了口。

"爸，你认识林泉教授吗？"

"认识啊，怎么了？"秦山蜷曲的身体抖了一下，目光再次移到秦武脸上，"老林是我老兄弟，前两年我还跟他一起吃饭来着……"

"那你能不能打个电话给他……"秦武说出了早就想好的理由，"我最近在做一个科教方面的纪录片，想采访一下他。"

"采访？噢，好，好，没问题，我上楼给你找号码。"秦山摇晃着从沙发上站起来，往不远处的楼梯走去，当走到楼梯口时，老人的目光忽然被一样东西吸引住了——正是秦武刚贴上去的那封"信"，秦山偏过头，用抑扬顿挫的语调，将这封"信"的开头读了出来：

"你好，秦武，我是另一个你。"

秦武被这变故惊呆了：我×，居然忘了，老爸也住在家里。愣了一两秒后，他一个箭步冲了上去，将这张胶水都尚未凝固的打印纸从墙上揭了下来。

"怎么了？"秦山露出迷惘的表情。

"没什么，我的一点隐私。"

"噢，隐私，没事，隐私。"秦山没有再过问什么，继续往楼上走去，他的脚步很沉重，每一步都仿佛踏在秦武狂跳的心脏上，秦山走进房间，俯下腰，从抽屉里翻出一本发黄的日记本，放在膝盖上打开，借着放大镜一行行阅读，大约两分钟后，秦山忽然抬头，眼中一片迷茫："对了，你问谁的电话？"

秦武哭笑不得："林泉博士。"

"嗯，看我这记性。"秦山低下头，继续在日记本上寻找起来，不知是老眼昏花，还是思维迟缓，秦山常常反复改变放大镜的位置与角度，才能念出本子上的名字，秦武强忍住说出"让我来吧"的冲动，他害怕这样会刺激到父亲脆弱敏感的神经。大约五分钟后，秦山终于找到了林泉的名字，他仰起头，慢慢地念了出来："林泉：1——3——8——×——×——×——×——×——×——×，对了，你找他干什么？"

"采访。"

"嗯，嗯，采访好，这些老科学家为国家奉献了一辈子，应该多报道报道，准备约什么时候？"

"越快越好。"秦武说，"方便的话，今晚就可以。"

"好，好。"秦山眼睛微微眯起，他拨号的食指如微风中的树枝一样抖个不停，拨完号后，秦山将手机死死贴在耳边，好像要将它塞入耳廓一样。"父亲的听力已经衰弱到这个程度了吗？"秦武有些恻然。

"你说。"一个苍老的声音从听筒里飘出来，穿透秦山鬓角的银发，钻进一旁秦武的耳中。秦武微微一愣，不是别的，对面这两个字似乎过于言简意赅了一些，而且，也不像是接到老友电话的正常反应。不过话说回来，这些老科学家，很多时候都不会把词句浪费在客套话上，而且会有一些独特的语言习惯。

"老林，你好。"秦山的语速很慢，"我是秦山，我的小儿子，秦武有事情找你。"

"秦武?"电话那头明显顿了顿,"那个在电视台上班的?"

"是的,他想约你做个采访,时间越快越好……你看今晚行不行?"秦山的语气很诚恳。

"可以,我的地址是大学北路人民新村11栋203,今天我都在家,他可以随时过来。"

"好,好。"秦山将征询的目光投向一旁的秦武,"你有话要对林教授说吗?"秦武摇了摇头。在这之前,秦文秦武兄弟两人也商量过要不要对父亲说出实情,但几经权衡后还是否决了,他们实在不想再让父亲为这件事操心了。

"我晚上过去再说吧。"秦武说。

秦山点了点头,挂断了电话,准备将手机放回枕边,然而就是这个轻微的动作,让沉甸甸的笔记本从老人膝盖上滑落下来,"啪"的一声,摔在满是灰尘的地板上。秦山被吓了一跳,身形微微晃了一下,随即俯下身,膝盖微曲,半蹲在地上去捡日记本。他的腰背原本已有些佝偻了,在做这个动作的时候,整个人都蜷曲起来,就像一团被晒干的虾米。秦武看着父亲稀疏的银发,鼻腔里再次泛起酸楚的感觉,他说:"爸,辛苦您了。"

第十六章 皂泡

5月18日21:00。

当走进林泉家大门的一瞬,秦文、秦武一度有些怀疑自己的眼睛,不是别的,林泉住的这间屋子,委实太寒酸、简陋了一些,与主人的学术地位、教授身份完全不般配。简单的两室一厅,面积不足八十平方米,客厅里最"显眼"的家具居然是一对"古董"级的沙发,沙发表皮是二十世纪八十年代流行的腈纶材料。"看这沙发的模样,至少也是我叔叔辈的了。"秦武心想。两张沙发中间摆了一张七八十厘米高的小木桌,桌面斑驳开裂,不只是这两件家具,家里的冰箱、彩电也大多是扔到垃圾堆都无人问津的淘汰品。放眼望去,整个客厅里最"值钱"的物件,估计要数靠墙摆放的实木书架了,这书架足有一人多高,表面的油漆十分光亮,里面整整齐齐地摆满了书籍。这让兄弟二人不由得又对林泉多出了一丝钦佩与尊敬。

"家里地方小,不好意思,来,喝茶。"林泉客气地将兄弟二人迎进屋子,老人虽然年过七旬,但身子骨明显很硬朗,他给兄弟俩倒水时双手十分稳定,一点茶水都没有溅出来。宾主落座后，林泉眉头皱了皱，目光在秦文身上停了下来，问："我们是不是白天见过？"

"嗯，在研究所门口。"秦文笑了笑，"林老师，其实，我们今天去研究所，是想调查一件事，但是没能进去，然后正好在门口碰到了您。我们知道，您是我爸的朋友，所以就直接来找您了。"

"你们不是采访我？"林泉脸上浮现出微微的愠色，明显对二人的"欺骗"举动有些不满，只不过碍于老友的面子才没有发作出来，"什么事？"

"不知道林教授有没有听说，最近有不少人记忆出现了问题。患者的症状很奇怪，并非简单的失忆或记忆错乱，相反，他们大脑里的记忆清晰、连贯、互恰，只不过与现实完全不一样。"秦文花了大约五分钟时间，将"非典型性失忆综合征"的症状给林泉介绍了一遍。林泉起初表现得很讶异，但并没有打断秦文，只是认真地听，偶尔还提出一些恰到好处的问题，当秦文说到，所有患者的虚假记忆居然共通互恰，所有"记忆世界"中的历史进程完全一致时，林泉的脸色变得浓云密布起来，他说："想不到网上的传闻居然是真的。"

"嗯，这种病例，以前从未有过先例，也完全不符合常理。"

"如果是这件事的话，你们应该请教你爸爸才对，老秦是脑科专家，而且专门研究海马体这一块儿的。"林泉叹了口气，"唉，不过老秦现在那个样子，你们问他，估计他也说不出什么了。唉，人老了，没用了。"

"林教授，情况是这样的。"秦文强压心中的酸楚，打开身边的档案袋，将那份刊有"盘古对撞机试运行"新闻的晚报取了出来，然后迎着林泉不解的目光，将报纸放在对方面前。秦文用前所未有的严肃语气说："林叔叔，我有一个猜测——当然，只是猜测而已。这种记忆疾病，和702研究所三年前的'盘古'强子对撞实验有关！"

"盘古？"林泉全身一震，苍老的身躯如弹簧般从藤椅上弹了起来，瞳孔里放射出异样的光芒，林泉如此激烈的反应让兄弟二人又惊又喜，显然，"盘古"对撞机试运行这件事，触动了林泉心中某根无比重要的弦，林泉眼睛直直地看着前方，喃喃自语道："不可能的，不可能的。"

"林叔叔，到底怎么了？"

林泉说："你们怎么会觉得，这种'记忆偏离症'跟'盘古'有关？"

"是这样的，我事后走访了十多名患者，发现所有患者在发病后，记忆与现实出现偏离的时间岔点都完全一样：2022年的6月中下旬。所以，我怀疑，这些患者的记忆，其实源自一个平行世界，而且，这个平行世界与我们身处的现实世界，是同一个'母世界'分裂出来的。那么，在那个'分裂'的时间点究竟发生了什么，很可能就是整个问题的关键。"秦文顿了顿，说，"那段时间内，我市发生的唯一的、能与这件事扯上关联的新闻事件，就是'盘古'实验了。毕竟，大型强子对撞实验可以模拟宇宙大爆炸初期的环境，找到新的基本粒子，揭示更高维度的空间与时间，我怀疑，三年前的那次试验，正是这一切的根源。"

"还有一点，我发现，自从试运行之后，所有关于'盘古'对撞机的新闻，就全部消失了，这一点很不合常理。"秦武从椅子上站了起来，毕恭毕敬走到林泉身边，给半空的茶杯里添满了水，"林叔叔您放心，我现在没有录音，除非您同意，我们今晚跟您聊的一切，都不会告诉第四个人，我们就是想知道，这到底是怎么回事？"

林泉并没有回答这些问题中的任何一个，他的眼睛微微眯了起来，目光在两人脸上依次扫过，最终聚焦在对面空无一物的白色墙壁上，似乎在沉思，又似乎在犹豫。这样的表情让秦文秦武更加认定，先前的推测是正确的。

秦武咬了咬牙，说："林老师，我们来请教你，是因为我的记忆也出现了问题。是的，我脑子里记得的很多事情，现实里都没有发生过，而近年来真实发生过的事情，我都没印象。这件事我还没告诉我爸，希望您也不要告诉他。"

"唉……"林泉发出一声意味深长的叹息，刚刚挺直的腰杆再次弯了回去，瘦骨伶仃的脊背整个贴在藤椅的靠背上。"林老师，您怎么了？"秦武关切地问了一句。"没事，我没事……"林泉脸上的皱纹更深了，身躯带着身下的藤椅一并摇晃起来，皲裂的嘴唇里发出几个含混不清的音节，也不知是自语还是说话。

"没想到，当年的传言是真的……M世界、M世界……"

"到底怎么了？"

"没错，盘古工程，我也是参与者之一。"林泉看着对面的两人，忽然抛出一个突兀的问题，"你们对强子对撞机了解多少？"

"这个，貌似是将粒子流加速到接近光速，然后对撞，从而模拟出宇宙初期的环境。"秦文毫无底气地补充说，"上网查的。"

"你们俩一个学医，一个学文，不了解这些也正常。"林泉倒挺通情达理，"强子对撞机的核心技术之一，就是将粒子流加速到亚光速的过程，传统的大型强子对撞机，加速隧道往往有二三十公里长，体积足足有一栋摩天大楼那么大，而'盘古'不一样，可以说，'盘古'是一个奇迹！"

林泉说到"奇迹"二字时整张脸都在发光，纵横交错的皱纹里洋溢着发自内心的自豪感。

秦文与秦武被这样的情绪感染了，他们没有打断林泉，而是静静地听老人继续诉说。

"就在五年前，中科院的专家探索出一种全新的粒子加速技术，其中的原理技术很复杂，大致是通过超强超短激光，产生出强电磁场给粒子进行加速。采用这种新的加速技术，粒子加速到亚光速的过程，只需要一条三十米长、直径五十厘米的隧道就能实现，这意味着，我们可以进行一种全新的尝试……"

林泉停下来，似乎觉得用语言无法准确地描述自己想要表达的内容。于是拿起桌上的水笔，在白纸上画了一条长长的螺旋线，总共有七八圈："传统大型对撞机的隧道，就像一盘蚊香。"林泉忽然摇了摇头，似乎觉得这样的描述还是过于繁复了一些，于是将纸翻到背面，重新画了一条直线上去："说得再简单一点吧，传统的大型对撞机隧道，就是一条跑道，两束粒子流就是两个短跑选手，从跑道两头分别往中间跑，最后迎面撞在一起，这样总能听懂吧。"

秦文秦武同时点头。林泉笑了笑，再次拿起笔，在白纸上又加了一条长度相似的直线，第二条线和第一条线交叉成一个标准的"十"字形。林泉说："以前，受加速条件限制，我们只能造一条跑道，让两个短跑选手，也就是两束粒子流迎面对撞，现在，由于技术的进步，不再需要那么长的跑道了。我们可以造一个十字路口，让四个选手，也就是四束粒子流进行四向对撞。未来，还可以发展到八束、十六束粒子流对撞，我们认为，这可能会让我们发现一些全新的东西。"

"然后呢？"秦武问，他明白到目前为止，林泉所说的一切都还只是铺垫，真正关键的信息应该还在后面，"首次试运行之后，发生了什么？"

"首次试运行很成功，四束粒子流成功被加速到光速的百分之九十九点九九，这个速度看似很快，但对强子对撞来说只能算热身，整个过程十分顺利。当天中午，就有十几家媒体想要采访我们，但出于保密需要，总工程师没有透露任何技术细节，只是简要地介绍了一下'盘古'的优势与科研意义。"林泉慢慢踱回藤椅边，拿起那份秦文带来的《Y市晚报》，"基本上，报纸上写的话，就是总工那天说的全部内容。"

"你刚刚说，有十几家媒体去采访了，为什么只有《Y市晚报》刊载了？"

"原因很简单，试运行成功的当天晚上，我们进行了正式试验，这一次四束粒子流的最终碰撞速度达到了光速的百分之九十九点九九九九，这才是强子碰撞的理想速度，然而这一次实验，出现了一些预想之外的情况！"

"什么情况？"

林泉并没有立刻回答这个问题，在秦文秦武惊异的目光中，他从椅子上站了起来，慢慢往卧室走去。

秦文秦武对视了一眼，也不知该不该跟进去。

不多时，林泉走了出来，在他的手上，多了一包刚刚拆封的香烟："抽烟吗？"秦文与秦武同时摇头，林泉笑了笑，抽出一根香烟，点燃，一缕青色的烟雾缓缓升腾起来，将老人的面目遮蔽得有些模糊，林泉问："你们了解人造黑洞吗？"

秦文与秦武脸色一下子变了，都没有立刻点头或摇头。

"很简单，强子对撞实验，能模拟出宇宙大爆炸初期的环境。所以，也会制造出一些微型黑洞，这些黑洞质量极小，会在极短时间内蒸发殆尽，所以实验组并没有重视这个问题。但他们忽略了一点，盘古的实验原理，是让四束粒子流从四个方向对撞。"林泉指着纸上的"十字路口"，缓缓说，"由于技术所限，我们不可能做到，让这四束粒子流在同一个普朗克时间内发生碰撞，只可能是水平方向的两道粒子流先碰撞，大约两百万分之一秒后，垂直方向的两道粒子流再碰撞。换而言之，在两百万分之一秒之内，先后发生了两次高速粒子碰撞。这就造成了，初次对撞产生的某个微型黑洞，和第二次对撞产生的某个黑洞，在蒸发之前，恰巧碰到了一起。"

"黑洞碰撞？"毫不夸张地说，这是一个令人窒息的概念，一个足以让任何人联想到世界毁灭、时空错位的概念。

林泉看出了二人的震惊，他摁灭手中的香烟，缓缓说："黑洞碰撞是一个难以想象的过程，两个黑洞互相围绕对方旋转，随后彼此吞噬，在这个过程中，任何已知的物理学定律，都可能被打破，它甚至可能改变宇宙时空结构。前几年热门的'引力波'概念，就来自数百万光年外的两个黑洞碰撞。"说到这里时，林泉忽然停住了，脸上的表情十分古怪，似乎有些忧虑，又似乎有些惊喜。秦文读懂了林泉的表情，并没有立刻追问。

大约半分钟后，林泉浑浊的双眼渐渐变亮，就像从暮霭中跃出的恒星，说："这次意外的黑洞碰撞，除了在对撞机的探测系统内留下了一串无比宝贵的数据，而且，产生了一样无法用科学解释的存在。"

"存在"，这无疑是十分特别的名词。通常来说，只有在描述一样难以形容、甚至难以想象的事物时，你才会用到。林泉认真组织了一下语言，说："我们将这种存在，叫作'皂泡'，因为它的形状，又或者说，在三维世界内的投影是一个无比标准的球体，大小跟网球差不多，光线在经过它的投影范围时，会出现轻微的折射，所以从肉眼看去，它就像是一个美丽的肥皂泡。"

林泉再一次站了起来："谁也不知道，这个皂泡究竟是什么，或许是一片时空扭曲区域，或许是一片能量场，或许是一个白洞，或许是一个平行宇宙，又或者是一扇通往平行宇宙的大门。它悬浮在对撞机的隧道中央，并始终保持静止的状态。它在我们的视线中存在了大约十分钟，然后渐渐变淡，最后消失了。当然，我说的消失，未必是真的消失，很可能它依旧停留在原来的位置，只不过变得不可见而已。"

"您觉得，这个皂泡，可能就是这种记忆偏离症的源头？"

"我刚才说了，它可能是一个平行宇宙，也可能是一个通往平行宇宙的大门，它超越了一切现有物理定律的束缚，可以解释一切用科学无法解释的事件。"林泉顿了顿，说，"你刚才也说，没有比平行宇宙理论，更完美契合这种记忆偏离症了。"

林泉无疑是个很有水平的学者，他的这一长段描述用词严谨且描述生动，堪称科普讲座的完美范本。秦文与秦武对视了一眼：林泉所说的这些信息，无疑从某种程度上坐实了秦文的猜测——"非典型性失忆综合征"可能和"盘古"实验有关。

但一个新的问题浮出了水面，秦文说："既然对撞机的试运行是三年前的事情，那么，为什么最近才有人发病？"

"这，就是另一件事了。"林泉眼中的光芒渐渐暗淡下来，"三年前，实验出现意外后，盘古工程就被叫停了，实验室也被紧急封闭。在这之后，实验组出现了两种声音。一部分人建议，采取一些科学手段，对皂泡所在位置进行观测研究，确定它是不是还在那里，它的物理学特性是什么，甚至有人提出，再重复几次四向对撞实验，看还能不能生成同样的存在。而另外一部分人，则强烈反对这些冒险之举，他们认为在物理学理论进步到能解释这种存在之前，最好什么都别做。我的性格比较谨慎，所以支持后者，但以总工程师为代表的激进派并不这么想，就在上个月底，总工程师说服了上层，决定重新开启实验室，进行研究。"

"研究，怎么研究？"秦文生出一种无比可怕的联想，"难道说，这次研究，把这个皂泡放出来了？"

"不知道。"

"您也不知道？"

"我的确不知道。因为跟总工程师唱反调，早在三年前，我就被强制调离了实验组，随后退居二线，每天的工作就是喝茶、看报、玩手机。"林泉的语气里带着明显的讥讽味道，枯槁的双手一下下拍在藤椅的扶手上，"不但如此，在这件事之前，我已经被列入了下一批院士的候补名单，但结果被一个学术上毫无建树、整天溜须拍马的家伙顶替了；清华大学物理学院之前准备聘我做博士生导师加名誉院长，因为这些人作梗，也没下文了！其实，在科研工作中产生意见分歧，这是很正常的事情，但有些人却一定要把政治手段带进科研工作。他们这样对我很过分！"

林泉越说越激动，手臂、额头上的青筋都凸了出来，他站起身，在屋子里来回踱了几圈。秦文秦武都有些发木，他们想要安慰林泉，却怎么都想不出合理的措辞。好在林泉渐渐从愤怒中挣脱了出来，走完第五圈后，林泉坐回藤椅，浅浅地抿了一口杯子里的茶水，然后闭上眼，用尽可能平静的语调说："没事、没事，人老了，发发牢骚。对不起，我知道的就是这些，也不知道能不能帮上你们。"

"您说的这些很重要，谢谢您，林叔叔。"

"这件事有什么进展，你们有什么想法或者问题的话，随时上这儿来找我。"

兄弟二人与林泉握手道别，"砰"，关上的房门隔绝了屋内的灯光，两道目光在黑暗中短暂地交会。"唉"，两人不约而同地叹了口气，刚刚得到的信息无疑从很大程度上坐实了秦文关于"M世界"的猜想，然而对解决问题完全没有帮助。没错，如果这种突然爆发的"记忆综合征"的源头是一次事关国家机密的科学实验的话，他们两人又有什么能力去改变这一切——不要说改变了，就连发声只怕都难以做到。走出楼道的一刻，秦文听到外面淅淅沥沥的声音，不知何时，下雨了。

第十七章 死亡

雨下得很大，黄豆大的水珠争先恐后地拍在汽车的挡风玻璃上，泅散出一团团形状怪异的花朵，路边的霓虹灯绽放出五颜六色的光芒，在雨珠的折射下，整片天空仿佛都染上了一层迷离的色彩。

林泉的话语给秦文秦武带来的心灵冲击无疑是巨大的，它意味着，一个无法用科学解释却可能改变世界的神秘存在，正游荡在这座城市的某处。"难道那次实验，真的让世界一分为二，而我大脑中的记忆，都来自那个平行世界？"秦武看着窗外熟悉又陌生的街道，精神有些恍惚，他感觉自己与这个世界都是虚妄的、唯心的、并不存在的，他觉得这片天地都是一片无边无际的幻境。

"嘀嘀嘀"，刺耳的电话铃声将秦武惊醒过来，手机屏幕上出现了两个字："军哥"。一个完全陌生的名字，秦武对这样的事已经见怪不怪了，他拍了一下秦文的肩膀，秦文侧过脸，看了一眼手机，满不在乎地说："你的一个朋友。"秦文顿了顿，补充说："酒肉朋友，这么晚打电话给你，多半是喊你出去泡吧或者泡妞。"

"噢，那我回掉好了。"秦武毫不犹豫地说——他已决定跟过去半年内颓废、自暴自弃的状态一刀两断，正因如此，他接通电话的语气相当冷漠："喂，你好。"

"小武，在哪儿呢，出来嗨。"果不其然，电话那头的声音醉醺醺的，还夹杂着震耳欲聋的音乐声。

"不了，最近事情比较多。"

"嘿，你今天大喜临门，还不出来喝几杯。"

"大喜临门?"秦武有些发蒙。

"难道你还不知道陈远波的事情?"电话那头的"军哥"笑得很放肆。

陈远波？秦武摇晃了两下脑袋，他很快意识到，这个名字的主人属于一个留着络腮胡子的年轻画家，而这个画家的另一身份则是白静的新男友，秦武的"情敌"。秦武的兴趣一下子被勾了起来，他问："陈远波跟白静分手了?"

"分手？不不不，那小子死啦!"

"什么?"由于电话那头的噪声太大，秦武并没有立刻听清对方的话，但军哥很快用更高的音量，以及更兴奋的语调重复了一遍："陈远波死啦! 你的情敌翘辫子啦，你说该不该出来喝两杯?"

"死了? 怎么死的?"

"自杀! 听朋友说，这小子自打画室失火那一天起，精神状态就出问题了，就跟失了魂一样。就在刚刚，我朋友告诉我，说是今天下午，有人在乡下的一条河边，发现了一套画板跟画笔，然后，在河里发现了一具尸体，怀疑是画到一半跳河自杀的，现在尸体已经送殡仪馆了。""军哥"促狭地笑了两声，"兄弟，你要不要趁这个机会，去安慰一下你的前女友?"

秦武蒙了大约两三秒，当弄明白这段话代表的含义时，一种难以用言语形容的感觉瞬间笼罩了他——说来也怪，秦武记得自己原本并不认识陈远波，他对这个情敌仅有的些许印象都源自白静朋友圈里那几张合影，外加十来张油画照片。不用说，秦武曾十分厌恶、排斥这个年轻画家，但此时此刻，陈远波的死讯倏然而至，秦武却没有半点高兴，也没有冷漠或若无其事，他觉得被一只无形的手攥住了心脏，一些不知从何而来的悲伤感从灵魂的某个角落里漫涌出来。他对这个人的全部偏见、嫉妒，都随着这条生命的消逝而瞬间烟消云散了。不但如此，他对电话那头的"军哥"生出一种强烈的鄙视与厌恶感，他难以想象，一个多么卑劣、素质低下的人才会对一个年轻的死者如此恶语相加，而这个人，居然还是自己的"朋友"，这种莫名的羞耻感让秦武沉默了。

"喂，小武，怎么不说话了？"电话那头，军哥愣了大约两秒，"我×，那把火，不会真是你放的吧？"

"怎么可能！"秦武下意识地辩白，然而下一刻，他猛然意识到，这样的辩白是那般苍白无力。没错，自己是一名"记忆偏离症"患者，他"完全不记得"的事情，未必就是从未发生过的。

"我在跟我哥谈事情，改天跟你联系。"秦武挂断了电话，他僵硬地转过头，将目光投向一旁的秦文，却发现秦文也正满脸震惊地看着自己。

"谁自杀了？"秦文问。

"陈远波。"

"陈远波？"秦文用了一段时间才将这个名字与人对应起来，"那个画家？"

"嗯……"秦武疲惫地靠在副驾驶位置上，有气无力地说。半分钟后，秦武在另一个朋友的微博上找到了陈远波的死讯——毕竟，在一座人口不到两百万的三线城市里，同一个年纪、层次的年轻人总是或多或少地有交集的。

"挚友陈远波，因一场火灾痛失数年心血，心力交瘁，最终选择用悲壮的方式告别这个世界，愿一切安好，愿来生相遇。"这段文字后面配了三张图片，第一张是陈远波的大学旧照，照片上的男孩没有蓄须，唇角挂着单纯腼腆的笑容；第二张照片是陈远波的画作，这是一张以星空为主题的抽象派油画，画面下方伫立着三个小小的人儿，小人儿的头抬得很高，仰望头顶浩渺无尽、灿烂壮丽的星空，秦武并不太懂艺术，但这幅画却引发了他内心的强烈共鸣；第三张照片则摄于一间焦黑的、冒着青烟的破屋子，在熏得乌黑的墙壁上，挂着三五个烧焦变形的油画框，至于画框内那些被作者视为珍宝的画作，早已在火焰的炙烤下，化作五彩斑斓的烟尘，随风消逝。

一种强烈的恐惧感包裹了秦武，一个曾经短暂出现又早已被强行抛去的念头再度飘入脑海，并从此挥之不去：那把火，不会真是我放的吧。

如果真是这样，那便等于，我杀了他。

秦武靠在座椅上的身体开始剧烈颤抖，他对秦文说："哥，能不能帮我查件事。"

"什么事？"

"陈远波画室失火，是什么时候的事情？"

"你问这个干什么？"

"我，我想确认一下，这件事是不是我做的。"

秦文肩膀一震，握着方向盘的双手瞬间脱离了大脑的控制，轮胎带着刺耳的摩擦声，在潮湿的路面上打了个圈，最终险险停在距离绿化带不到十厘米的路边，秦文说："你怀疑是你自己做的？"

秦武没有回答，雨点带着奇异的节奏敲打在玻璃上，仿佛葬礼上的哀乐。

"我觉得，你不会做出这种事的。"

"我也希望如此，就是想确认一下。"

"你不要急，不要激动，我回忆一下。"秦文靠在座椅上沉思了片刻，说，"你想多了，应该不是你。"

"什么意思？"

"我记得，前几天我跟你，还有爸爸在家吃午饭。我感觉你有点不太对，怎么说呢，好像有点开心，又有点紧张，我问你怎么了，你起初不肯说，后来吃完饭才告诉我，陈远波的画室前一天晚上失火了。我感觉，你说这事的时候，语气里是带着点幸灾乐祸的，如果真是你做的……"当秦文意识到，自己为弟弟"脱罪"的理由，不过是一厢情愿的信任与袒护，并没有想象中可信有力的时候，声音渐渐小了下来，"如果是你做的，你应该没那么轻松，也没理由不告诉我吧。"

秦武闭口不言，他全身发抖，伸手关掉了车内的冷气，他预感到，这个疑团将成为一个心魔与梦魇，在未来相当长一段时间内，如附骨之疽一样纠缠自己，让自己如芒在背，难以入眠——直到二十分钟后，他在自家别墅门口，被两个全副武装的警察牢牢按倒在地为止。

第十八章　不在场证据

车刚进小区，秦文就看见自家门口停着一辆纯黑色的商务车，车辆的大灯开着，却不见人影。起初他以为是有人来探望父亲，所以并没有太在意，然而当二人推开虚掩的铁门，准备进屋时，四个人高马大的警察分别从铁门的两侧冲了出来，为首的一人将一本证件递到二人眼前，厉声说："你好，新城派出所！"

秦文愣住了，一时没明白是怎么回事，而秦武的反应则激烈了许多，这一路上，他的大脑始终处于一个紧张思考的状态，精神疲惫紧绷。进门后，他偏偏又没能第一时间听清对方的言语，所以，当四个高大的人影从黑暗中走出的一刻，他的第一反应是转身就跑。在这种情况下，这样的举动无疑是"畏罪逃跑"的表现，秦武跟跄着没跑出几步，脚下一滑，重重地摔倒在冰冷的水泥地面上，一秒钟后，他的肩膀已经被四条强壮的胳膊死死按住了。

"救命，救命！"秦武呻吟道。

"别喊！警察！"来人大声咆哮。

"警察？"秦武的大脑略微清醒了一点，他觉得身上更冷了，语无伦次地说，"你们干什么？"

两名警察对视了一眼，年轻一些的警察将手伸向腰间的手铐，却被另一个警察阻止了："姜所还在查监控，先等等。"

"监控？"秦武有些迷糊，他被两名警察一左一右地押到面包车上，而秦文则被另两人引着，走进家里的客厅。这是警方最常见的分别问询，秦武的心一下子锁紧了。"啪"，警察打开了车顶的悬灯，刺目的黄光让秦武下意识地眯起眼，他还在思考自己该如何辩解，警察已开始了问询。

"今天11:00到12:00，你在哪儿？"年轻警察单刀直入地问。

秦武大脑发出"嗡"的一声，他隐约猜到，这一个小时就是警方目前确定的陈远波坠河的时段了。他不由得在心里骂了一句："我×，难道他们不是怀疑我纵火，而是怀疑我杀人?!"

物极必反，当想明白这一点后，秦武的心绪反倒渐渐平复下来，因为这一个小时，他正在监控密布的青山医院，可以说有着最确凿的不在场证据。秦武说："在青山医院。"

"去干什么？说详细点。"

"去找我哥，我10:40左右到的医院，在他的诊室里聊了大概个把小时。开始有一个护士也在，等我们聊了半小时左右她才走的，后来我们在医院食堂吃的午饭……"

"你哥哥的诊室在几楼？护士叫什么名字？你们在医院食堂的哪个位置吃的午饭？"警察完全不给秦武思考的时间，步步紧逼地问。

"A区医技楼三楼，神经内科三号诊室；护士的名字我不知道；吃饭是在食堂二楼，靠窗的位置。"

警察点了点头，将这些信息全部记在一张"谈话笔录"上，然后拨通手里的电话："帮我查一下青山医院的监控，10:30到中午，嫌疑人信息我一会儿发你……"与此同时，另一名警察的目光则牢牢锁定秦武的脸，试图从他的表情、目光中找出任何可疑之处。打完电话后，警察重新拿起笔录本，问："你去找你哥聊了什么？"

秦武心头一紧，心跳倏然加速，两人上午谈话的内容，有一大半是不准备对外透露的，秦武也不希望"享受"其他记忆偏离患者正在经历的"隔离治疗"待遇。可偏偏在这个时候，在这种情况下，被警察问起了这个问题，秦武想过用沉默来对抗，但这种时候拒不交代显然只会带来许多预想不到的麻烦。而如果乱扯一气的话——别忘了，在数十米外的客厅里，另两名警察很可能正在询问秦文相同的问题。

怎么办？

说不说？

说什么？

一缕灵感的火光忽然出现在秦武的脑海，对了，那个护士！

秦武与秦文聊天的前半个小时，那个年轻的护士是在场"旁听"的，这意味着只要警方稍做调查，一定可以通过那个护士妹子，弄清两人聊天的前半段内容。既然如此，那部分聊天内容，自然是可以也必须"和盘托出"的。

那么，唯一的问题就是，秦文会不会也想到这一点，他们能不能"心有灵犀"？

秦武的手心已攥出了汗水，然而当下的处境容不得他去犹豫与思考，秦武说："今天一早醒来，我的女朋友，记忆出现了问题……"

或许是实话实说的缘故，秦武在陈述这段事实时，语气、呼吸、心跳都极其平稳，同时毫不避讳警察的目光，为了拖延时间，他故意将细节说得很详细，甚至添入了一些本不存在却无从考证的细节、心理描述。有些出乎意料的是，面前的这两名警察，当听到"记忆偏离"这个看似匪夷所思的事件时，脸上的表情都很平静，并没有过多追问。

"看来，这些警察多半也听说了消息，而且被要求冷处理。"秦武猜想。

秦武继续向下叙述，警察则一反常态地收起了笔，看样子并不准备将秦武的这段陈述记录为白纸黑字，双方就在这心照不宣的默契中问答了大约十分钟。随着叙述的推进，秦武也越发忐忑起来，他担心这段"口供"结束后，对方会追问自己5月5日，也就是陈远波画室失火那天的行踪，因为那是他记忆偏离前发生的，不但毫无印象难以自圆其说，而且很容易暴露自己记忆出问题的事实，但秦武的拖延策略最后还是失败了。

又过了三五分钟，警察接了个电话，随后立刻中止了当前的话题，警察问："5月5日晚上，你又在哪里？"

该来的，还是来了——5月5日，正是陈远波画室失火的那晚。

秦武用藏在阴影中的右手用力掐了一下大腿内侧，借着强烈的疼痛来缓解紧张恐惧的情绪，他佯装出努力回忆的模样，然后说："对不起，时间有点久，不记得了。"

"再好好回忆下。"

"真的想不起来啊，正常来说，要么在家，要么在单位……"秦武猛然想到，自家别墅门口，与单位楼道里都有监控探头，又加了一句，"要么，就是去酒吧喝酒，跟朋友玩牌啥的。"

"你应该知道，我们问这些的原因。"警察用半带威胁的话语说了一句，"如果回忆不起来，你可能会很麻烦。"

秦武更紧张了，额头上的冷汗顺着鬓发滑落下来，他甚至听到胸腔里心脏的狂跳声。秦武忽然有些想笑：他确实完全"不记得"自己那晚的经历，却不得不因为"另一个自己"可能做过的事情面对这样的问询，甚至接受法律的惩罚，只因为法律的判决对象只针对躯体而非人格。他低下头，开始紧张地思考该说些什么话语来让自己处于有利一些的境地，忽然，面包车的侧门被拉开，四个身穿警服的人鱼贯而入。

"赵所。"此前做笔录的警察对领头的一人说。

"秦武是吧？"赵所拍了拍秦武的肩膀，说，"我们也是例行公事，你别介意。"

"嗯？"秦武有些意外，对方的态度相当客气，并不像对待嫌犯的态度，虽然他们一家也算是有些社会地位的人，但似乎也不值得暴力机关如此以礼相待。赵所问道："问到哪里了？"

"今天上午的嫌疑排除了，他当时在青山医院。5月5日那天，他说想不起来了。"

"没事了。别墅客厅里装了一个防盗监控，我刚才调看了5日的录像，当天他一下班就回家了，一直到第二天早上才出门。"赵所说，"痕迹科、法医科结论也出来了，可以按自杀定性了。秦武，你先回家吧，有什么情况的话，我们再通知你。"

秦武愣了几秒，当明白发生了什么之后，他伸展了一下胳膊，长长地呼出一口气，这份轻松感不仅由于问询的中止，另一个原因是，派出所的"调查"过程，也洗清了他此前对自己"纵火"的怀疑——装在别墅客厅的摄像头清楚地拍摄下，5月5日18:38，秦武背着双肩包进了门，而他的下一次出门，则是第二天8:15的事了。而陈远波画室失火的具体时间，则在5月5日23:00左右。

如此确凿的不在场证据让秦武从难以忍受的煎熬中解脱出来，他去冰箱里拿了两听饮料，一屁股坐在沙发上，对一旁的秦文说："刚才问你什么了？"

"今天上午的事，他问我们聊了啥？我就把张茜在场的时候，我们谈话的内容复述了一遍。你呢，没穿帮吧？"

"心有灵犀！"秦武哈哈一笑，打开易拉罐，冰凉的液体顺着喉管进入胃里，秦武的心情再次变得沉重起来，"我还是有些难过。"

"怎么了？"

"我还是很喜欢白静。"

"过段日子，试试继续追求她。"

"陈远波如果没死就好了。"

"嗯……什么意思？"

"我不知道白静跟他的感情到底怎么样，如果他们正在热恋的话，那他在白静心里的形象，将永远停留在最完美的一刻，他在白静心中的地位，将永远没有人可以取代。"秦武叹息了一声，"因为他死了。"

秦文眼睛瞪得很大，他没想到，在这种情况下，秦武居然会说出如此富于哲理、意味深长的话语，秦文想安慰弟弟，却始终想不出合适的措辞与理由。秦武忽然又说："我们把思思记忆出问题的事告诉警察了，不知道她会不会被隔离，接受强制治疗。"

秦文呆住了，他不知道该如何回答这个问题，也不清楚现在官方对记忆偏离症患者究竟是什么态度。客厅陷入了短暂的沉寂，就在这时，楼梯口的灯忽然亮了，伴着两声沙哑的咳嗽，秦山迈着蹒跚的脚步，扶着扶手，慢慢走了下来。

"床头柜上的阿司匹林没了。"秦山走进厨房，开始在抽屉里翻药，"刚才有两个警察过来，说要找你们了解一些情况，还问我客厅的监控连的是哪台电脑。我也不太清楚，就把楼下的公用电脑指给他们了。一个警察开始看电脑，另一个警察就陪我闲聊，对了，他们找你们什么事？"

秦文跟秦武对视了一眼，两人并不清楚警察都跟父亲说了什么，但从秦山的叙述看，他多半并不知道实情，这让秦武决定隐瞒真相，他抢先说："小区最近有几家被偷了，派出所就挨家挨户上门，做一下治安检查。"

"噢？嗯！"秦山在抽屉里找到了药盒，攥在手里，不紧不慢地往楼梯口走去，当路过兄弟两人身边时，他注意到了屏幕上正在播放的监控录像，蹒跚的脚步顿在原地，"监控里拍到贼了？"

"没……没有。"秦武有些慌乱，以至于说话一时有些结巴，"进小偷的是另外的几户人家，警察刚才过来，也是帮忙检查一下监控是好是坏。"

"噢，那你们多加小心，出门都检查一下门窗。"秦山显得有些疲惫，脑袋似乎也不太清醒了，以至于被秦武的搪塞之语轻易地骗了过去，他没有再问什么，只是慢慢地上了楼梯。秦武与秦文对视了一眼，从彼此的眼睛里，他们读出了许多内容，却又不知道到底该如何开口。这种诡异的感觉大约持续了两三分钟，直到秦文忍不住打了个哈欠，这声哈欠打破了令人窒息的沉默，秦武说："先睡吧。"

秦武走回房间后才发现没有丝毫的倦意，他平躺在柔软的床垫上，脑海里再次浮现起白静的模样，这一刻她睡了吗？秦武很想打个电话给白静，但理智阻止了他。接着，秦武又想到了思思，这一刻思思又在哪里？和谁在一起？警察会找到她，"治好"她，让她回到自己身边吗？秦武忽然很想喝酒，于是蹑手蹑脚从房间里走出来，从橱柜里取出一瓶红酒，晶莹的液体在夜色下显得分外迷人，秦武端起酒杯，仰头一饮而尽。一杯、两杯、三杯，原本清醒的大脑在酒精的麻醉下渐渐陷入混沌，秦武摇晃着走回床边，看着窗外的迷离月色与略显陌生的房间，决定做点什么。

第十九章　初醒

5月19日，清晨。

秦武再次醒来已是十小时后的事情了，一缕刺目的日光照醒了沉睡中的醉者，让他一时几乎无法睁开紧闭的双眼。秦武用迟钝的鼻子，嗅到了身上那股难闻的酒精与酸臭味，于是走进浴室，冲了个冷水澡。

在冷水的刺激下，秦武很快回忆起昨晚喝酒前发生的一切：包括意外听说陈远波的死讯，在别墅门口被两名警察就地擒拿，问讯盘查，以及最后凭借监控"洗脱嫌疑"的过程，至于喝酒之后发生了什么，他依稀有一些印象，却又记不太清晰——想到这儿，秦武触电般地拿起手机，翻看前一晚的通话记录，当"已拨电话"跳入眼帘的一刻，他全身的每一寸肌肤都似乎被蚂蚁爬过。

通话记录的倒数第二个名字是白静，通话时间，0:11，通话时长，四分五十三秒。

最近一个通话对象则是思思，通话时间，0:22，通话时长，十一分二十秒。

秦武搜肠刮肚，也无法回忆起自己是在怎样的心态下拨出这两个电话，更不记得自己在这两个电话里都说了什么。强烈的懊悔感让他狠狠将拳头砸在坚硬的床头柜上。下一秒，手机屏幕上出现了一条微信消息。

"你真的很自私、幼稚、毫无风度，我很讨厌你，希望你不要再打扰我的生活了——白静。"

秦武发疯般点开微信，结果发现，在挂断电话后，自己居然又与她们在微信上聊了许多话，而且所有聊天记录都保存完好，几乎完整地记录下了自己断片后说过的一切。

秦武："静，我没有骗你，我真的爱你。"（00:35）

秦武："静，我的记忆真的出现了问题，但我看过监控了，5日那晚我在家，画室的事情，真的与我无关。"（00:37）

白静："你喝多了？"（00:38）

秦武："是，我喝多了，因为我在清醒的时候，没有勇气说真话。"（00:39）

秦武："我知道不该这种时候对你说这个，但我真的无法控制自己，我真的放不下你。"（00:41）

秦武："你为什么不说话？"（00:43）

秦武："我知道你依旧爱我，我不会放弃的。"（00:44）

秦武："我知道你不爱他，你跟他在一起不过是为了气我。我们在一起吧。"（00:47）

秦武："对不起，静，我不该说他坏话的，刚听说他自杀的消息时，我也很难过。"（00:49）

白静："滚，不要逼我删你。"（0:49）

看完这段聊天记录，秦武抬起手，重重甩了自己两个耳光，他恨自己酗酒消愁，恨自己在这种时候说出如此失礼、不合时宜的话语，他很了解白静，她本是个宽容、温柔、善解人意的女孩子。所以，如果她在第二天一早，在冷静了七八个小时后，还用"自私、幼稚、毫无风度"这样的词语来形容自己的话，那几乎意味着一切希望都断绝了。秦武抖抖索索地打下"对不起"三个字，"对方已拒绝了你的消息"一行意料之中的消息蹦了出来，秦武愣了大约两三秒，然后失声痛哭起来。

秦武哭了整整十分钟，最开始他哭得很大声，当他意识到，这样的哭声可能会惊醒楼上的父亲时，痛哭变成了抽噎，秦武觉得世间的一切都失去了意义，包括生命，包括未来，他觉得这世上最大的痛苦莫过于此，直到他翻到前一晚与思思的消息。

秦武："思思。"（00:55）

思思："？"（00:55）

秦武："想和你说说话。"（00:57）

思思："那天的事，对不起。"（00:58）

秦武："有人找你吗，带你去看病什么的？"（00:58）

思思："没有，我爸要带我去医院，我们吵了一架。我没病！"（00:58）

秦武："你会回到我身边吗？"（00:59）

秦武："我们曾经深爱彼此，就在你记忆出现问题的前一晚，你约我第二天去文身，说要将彼此的名字文在手臂上，这样一来，就算记忆出现问题，我们也不会分开。"（01:01）

思思："这几天我想了很多，我手机里有好几十张我们的合照，微信上有上千条我们的聊天记录，我把这些都看了一遍，你说的都是事实，我们确实有过一段美好的故事。但还是要说对不起，我不记得你了，更重要的是，我放不下现在心里的那个人。我问了我的爸爸、我的朋友，所有人都说，从来没有听我提起他。我手机上没有他，微信上没有他，不瞒你说，在我的记忆里，他也是个挺混账的男孩子，很少迁就我，还有些花心，但我还是决定去找他，因为我爱他。

祝一切安好，谢谢你曾经陪在我身边。思思。"

（01:15）

秦武是屏着呼吸看完思思的这段"诀别"的，看完后，他将手机扔到枕边，无声地看着苍白的天花板，他为前一晚的朝秦暮楚感到羞愧，更因此刻的"一无所有"感到悲哀。他预感到自己很可能会彻底失去白静与思思了，尽管如此，心中依旧有一个声音在不停地呐喊："不要放弃！不要放弃！"在这个声音的指引下，秦武走进卫生间，仔细地打理了一番额前的碎发与衬衫的衣领，迎着初升的朝阳走了出去。

秦武去的第一站是海天影视公司——思思父亲的单位，他顺着名片上的地址找到了这家公司，然后在一间四面都是落地玻璃的办公室里看到了那个曾将自己揍得鼻青脸肿的中年男人。"您好。"秦武对思思的父亲说。

"是你？"思思的父亲有些讶异，他将秦武带进办公室后面一间没有窗子的小隔间，"有什么事吗？"

"叔叔，我想见思思一面。"

"我跟我女儿聊过两次，她跟我说，不会再跟你见面了。"

"我只是想和她说几句话。"

"我觉得，你应该了解她。"思思的父亲慢慢站了起来，"既然你曾经和她在一起过，你应该了解她，更应该理解她。"

秦武的身体仿佛被抽空了，他站起身，拧开身后不足一米宽的木门，低头走了出去，他下楼的脚步就像迟暮老人那般蹒跚艰难。没错，思思确实是这样的女孩，狷狂、骄傲、不知天高地厚，只要她决定的事情，通常不会因任何人的意见、哀求、强迫而改变。秦武出门后，在马路对面拦了一辆出租车，当他来到白静家楼下时，恰好看见那个熟悉的、高挑的身影从昏暗的楼道走出来。

白静行走的方向逆着阳光，这让秦武看不清她脸上的表情细节，他只觉得，白静的脚步比平时慢了许多，身上仿佛多出了一丝沉沉暮气。白静很快也看见了秦武，身躯如触电般僵在了原地，她一句话都没说，而是原地转身，快步往楼道的方向走去。

"你等等！"秦武撒开脚步追了上去，白静却走得更快了，她的背影在刺目的日光下显得格外决绝陌生，秦武赶在白静上楼前追上了她，他试图去拉她的衣袖，却被狠狠甩开了。"你给我滚！"白静吼了出来。

"听我说几句话。"

"滚！"

"给我十分钟，以后我绝不纠缠你！"

"三分钟。"白静看了一眼手表。

"我的记忆真的出问题了……"

"这件事你早就说过了！"

"画室的事，真不是我做的。"

"你不是失忆了吗？"白静忽然反问。

"我昨天看了我家的监控，5月5日一整晚我都在家，警察已经看过监控了。"

"噢。"白静的语气略微缓和了一些，但表情依旧冷若冰霜，"知道了。"

"我为昨晚的那些话道歉，对不起，自从记忆出现问题之后，我感觉自己的心态都变了，我不知道该怎么形容这一切……就跟精神病差不多，你相信我，给我一点时间，我会调整的。"

"还有一分钟。"

"我不希望你现在就原谅我，我会证明自己的……"

"我们不可能了。"

"我理解你现在的心态，我真傻×，我不该现在说这些，我也不知道自己到底想说什么，我就想跟你说……"秦武有些语无伦次。

"我——们——真——的——不——可——能——了。"白静一字一顿地说，"这跟任何人、任何事无关。"

说完这句话后，白静头也不回地走进楼道，只留下如泥塑木偶般站在原地的秦武，他的大脑一片空白，整个灵魂陷入一片无边无际的黑暗，秦武在这片黑暗中爬行、摸索、挣扎，然而就在这时，一道刺目的、闪电般的光芒忽然劈开了这片黑暗，并在思维最深处爆发出前所未有的光亮。

"如果，思思的记忆偏离症治好了，她是不是就会回到我身边了？"如果说这个想法尚且算是一种正面、正常的企望的话，那脑中的下一个念头则让他冷不丁打了个寒噤，"如果、如果白静也得了这种记忆偏离症，那她是不是就会回到我身边了？"

"那我呢？我的记忆偏离症，是否应该被'治好'呢？"秦武忽然觉得，初夏的阳光是如此寒冷刺骨，就像腊月里刺骨的寒风。秦武钻进路边的一家咖啡店，漫无目的地点了一杯咖啡，坐在临窗的座位上，看着外面的人来人往、夕阳落下、星斗漫天，在某几个瞬间，秦武觉得自己很卑劣，竟会希望白静也患上记忆偏离症。在另外几个瞬间，秦武又觉得自己很可笑，既然这种记忆偏离症很可能源自某个无法用科学解释的神秘存在，那么"治好"又从何谈起。秦武想到跟秦文打电话的时候已是20:00了，出乎意料的是，电话久久无人接听。秦武并不死心，于是又拨打了第二遍、第三遍，最后一次，电话终于接通了，但那头的人却不是秦文，而是一个陌生的年轻女人，女人的声音很温婉、平和却毫无感情，就像一束没有色彩的光、一缕没有温度的风。

"您好。"电话那头的女人说，"秦文先生最近不方便接听电话。"

第五部分

记忆幽灵

记忆幽灵

第二十章　蔓延

正是秦武宿醉未醒的这个早晨，秦文接诊了三名非典型性失忆综合征的患者，在这三个人的记忆中，全都存在"A省地震""徐天被逮捕"等仅存在于"M世界"并未在现实世界发生的重要信息，这些信息进一步坚定了秦文的信心。中午下班前，秦文认真地对张茜说："纸要包不住火了。"

"怎么了？"

"今天是5月19日。我们发现的第一个病例是5月10日的赵春梅，之后一个星期，并没有相似的病例出现。起初我以为这是偶然事件，但从大前天开始，又陆续出现了新的类似病例，16日、17日这两天，一共增加了十三名确诊患者。昨天是18日，据说又确诊了二十六个人。"秦文在心里大致盘算了一下，说，"今天一个上午，我这边就来了三个患者，照这个速度发展下去，到今天晚上，记忆出问题的人数，很可能会超过一百。就算上面再想掩盖，也掩盖不住了。"

"您的意思是，疫情已经控制不住了吗？"张茜睁大眼睛说。

"如果，这确实是一种瘟疫的话。"秦文自然不会将从林泉那里得到的信息告诉任何外人，"前几天开会强调了纪律，这件事你不要在外面张扬。"

"嗯，我知道……"张茜眼中闪过一丝鄙夷的神色，她觉得秦文是个懦弱且缺乏社会责任感的人，毫无原则，屈于强权，就像一条没有骨头的哈巴狗。秦文察觉到了张茜的表情变化，并没有解释什么："去吃饭吧。"秦文说完，正要起身，桌上的电话却不合时宜地响了起来。

"12:30，在医生办公室碰一下。"电话那头居然是周诚。

秦文走进办公室时，发现里面的压抑氛围远远超过了此前的想象。七八个同事低头坐在座位上，表情僵硬且凝重。没人交头接耳，没人窃窃私语，更不用说往日里常见的插科打诨了——自从非典型性失忆综合征出现后，整座医院，乃至整座城市的气氛便日渐沉重，但像这样的"断崖式下滑"依旧显得不太寻常.打个不太恰当的比方，前几天的气氛变化，就像盛夏往初秋的过渡，然而仅过了一个晚上，微凉的初秋就突变为冰封的严冬。"难道记忆偏离症的蔓延速度比我想象的还快？"这是秦文心中闪过的第一个念头，他问一脸凝重的周诚副院长："怎么了？"

"钱强也生病了，非典型性失忆综合征。"

"钱强？"秦文用了好一阵子才回忆起这个名字，"赵春梅的老公？"

"是的，上午刘医生接诊的。"周诚看着秦文，对一名头发花白的老医生说，"老刘，你再说一遍吧。"

"钱强犯病后，也坚称赵春梅不是他老婆，并说赵春梅的老公是尤小志。这一点，跟赵春梅犯病后的记忆完全一致。"刘医生的语速很慢，每个字都说得异常清晰，秦文惊讶地发现，这个从医近三十年、曾接诊过上千名精神病患者的专家在这一刻居然在微微颤抖。刘医生用颤抖的声音说："两名患者的虚假记忆居然共通，这是现有的任何医学知识都无法解释的。还有，这件事在当地已经传疯了，很多村民都说这是灵异事件，说是鬼上身，撞邪了。"

"嗯，知道了。"秦文的反应很平淡。

"你，好像不怎么意外？"周诚愣愣地看着秦文。

"他说的这件事，我前两天就发现了。"

"那你为什么不说？！"一位平时与秦文就不太对付的医生大声质问道，与此同时，其他同事的目光也变得不善，他们侧过脸，用眼角的余光瞟向秦文，用弱不可闻的声音窃窃私语。秦文早已习惯了这样的目光与非议——从半年前开始，侮辱、轻视、质疑便如附骨之疽一样，无时无刻不伴随着他。他并没有为先前的隐瞒解释什么。

"就我了解到的信息看，所有患有记忆偏离症的病人，大脑里的记忆全都共通互洽，不止主观记忆，还有客观记忆。我感觉，这些患者就像是从同一个平行世界穿越过来一样。"秦文沉声说。

"平行世界？"七八张脸上浮现出震惊之色，短暂的错愕后，有人点头赞同，认为这是一种大胆但合理的猜测，也有人不以为然，觉得是危言耸听。秦文没有理会在场者的争论，说："在所有病人的记忆里，我们市有一位领导在去年因为贪腐双规了，动静闹得很大，这个人，就是徐天……"

这句话宛若一声惊雷，将在场的所有人同时震晕了。气氛刚活跃了一些的办公室瞬间鸦雀无声，众人面面相觑，竭力将内心的震惊掩藏在僵硬的表情后，每张脸上仿佛都戴上了一层无形的面具。令人窒息的沉默持续了大约十几秒，办公室里最年轻的见习医生小张忍不住发话道："我看那个徐天平时道貌岸然的，八成真有问题，难道……"

小张一开口便发现七八道目光同时射向自己，他慌忙掩上嘴，把后半句话堵回了喉咙。会场再次陷入死寂，这一次，沉默持续得更久，差不多有半分钟，周诚咳嗽了一声，说："秦文，我知道，徐天和你有一些过节……"

"我在陈述事实！"秦文毫不畏惧地说，"我跟九个病人谈了话，除了一个不到十岁的小女孩以外，另外八个人全都记得这件事。而且，不只是徐天这件事，他们脑子里记得的，共同的、并未真实发生过的新闻事件还有很多，例如我死了，例如A省去年发生了大地震，例如现任美国总统尼尔森去年被弹劾下台……"

在所有人惊诧的目光里，秦文一口气将自己收集到的"记忆世界"中近年发生的重大事件（现实并未发生的）陈述了一遍，陈述结束后，秦文便不再开口。他将后半段内容：详细的"M世界"猜想，他对那个"时间岔点"的寻根追源过程，以及盘古对撞实验等事全部藏在心里。秦文这么做的原因之一是他并未想好如何在说出事实的同时不连累林泉，另一层原因则源自一种难以用言语形容的直觉。这种直觉告诉他，有些事说出来，很可能会让自己和秦武陷入一些麻烦与困境。

秦文用一句掷地有声的话结束了发言："这两天医院收治了好几十个病人，在座至少有一半是有资格进入隔离区的，我说的这些到底是真是假，你们去病区问一问就知道了。"

"这些信息很重要，会后你整理一份文字材料给我，我立刻向上级汇报。"周诚皱了皱眉头，淡漠的目光在每个人脸上依次扫过，对于秦文石破天惊的发言，他没有发表一个字的评论观点，更没有像以往例会那样总结陈词，"下午下班后，要开全院会议。请各位谨言慎行。"

谨言慎行，这四个字无疑已包含了周诚对这件事的态度，说完这句话后，周诚便挥了挥手，示意所有人各自回诊室坐班。秦文看着同事一个个走出办公室，并没有动身。大约一分钟后，空荡荡的办公室只剩下周诚与秦文两个人，周诚用复杂的目光看了秦文一眼，将不久前说过的四个字重复了一遍："谨言慎行。"

"放心，我没那么幼稚。"秦文问，"今晚会议，还是徐天主持?"

"嗯……徐天确实一直针对我，导致你也跟着受连累。我也知道，你一直很讨厌他，其实我比你更看不起他，觉得他德不配位，就拿他整我的那些手段来说，不止下作，而且也蠢得可以。但无论如何，他现在在那个位置上……"周诚顿了顿，语气严肃地说，"徐天被双规这件事，毕竟是莫须有的，至少到目前为止并没有证据，你千万不要拿到会上说。"

"我知道。"

周诚叹息了一声："其实，你刚才也不该当着这么多同事的面说这个的。"

"说都说了，收不回来了。"秦文坦然道。

"有什么想法的话，今晚会后单独找我交流。"

秦文静静地看着坐在椅子上的周诚，点了点头，他并没有因为周诚明哲保身的态度而失望，相反，他很理解、敬佩这个人，他认为周诚已经做到了那个位置上所能做的一切。

第二十一章　治愈

　　与上次一样，全院会议是在灯火通明的报告厅召开的，坐在主席台正中的人依旧是徐天，与两天前相比，这位副市长的脸色更苍白了几分，往日里锐利的目光有些空洞无神，好像时日无多的绝症病人。秦文自然知道这其中的缘由，他甚至怀疑，坐在主席台右侧的赵院长多半也知道了什么，因为当他念出"与会领导副市长徐天"的时候，语气已不再像以往那样抑扬顿挫热情洋溢，赵院长咳嗽了两声，用四平八稳的语调开始了发言。

　　"前天，我们召开了一场紧急会议，通报了我市近日内爆发的'非典型性失忆综合征'一事，此事已得到市委市政府的高度重视，紧急抽调省内外十多位知名专家，对该病症进行了会诊探讨……"赵院长只字未提患者人数急剧增加的事实，而是打着官腔，扯了五分钟毫无意义的废话，最后用抑扬顿挫的语调说："经过专家的共同努力，已摸索出一种行之有效的介入疗法，并取得突破性进展，接受该疗法后，超过半数的患者的记忆情况出现明显好转，有望在近日内出院。"

　　"好转?!"秦文有些不敢相信自己的耳朵。他清楚记得，自己前一天去病房走访，曾经与七八位患者面对面交谈过，并没有在任何一个人身上发觉丝毫好转迹象。现在仅仅过去了三十个小时，就有一大半患者"明显好转"，甚至"有望出院"了？这个突如其来的"好消息"也让会场陷入一片哗然，院长双手下压，做出噤声的手势，然后对一旁的秘书说："播放视频吧。"

秘书点了点头，走到主席台的投影机前。

"这名患者大家应该很熟悉，赵春梅，二十六岁，于5月10日发病，发病后完全丧失最近数年的记忆，不再记得自己的老公钱某和女儿，反倒坚称同村的一名陌生男子是自己的丈夫。入院当日，病人情绪很不稳定，对治疗相当不配合。二十四小时前，我们开始对患者进行介入治疗，截至今天下午，赵春梅的记忆、精神状况已出现较大程度的改善。"

院长的这段话说得很含糊，只字未提病因诊断与治疗的任何细节。随后，秘书按下了投影机的播放键，在会场正前方的大屏上，开始播放一段赵春梅的视频。

这段视频摄于医院最大的谈话室内，光线明亮，清晰度极高。视频里，赵春梅气色不错，脸色比秦文以往见到的几次都要红润，她以一个无比端正的坐姿，坐在一张宽大的椅子上，双手交叉搁在膝盖中央，眼神发飘，明显有些紧张。很快，视频里响起一个沉稳的中年男人声音，应该是给赵春梅做问诊的医学专家。

专家："你好。"

赵春梅："医生好。"

"现在感觉怎么样。"

"比之前好多了。之前脑子里挺乱，现在很多事情慢慢想起来了。"

"嗯，介绍一下你的婚姻情况吧。"

"我老公是钱强，我们是前年结婚的，我女儿叫钱小梅，生日是前年7月……16日，我现在很想我的老公和女儿。"

"你认识尤小志吗？"

"认识，也是我们村的，但是我跟他不熟，平时从来没说过话。"赵春梅的语速很慢，语气里听不出明显的情绪。

"你前几天犯病的时候，一直说尤小志是你的爱人。"

"啊？我说过吗？"赵春梅头垂了下去，将脸上的表情全藏在阴影中，"对不起，我前几天记忆出了问题，但现在好多了，我记得我的老公是钱强，跟尤小志没关系。"

"那你记得最近这几年，你父母的身体情况怎么样？有没有住过院。"

"都挺好的，没生过大病。"

"你之前犯病的时候，说记得你母亲前年得了中风。"

"没有，是我记错了，我前几天脑子很乱。医生，我觉得有点晕，能不能让我休息会儿？对了，我大概什么时候可以出院？"

"看恢复情况吧，你先休息，改天再聊。"

"好，好。"

视频戛然而止，定格画面上，赵春梅的头略微上扬，直视镜头的双瞳里闪烁着一丝迷茫与困惑。这段不足一分钟的视频瞬间引爆了会场的气氛。"记忆偏离症有治了？""到底是什么病因，怎么治好的？""但病人人数还在增加啊，怎么办？"议论声沸沸扬扬，以至于坐在会场最角落里的人都能听见，但台上的一干领导恍若未闻。

院长再次做出嘘声的手势，沉声说："记忆偏离症的病因、病源目前尚不明确，但临床实验证明，大部分患者，在口服定量镇静药物、抗精神分裂药物，同时辅以针对性的心理疏导后，记忆问题得到明显改善，错误记忆得到纠正。"

"什么样的心理疏导?"台下有人发问。

"简单地说,就是多给患者看照片,讲故事。以赵春梅为例,我们给她看了大量她与爱人、孩子的合照、视频,并安排患者父母和患者进行面对面交流,给她讲述近年来的生活经历。在这个过程中,患者的真实记忆被逐渐唤醒,而虚假记忆逐渐淡化。"院长说,"这种综合疗法,在多数患者身上都起到了相当显著的效果。我希望,这个消息可以鼓舞各位的信心,只要努力前行,就一定可以战胜这种疾病。"

院长慷慨激昂的话语引发了一阵热烈的掌声,但也有少部分人没有鼓掌,相反露出焦虑与担忧的神色。这部分人大多是一线的坐诊医生,他们中有相当一部分已经听说了钱强生病的消息,而且也知道患者人数正在呈几何级数直线上升的严峻现状。在一众领导铁青的面色与鹰视狼顾的目光中站出来,然后再慷慨陈词一些极不和谐、以下犯上的言论是需要足够的血性与勇气的。上次开会,"大牛"徐济世被粗暴"剥夺"发言权的场景依旧历历在目。眼看这次全院大会就要在一片祥和的气氛中画上句号的时候,一个男人的声音忽然在会场上空响起。

"院长,我有话想说。"秦文腰杆挺得笔直,瘦弱的身体好像一根迎风而立的旗杆。

第二十二章　直言

从会议开始的一刻起，秦文始终处于极其冷静的状态。他并不打算揭露领导报喜不报忧的做法，也不打算发表什么"不和谐"言论。他明白这样的冲动之举毫无意义，相反会引火烧身。然而大屏上播放完赵春梅的视频，并由院长说出"这种综合疗法，在多数患者身上都起到了相当积极的效果"之后，秦文终于忍不住了——他很了解赵春梅的病情发展与治疗过程。他无法相信，简单的药物治疗辅以心理疏导，会让赵的症状在短短二三十个小时里产生根本好转。

不仅如此，他还从那段无比简短的视频里，发现了至少三处不太寻常的地方：第一，在回忆女儿生日时，赵春梅居然停顿了半秒，这绝非一个母亲的正常反应；第二，当提到"尤小志"的时候，赵春梅忽然把头低了下去；最后，在整段视频中，赵春梅说话的感觉，总像是在背书，而非回忆。

秦文在数百道目光中站了起来，朗声说："我想见一下赵春梅。"

话音未落，秦文便意识到，自己正处于一个不太清醒的状态：这句发言的内容其实并无太大问题，但最合适的场合显然是会后而非会上。但他没有想到的是，这个合情合理不过不合时宜的请求一下子让徐天失去了分寸，徐天肩膀颤抖了一下，冒着热气的茶杯险些从手里滑落，原本锐利的双眼里闪过一股慌乱，他大声说："不行！"

徐天说完这话后才意识到有些不妥，赶紧解释道："患者现在正在接受综合治疗，除得到专家组的特别许可，暂时不得探望。等病人的病情稳定以后，你再见她也不迟。"

秦文愣住了，他准确地捕捉到了刚才几秒钟内，徐天的身体动作与表情变化。这样的反应让秦文更加确信，这个坐在主席台中央、道貌岸然的家伙刻意隐瞒了某些无比重要的事实——秦文更激动了，他觉得自己有义务，也有责任说点儿什么。

"我……我想说一下，关于这种病，也就是记忆偏离症的一些情况。"秦文脸色通红，心脏狂跳，以至于发言都有些语无伦次起来，"我发现，所有患有记忆偏离症的病人，他们的记忆，都是一样的。"

"一样的？"不少与会者露出了迷茫的神色，毕竟，这三个字的概念太模糊，除了少数已知晓内情的医生，大多数旁听者都很难理解秦文表达的意思。秦文更焦急了，他知道方才的表述有些词不达意，但"记忆偏离症"与"M世界"的猜想原本就是一个相对难以表述的概念。秦文的脸涨得更红，说话也更结巴了："请给我五分钟，我给各位详细说一下……"

"有话会后再说！不要影响会议流程！"徐天开口打断了秦文，他的声音更加高亢，也更加颤抖，以至于大多数人都发现了不对劲之处，然而徐天显然已不在乎任何人的看法了，他用命令的口吻说："秦文同志，请先坐下！"

此刻的秦文热血上涌，他昂着头，用更高的音量说："我的意思是，这些患者的头脑里，存在很多共通的虚假记忆，例如……"

秦文并没能将这句话说完，因为在这之前，两名人高马大的保安以百米冲刺的速度跑到他跟前，二话不说，直接叉住了秦文的两条胳膊，将他往大门的方向推去。

"不要扰乱会场秩序！"

"你们干什么？"秦文用力挣扎，却死活挣不脱保安的束缚。

"秦文医生，你刚才是不是又喝多了？"插话的是主席台上的一位副院长，这个拙劣的谎言显然让台上的领导备感轻松欣慰，在赵院长的带头下，会场响起一阵此起彼伏的哄笑声。"看他脸那么红，话都说不周全，估计喝了至少有半斤。""这种人居然还能在一线做医生，后台肯定很硬。"台下响起一片热烈的议论声，毕竟，秦文"酒后查房"的名声实在如雷贯耳，以至于三人成虎，大多数不知内情的人都会不由自主地将秦文想成一个酒鬼。秦文早已习惯了这样的误会，他真正痛苦失望的是，在他身后，十多个明知此事内情的同事也没有一个站出来，这些人全部低头不语，将脸上的表情与内心的想法藏在浓厚的阴影中。秦文将最后的求助目光投向坐在第一排位置上的周诚，然而这一次，周诚并没有站出来，他用淡漠的目光平视前方，宽厚的肩膀岿然不动，就像一座沉默的山岳。

秦文觉得很疲惫，整个人好像一个被戳破的皮球，心中的勇气、愤怒、信心就像皮球里的气一样，全都漏了出去，原本堵在心口，不吐不快的一些言语，也不想说了，他觉得自己付出的一切努力都无比可笑与幼稚。"就让这种病继续蔓延吧。""什么M世界，什么记忆偏离，什么都不重要，这世界爱咋样就咋样吧。"秦文想。

"我不说话了，你放了我吧。"秦文对保安说。

保安没有理睬秦文，而是看了主席台一眼。

"我不说话了，我不参加这个会了。"秦文对主席台说。

坐在正中的徐天摇了摇头，用寒冷刺骨的目光盯着秦文，对身边的院长耳语了几句。院长心领神会地点了点头，把保安队长唤到身边……随着保安队长做出一个特殊的手势，两名保安将秦文抓得更紧了，他们用全身的力道控制住秦文的双手双肩，就像旧时押解死囚那样，将他往门外押去。秦文猛然意识到等待自己的将是什么了，大脑"嗡"的一声，一股热血冲上脑门，他将所有的顾忌、素质、政治觉悟全都抛到脑后，大喊道：

"你够狠！在所有的病人的记忆里，你徐天，就是个……"在数百道目光的注视下，秦文破口大骂了出来，可惜，在喊出"贪污犯"三个字之前，一只生满老茧的大手死死捂住了他的嘴巴，秦文拼命挣扎，他忍着近乎脱臼的痛楚挣脱了右臂，绝望的右手在空中疯狂挥舞。可惜这样的形象反倒让秦文在众人眼中更像一个失去理智的醉鬼了，他徒劳地挣扎了三四分钟，终究被四个保安强行"抬"了出去。

等头脑恢复清醒的时候，秦文发现，自己正身处一间门窗紧闭的房间里，四周一片洁白：洁白的墙壁、洁白的床单、洁白的天花板。整个房间里最显著的色彩来自墙壁上的一行蓝字：配合治疗，早日康复。看到这行字后，秦文顿时明白自己正身处何地了，这是医院专门用于"安置"重症精神病人的单间，这让秦文瞬间放弃了踢门、撬窗等一切有关"逃脱"的念头，他摸了摸口袋，接着是手腕，并没有奇迹出现——身上的手机、智能手表等一切能与外界取得通讯的工具，都已经被收了上去。

秦文颓然坐在洁净柔软的床上，用仅剩的一点气力，将心中的所有脏话都骂了出来。

"徐天，你这个贪污犯！贪污犯！"

"懦夫，一群懦夫，傻×！"

……

秦文骂了至少十分钟，直到口干舌燥、精疲力竭才停下来，门外依旧静悄悄的，没有一丝声响。秦文很清楚，就在门外三四米远的地方，就是这层楼的护士站，里面至少有一个值班医生、两个值班护士。然而这一刻，这些医生、护士仿佛都成了聋子瞎子，无论秦文如何破口大骂、歇斯底里，都没有一个人走到门口看一眼。秦文下意识地抬起头，一个拳头大小的摄像头正悬在三米多高的天花板上，就像一只冰冷的眼睛，狠毒地凝视着自己。

秦文隐约猜到了自己的命运，他已被"归类"为具备危险性、攻击性的重症精神病患者，被无限期"隔离"了。类似的情节在全国很多精神病院都会不定期上演，只不过这一次主角换成了自己。以往的经验告诉他，除非徐天被扳倒，又或者自己彻底屈服，才可能重见天日。秦文抱着头，在床上躺了大约十分钟，然后按下了床头的呼叫铃。

十秒后，走廊上传来一声细微的吱嘎声，是护士站大门打开的声响，接着是鞋底踩在地面上的笃笃声。又过了大约三四秒，厚重的铁门上打开了一个半尺见方的窗口——这是隔离病房特有的送餐、送药窗口，窗外是一张陌生的女孩面庞，这是一个梳着整齐的齐耳短发的年轻护士，看模样还不到二十岁，秦文快步走到窗前，与女孩隔门相望。

"您好，有事吗?"女孩的声音清亮悦耳，就像一股清泉，与平凡的五官形成了鲜明的对比。

"我好像没见过你，你是新来的护士?"

"嗯，我是上个月来实习的。我姓王，你叫我小王就可以，我现在跟着徐护士长实习。"女孩看向秦文的眼神有些迷茫，事实上，她也很好奇，这个半小时前被七八个保安架来、身穿白大褂的"病人"到底是何方神圣。

"难道是病人偷了医生的衣服？"女孩充满想象力的大脑浮现起一段只在电视剧里出现的剧情。

"能麻烦徐护士长来一趟吗？"

"好的。"女孩嗯了一声，扭头走回护士站，过了两三分钟，她再次走到门前，与上一次相比，她站的位置靠后了大约半步，和秦文之间的距离也拉远了五十厘米，年轻护士低着头，对秦文说："徐老师正在忙，你有什么话对我说就行。"

秦文叹息了一声，徐护士长跟他并不算熟，在这种时候不愿蹚这摊浑水也在情理之中。他缓缓靠在门上，悲哀、后悔、绝望，无数负面情绪如春天的野草般在心头肆意疯长，他更加理解周诚为什么在会场上不愿帮自己出头了，他根本无能为力。秦文还想问一问护士，能不能安排自己和家人、更准确地说——秦武见一面的，然而当认清目前的处境之后，他瞬间放弃了这个可能祸及兄弟的请求。

"没什么，就是想问下，我是什么病……"

"这个。"护士面露难色，"你的资料还没送过来，我也不太了解。"

"好的，你走吧。"

护士如释重负地转过身，低下头，就像逃离传染病人一样，快步往护士站走去。她走得很急，以至于忘了将窗口关严，而是留下了一道细细的缝隙。"砰"，刺耳的关门声在走廊上久久回荡。秦文嘴角扯动了一下，不再做徒劳的辩驳或反抗。他转过身，慢慢踱到病房另一侧玻璃窗前。外面的天色已经彻底暗了下来，天空一片漆黑，没有星星、没有月亮、没有任何的光明与希望，就像他现在的处境一样，秦文叹了口气，正想上床休息，一个细微却清晰的声音钻进了耳朵。

吱，是送餐小窗从外面打开的声音，"咚、咚，"紧随其后的，是手指叩击铁门的声音。

说实话，当听到敲门声时，秦文并没有丝毫激动的感觉：多半是护士来送药了吧。秦文慢慢回过头，往身后望去，送餐窗口被拉开了一半左右，但外面并没有人。秦文还在困惑，敲门声音又一次如幽灵般响了起来，方位很明确，绝不是隔壁，就是在他的门外。

秦文每一根汗毛都竖了起来："谁在外面？谁在敲门?"三十多年来的无神论教育让他勉强战胜了恐惧，秦文缓缓挪动脚步，往门口走去。当走到一半的时候，门外传来了一个怯怯的、细嫩的女孩声音："秦哥哥，是我。"

这声音就像是一道耀眼的闪电，瞬间划破了黑暗与混沌，将心房照得透亮。秦文快步走到门前，隔着被打开一半的送餐窗口往下望去，果然，门外站着的是花花——那个记忆世界里曾在作文里写过"你是个好医生。不要在乎别人说什么，好人就是好人"，那个将秦文视作偶像与兄长的九岁女孩。花花的身高只有一米二出头，而送餐窗口则开在一米三的高度，正因为此，当她敲响厚厚的铁门时，窗口是看不见人影的，花花看到秦文后，天使般的面庞上绽放出灿烂的笑容。

"秦哥哥，我就知道是你。"

"你怎么来了?"

"我的病房就在楼下啊，下午我在走廊上的时候，听见你的声音，就出来看了，正好看到你被几个保安叔叔送到这里。刚才门口的那个护士姐姐好像特别紧张，连窗子都没锁好呢。"花花脸上的笑容只持续了不到两秒就消失了，取而代之的，是一种包含着失望、迷茫、错愕的复杂神色，她瞪大眼睛看着秦文，小声问，"你怎么被关起来了，你也生病了吗?"

女孩充满童稚的声音就像是一团温暖的篝火，秦文整颗心都温暖起来，他笑了笑说："你不要担心我，我没事的，过几天就可以出去了。"

"嗯，哥哥，我给你带了一袋小熊饼干，是爸爸妈妈下午带给我的。对了，我跟你说一件开心的事，我本来记得，爸爸妈妈在一年前就吵架离婚了，但妈妈跟我说，那是我记错了，他们感情很好，就在上个月，还一起去旅游了呢！"花花踮着脚，右手用力举过头顶，将一袋印有可爱卡通图案的饼干递到窗前，秦文眼泪几乎流了出来，哽咽着说："谢谢，谢谢。"

"哥哥，我得走了，护士姐姐平时都不让我们出门的，不过刚刚护士姐姐陪赵阿姨去上课了，我就偷偷跑出来了。"

"嗯，再见！"秦文跟花花挥手告别，忽然，一个强烈的念头出现在脑海中，秦文全身一震，改口说，"等等。"

"怎么？"

"你刚才说，赵阿姨去上课了？上什么课？"

"上课就是上课啊，我也要上课的，给我上课的是两个很温柔、漂亮的阿姨。阿姨跟我说，我现在记得的很多事情都是假的，我的爸爸妈妈没有离婚，我们一家人生活得很幸福，他们给我看了一些录像和照片，其中有一段，是爸爸妈妈带我去旅游的视频，我觉得很开心呢。"

"嗯，就这些吗？"

"还有，老师说，我们回家以后，不要把脑子里记得的那些事情给别人讲，因为这些事都是假的，可能会伤害别人。老师说，我爸爸妈妈现在感情很好，如果我把自己记得的他们吵架的事情说出来，反而会让爸爸妈妈变得不好呢。老师还说，我脑子里记得的那些世界大事，比如说地震的事情也是假的，也让我们不要跟别人说。老师说，我们少说、少想这些事情，这些错误的记忆就会慢慢淡掉，我的病就好了，就可以出院跟爸爸妈妈在一起了。"

"那赵阿姨呢？你知道她上课都上什么课吗？"

"这个我不太清楚，但我感觉，赵阿姨每次上课回来，都不太开心。昨天晚上，她很晚都没有睡着，还哭了。"

"哭了，她说什么了？"

"她好像说，小志，对不起，对不起……"

秦文呆立在原地，一缕彻骨的寒意包裹了他，顺着皮肤的每一个毛孔侵入身体，将思维、情感、喜怒全部冻成一团，浑浑噩噩中，他甚至没有注意到花花跟他招手告别："哥哥再见。"花花呆呆地看着秦文，秦文却毫无反应，好似一尊没有灵魂的泥塑木偶。

当思维先于身体解冻后，一些破碎的、看似毫无关联的记忆信息开始在大脑中链接组合，迷雾中，一扇原本紧闭的大门被推开了，然而门后并非光明，而是更为纯粹、令人窒息的黑暗，没有惊喜，没有真相，只有恐惧与绝望。

秦文终于明白，赵春梅是怎么被"治好"的了，以及为什么这种"疗法"仅对一部分患者效果卓越了。

首先，赵春梅现实中的丈夫，是一夜暴富的拆迁户钱强，家境殷实，衣食无忧，这是大多数农村女性都向往渴望的婚后生活。

其次，赵春梅在记忆世界，也就是"M世界"中的丈夫，是一穷二白、家徒四壁的光棍汉尤小志。

第三，所有的现实证据都表明，赵春梅与钱强的感情，是现实的、真实的、有足够证据支撑的，而她与尤小志的这段"情缘"，仅仅存在于她自己虚无缥缈的记忆之中。

在这种情况下，当这两条路摆在眼前，相信大多数人都会作出同样的选择。

赵春梅的记忆并没有恢复，她的真实记忆没有被唤醒，虚假记忆也没有淡化。只不过，她自己决定"斩断"记忆，遵照现实世界的轨迹继续生活罢了。不仅是她，花花，这个善良、天真的女孩儿，当面对相似的抉择时，不也作出了"正确"的选择吗？

"原来如此，原来如此。"秦文喃喃自语道，他如一具行尸走肉走到床头，无声地躺了下来，视线与脑海同时变得模糊，何为真实，何为虚妄，这世间的一切都变得不再重要。不知过了多久，或许是两分钟、两小时又或许是两个世纪，刺耳的金属摩擦声再次将秦文从混沌中惊醒，他下意识地朝门外看去，这一次，他看见了一张熟悉的、棱角分明的男性面庞。

周诚来了。

"周院长？"秦文从床上跳了起来，"你怎么来了？"

"来看看你。摄像头现在冲着天花板，所以不用担心我们两个会被监视。"周诚看了一眼摄像头，刻意避开了秦文的目光，语气有些低沉，"会场上，我没有站出来支持你，对不起。"

"我理解！我理解！"秦文看了看冲着天花板的摄像头，对周诚说，"你知道吗，赵春梅经过治疗好转的消息，其实也是假的！"秦文用最简短的言语，将之前花花说的话，以及自己的推论阐述了一遍，门外，周诚的脸色越来越难看，两道眉毛几乎拧到了一起。

"其实，我也隐约猜到，这种病没这么容易治好，只不过没想到他们这么肆意妄为，居然敢这么造假，欺上瞒下！"周诚忽然话锋一转，凝重的脸上露出一丝笑意，说，"对了，你在那些病人的记忆里，好像有一段挺荣耀的故事呢。"

"你知道了？"

"是啊，无私奉献，壮烈牺牲，怪不得病人那么信任你，这是把你当偶像了啊!"

"有什么意义,还不都是假的?"

"这不一定,万一你说的那个平行世界理论是真的呢?"周诚意味深长地说,"在这个平行世界里,好人有好结果,坏人有坏下场,我倒宁愿,这个只存在于记忆里的世界是真实存在的。"

周诚的这些话,无疑触到了秦文心底最柔软的地方,而这些话,也是他的内心曾无数次冒出来的念头。"院长……"秦文语塞了很久,他感觉窗外的那张面庞是那么的和蔼、坚定,值得信任。

秦文仰起头,直直地注视周诚的眸子,缓缓说:"院长,我给你介绍一个老教授,他正在帮我们寻找这件事的真相。如果方便的话,你可以找他聊聊。他叫林泉,是702研究所的研究员,也是我爸的朋友,他也相信,这种病跟平行世界有关。"

"你是说林教授?"周诚的语气很奇怪。

"你们认识?"

"是啊,你别忘了,你爸是我的导师,林教授又是你爸的好朋友,但老林好像是研究高能物理这一块儿的,你们怎么会找到他的?"

"说来话长。"秦文看了一眼窗外的走廊,走廊上静悄悄的,没有一个人,但不远的护士站,以及好几间病房里依旧亮着灯,"先不多说了,你有空的话,去跟林教授聊聊。"

"知道了。"

周诚用力点了点头,转身离开了。秦文目送周诚远去的背影,心中涌起一股难以用言语形容的愧疚。说实话,他本想让周诚去找秦武的,但话到嘴边又改了口,这是因为在他潜意识中,依旧希望秦武能远离这些斗争,远离徐天等人的视线,以免陷入跟自己一样的处境。秦文随即觉得,自己出卖了林泉,让这个睿智、热心的老人卷入这个可怕的旋涡，他还有些担心周诚，毕竟从刚工作的那天开始，周诚就一直在维护、帮助自己，对这两个人，秦文始终怀着深深的尊重与感激，然而这般的情感依旧比不上他与秦武的兄弟情谊，秦文在心中说：

"我被隔离了，秦武一定会打电话给我吧。"

秦武确实这么做了。

第二十三章　记忆幽灵

5月19日，夜。

就在秦文仰望病房天花板的同时，他两小时前被收缴的电话在医院的某间办公室响起，两个保安对视了一眼，没有理会，而是拨通了院长的电话。十分钟后，当电话第三次响起时，一个被紧急调派来的护士接通了电话，照本宣科地说：

"您好，秦文先生最近不方便接听电话。"

"不方便接电话？"秦武有些恼怒，"什么叫最近？几分钟，几个小时，还是几天？"

"时间不会太短，最少也要三五天。秦文先生近日要参加一个医学课题的研讨，这个课题涉及了一些机密，所以，秦文先生最近这段时间，是不能与外界联系的。"

秦武心头的怒火更甚，事实上，若不是电话那头的女性声音确实温婉有礼，他多半已经在骂脏话了。"接个电话都不行吗？就三分钟。""真的很抱歉，三秒钟都不可以。""那我能去医院找他吗？""这更不可能了，您放心，秦文先生这几天的食宿条件都很好，如果您真有什么顾虑的话，我可以请示一下上级，让他录几段语音给您。""我有急事想找他。""有什么事的话，可以告诉我，我都会帮您转达。""你们这是限制人身自由。""对不起，这次课题研究，秦文先生本人是愿意配合的，所以不存在强迫。"秦武的每一个要求，都被对方有礼有节、滴水不漏地挡了回来，秦武感觉自己每次出拳都打在一团棉花上，只得挂断电话，将心中的怨气发泄在身下的沙发坐垫上。

秦武虽满腹闷气，但并没有太多担忧，在他看来，多半是哥哥在某个内部会议上，公布了前些日子发现的一些线索。然后就被紧急调派，切断与外界一切联系，进行相关的研究与探讨——毕竟，从目前的线索来看，"记忆偏离症"的起因很可能要追溯到一次三年前的、国家级别的高能物理实验，这样的真相无疑是不太和谐的。挂断电话后，秦武钻进楼下的浴室，在放满热水的浴池里四仰八叉地躺了下去。秦武在浴池里躺了一个多钟头，直到体内残存的酒精、疲倦全部蒸发出来才爬了起来。走出浴室后，秦武意外地发现，父亲竟坐在客厅正中的椅子上。

秦山的坐姿很端正，表情严肃，好像在参加一次正规的学术会议，手上还拿着两瓣刚刚剥好的橘子："你哥呢? 怎么还没回来?"

秦武微微一愣，随口撒了个谎："他这几天去外地学习了。"

"好，学习好，你也要多学习。"秦山认真地说，老人的眼神略有些空洞，显然意识也不甚清醒，"哎，小文什么都好，就是命不好……"

秦武静静地看着秦山，父亲说的"命不好"，多半是说半年前"酒后查房"那件事。这件事显然也是父子三人命运与生活的重要转折点，而对这件事的诸多细节，秦武也有些好奇，于是附和说："是啊，要不是半年前那事，哥肯定不会是现在这个样子。"

"嗯，那段日子，你哥真的跟得了绝症差不多，我每天看他出门，都担心他会不会自杀……"秦山的脸色更黯了，他忽然话锋一转，问，"小武，你准备几时结婚？"

"结婚？"秦武愣了愣，这是他记忆里，父亲第一次问出这个问题，他不知道真实世界的情况是否也是如此，但无论如何，这个问题非但过于跳跃，还很不符合父亲的性格与习惯。他不由得又看了父亲一眼。当他看见那张熟悉的侧脸上刀刻般的皱纹与稀疏的银发时，心头忽然一酸，险些落下泪来。没错，秦山老了，不再是之前那个痴迷于学术与真理的睿智学者了，此刻的秦山，只是一个平凡的、慈爱的迟暮老人。

秦武小心翼翼地说："和、和谁结婚？"

"你不是和白静在一起吗？"秦山有些讶异，面庞上露出一丝迷茫之色，他摇了摇头，似乎在努力回忆什么，几秒钟后，秦山脸上的迷茫变成了愤怒。

"噢，我忘了，你跟白静分手了！后来重找了一个！那个好像叫思思的！我不懂你是怎么想的，现在那个女朋友，哪一点适合过日子！"

秦武哑口无言，他想起来，在记忆刚出问题那天，秦文就曾提醒过自己，因为思思的事，自己一度跟父亲闹得很不愉快——这也难怪，和温文内敛的白静相比，跳脱开放的思思显然不会受大多数长辈待见。秦武脑筋飞转，正想用什么方法把这个尴尬的话题岔过去，秦山已经从椅子上站了起来，迈着蹒跚的脚步走向楼梯，秦武想上去搀一把，却被秦山坚决地拒绝了。"我能走的，你早点休息吧。"秦山的语气里带着明显的愤怒与无奈。空荡荡的客厅里只留下秦武一个人，他叹了口气，将父亲刚刚坐的椅子挪回原位，忽然，楼梯口再次传来秦山的声音。

"噢，有个事差点儿忘了，老林刚才打电话给我了。"

"老林?"秦武问,"您是说林泉博士?"

"是啊,你昨天不是刚上门找过人家吗?老林让你明天9:00之前,上他家去一趟。"

这无疑是一个让秦武彻夜难眠的消息。

第二天,5月20日。

这是秦武第二次拜访林泉家,一进那间熟悉而简陋的房子,秦武的目光立刻被墙上贴的几张写满字迹的白纸吸引了过去:不为别的,这几张A4纸就贴在客厅四面墙上的正中醒目位置。秦武有些奇怪,就在两天前,他们上一次造访时,墙上还没有这些纸的。这将秦武的好奇心一下子勾了起来。"既然主人把这些纸贴在这么醒目的位置,想必看一看也不算失礼吧。"

秦武侧过脸,开始看纸上的内容,然而刚瞥第一眼,他的目光就像被胶水粘住了一样,再也挪动不开分毫。

林泉,你好。我是另一个你。

这不是开玩笑,为了证明这一点,我说一件事,你上高中的时候,一直暗恋隔壁班的女孩夏语冰,有一天下课,你在走廊上的时候,不小心碰到了她的手,之后失眠了一个晚上,这可是专属我们两个人的秘密。

当你读到这封信的时候,应该已不记得写信的过程了,因为那时候,你大脑中的记忆,已经与现实产生了极大的错位。换而言之,你记忆中的那个世界,并不是你正身处的这个世界。

这其中具体的一些原理(尚未完全证实),我写在日记本的第十三到十五页上,日记本在床头柜右手抽屉里。

但你要记得，下面我说的一切，都是"你"现在要面对的事实。

现在，我建议你，不，我要求你，命令你，去厨房的医药箱里，拿一片阿司匹林。因为下面的内容会让你情绪出现很大的波动！

切记！切记！

我想提醒你，你现在的生活不太如意，两年多前因为一些事情（具体过程不说了），事业与前途受到了影响，落选了院士资格（我不清楚在你记忆里，自己是不是院士，但我猜很有可能）。总之，现在的你是个无人问津的半退休老头儿，仅此而已。

你现在的身体还算硬朗，但血压有点高，高压一百四十，低压一百零五，书桌第二个抽屉里有一份上个月的体检报告，你尽快看一看。

还有一件重要的事情，希望你看完冷静一些。

去年11月的时候，芷兰心脏病突发，走了。对不起，这段我只能写这么多，当时的情况，我到现在都不敢想，一想，就睡不着，一想，就心口疼。

你不要太难过，病来得很突然，她没受什么痛苦，生老病死总有一别，人之常情。好了，这件事就写到这里。

女儿前年跟张老师离婚了，去年年底找了个软件工程师。儿女事自有儿女操心，你什么都别烦，什么都别管。

还有，林果去年高考没考好，又不肯复读，最后托人去了个三本院校学影视编导。因为这件事，我跟他吵了一架，现在林果基本上不和我说话了，这件事慢慢来，急不得。

对了，这些年日子不太顺利，存款也花了一些。现在银行卡里还有四十多万，卡在床头柜里，密码还是她生日。前段日子刘全教授爱人生病，问我借了十五万，借条压在银行卡下面。

别的没什么好说了，生活不易，好好活着。

林泉　5月20日晨

秦武几乎是屏着呼吸读完这段文字的，读完之后，他深深地吸了一口气，转过头与林泉对视。他惊讶地发现，这个一天半之前还精神矍铄的老人仿佛在一夜间苍老了十岁，额头上的皱纹仿佛被人用凿刀重新雕刻了一遍，又加深了许多，本来红润的面庞变成了介于蜡黄与苍白之间的颜色，这让秦武的注意力从这封"信"上牵离了出去。

"林教授，您的气色好像不太好。"他关切地问。

"昨晚算了一宿，没睡觉。"

"算了一宿？"

"不要急，这个慢慢跟你说。"林泉忽然岔开了话题，"这封信，你觉得怎么样，有什么需要补充的吗？"

"没、没什么，我觉得挺好。"秦武扯出一丝笑意，说，"其实，就在前几天，我也给自己写了一封类似的信。"

"你？你不是记忆出问题了吗？你写了什么。"

"是啊，我不知道自己能不能恢复，也不知道恢复之后，我还会记得什么。所以，我把我现在记得的一切，以及这几天发生的事情给写下来了。"秦武问，"您为什么会写这封信，您担心您的记忆以后会出问题？"

"你想得很全面，像老秦。"林泉并没有立刻回答秦武的问题，他点了点头，在那张老旧的藤椅上坐了下来，"我喊你今天过来，是因为我发现了一个重要的规律。"

"规律？什么规律？"

"自从你和你哥前天找过我之后，我就一直在关注这事的进展。现在看，这种突然爆发的记忆疾病，很可能和三年前的盘古粒子对撞实验有关，而我，也是实验的负责人之一。"林泉用布满血丝的眼睛看着秦武，郑重其事地说，"昨天晚上，青山医院的副院长周诚博士打了个电话给我，跟我交流了很久。后来，他发了我一份四十六个被确诊为记忆偏离症病例的详细资料。"

"周诚？"这是一个相当熟悉的名字，秦武很快便想到，这人是哥哥的领导，也是父亲的学生，由于这两层关系，周诚与林泉认识，也是一件顺理成章的事情。林泉俯下身，从电视柜抽屉里取出一张花花绿绿的纸，在桌上展开，放平——这居然是一张上了年头的Y市地图，地图上，密密麻麻地标注了三四十个醒目的红点，以及一个更大更醒目的白点，秦文下意识地看了一眼白点所在的位置：702物理研究所。

"这些红点都是什么？"秦武问。

"这几十个红点，是所有确诊患者的家庭住址。"林泉虽然神色憔悴，但说话的声音依旧洪亮，每一个音节都咬得格外清晰，接着，老人再次从桌上拿起一样东西，这样东西更加特别，竟然是一个圆规。

林泉扶了扶鼻梁上的老花眼镜，抬起颤抖的右手，将圆规的针尖刺入地图上的白点——也就是702物理研究所的位置，随后弯下腰，浑浊的目光在地图上来回扫动，似乎在寻找某个特定的重要位置，三五秒后，林泉找到了目标，他的左手食指在三十多个红点的其中一个停了下来，小心翼翼地掰开圆规的另一条腿，将圆规的另一只"脚"也就是铅芯，挪到了这个红点上。

这一系列动作让秦武一头雾水，然而当他发现，这个红点旁边标注着"梅香小区"四个字时，整个人如同被电击一样，僵在了沙发上。

梅香小区，不正是他之前与思思同居的小区吗？

在秦武恢复冷静前，林泉完成了一个动作。他用手中的圆规，在地图上画了一个圆。

当这个圆画成的一刹那，秦武的呼吸与心跳都停滞了两拍。原因很简单，这个以702研究所为圆心，以研究所到"梅香小区"的距离为半径的"圆"，其圆周路径竟然穿过了地图上三十多个红点中的至少二十个。

反过来说，这些代表"患者"家庭住址的三十多个红点，有三分之二位于同一个圆周上。

秦武用力将手按在胸口，艰难地深呼吸了几下，直到心跳放缓到身体可以承受的地步，秦武靠在沙发上，说："林教授，您说。"

"我刚才说得不够详细，周院长给了我四十六份患者资料，这四十六个人里，有四个人没有写家庭地址，剩下的四十二个人里，有四对夫妻和两对母子，所以住址是相同的。出于这个原因，医院怀疑这种未知的记忆疾病存在一定传染性。"林泉的思维相当清晰，虽然语速很快，但每一句话的条理与逻辑性都很强，"然而我发现，真相并非如此。"

"您发现，大多数患者的住址，都在这个圆上？"

"准确一点说，是在这个圆的圆周线上。这张图上一共有三十六个红点，其中有二十六个都在同一条圆周线上。你应该看出来了，这个圆的圆心是702研究所的实验楼，也就是盘古对撞机的位置，半径大约是一万一千六百四十米，圆周长度在七万三千米左右。为此我特地请教了测绘的朋友，人家跟我说，这是一个在几何学上完美、标准的圆形，就连海拔高度都能完美对应！就跟行星的轨道一样！"

"可是，不还有十个点不在这个圆上吗？"

"没错，也正是因为这十个点的存在，造成了信息干扰，导致医院方面没有发现这其中的规律。"林泉说，"这三十六个点，只是患者家庭住址，另外那十个人虽然家庭地址不在这个圆上，但他们还要上班吧？说不定他们的工作单位在这个圆上呢？三十六个患者的地址，有二十六个在同一个圆周上，这绝对不可能是巧合，事实上，我已经有了一个推论。"

"什么推论？"秦武脱口而出。

"我之前说过，三年前的盘古实验，诞生了一个神秘的类似皂泡的存在。这个皂泡存在了大约十分钟，之后便变淡，在视线中消失了，没人知道，它是湮灭了，逃逸了，还是依旧留在原地。总之，这是一样远远超出了目前科学能解释范畴的存在，正因为一无所知，我们只能用最简单的观感来命名它：皂泡。因为皂泡的诞生，盘古工程被紧急叫停了。"

"嗯，这些我都记得。"

"你们找过我之后，我去找了好几个同事，跟他们打听实验室最近有没有什么新的动向。结果有人告诉我，在上个月底，在总工程师的一再坚持下，实验组决定，采取一些手段，来探索关于'皂泡'的秘密。经过反复探讨后，实验室找来了一台粒子发射器，将一些夸克级粒子，如电子、光子、微子等，射向此前皂泡出现的区域，结果证明，那个'皂泡'并没有消失，它依旧在原地，而且被重新'点亮'了！"

"点亮？"

"就是重新亮了起来，能被肉眼观测到。它依旧停留在当初诞生的地方，而且保持静止的状态，但所有穿过皂泡的粒子，其运动状态、能量属性都会发生不规则变化。现在皂泡仍然处于被持续'点亮'的状态。"林泉仰起头，目光凝望着身前的某处，就像在那里也飘浮着一个美丽、神秘的皂泡一样，"我怀疑，这个皂泡就是链接某个平行宇宙的通道，而最近的'点亮'实验，导致皂泡发生了某种异变，它可能分裂，又或者释放出某个未知存在，或许是一片能量场，或许是某种神秘物质。总之，这个从皂泡里诞生、肉眼无法看见的幽灵正沿着固定的轨迹——也就是地图上的这个圆，绕着皂泡这个'圆心'，以每秒十二厘米左右的速度，做标准的圆周运动！就跟行星围绕恒星公转一样。所有被这个'幽灵'碰触到的人，在一段时间后，就会出现记忆错位的症状。"

"一个改变记忆的幽灵？"秦武觉得自己的世界观快要崩塌了，林泉刚才说的这些话，完全是科幻甚至奇幻小说中才应该出现的情节，然而这个人严肃的神情、长江学者的头衔让他不得不相信，这一切极有可能是事实，至少，是目前为止最符合数学、物理逻辑的事实。

秦武问："顺时针方向的圆周运动？每秒十二厘米的速度？这个你是怎么算出来的？"

"很简单，时间。"

"时间？"

"目前，有足够的证明表明，第一名确诊患者是赵春梅，发病时间5月10日。你看，她家住在Y市理工大学的西南侧小沙村，也就是地图左下角的这个红点，我们可以将它看成'起点'。"林泉将右手食指按在地图上标有"小沙村"的红点上，然后以顺时针的方向，沿着圆周线缓缓划过半圈，"接下来，这条圆周轨道将经过一长段无人区，包括农田、山地、公园等，这段路径占整个圆周的百分之六十左右，然后才进入人口繁密的市区。下一个红点是Y市拘留所，对应患者沈晓峰，一个做了两年多黑客，但记得自己是个中学老师的年轻人，发病时间，16日9:00；第三个红点，红叶小区，对应患者朱芙蕖，一个三年级小女孩；第四个红点，荷香小区，对应患者徐倩……这个'记忆幽灵'穿过市区后，到19日凌晨，又重新绕回了最开始的起点，小沙村，于是第二天一早，赵春梅的老公，钱强发病了。从病人的发病时间看，记忆幽灵用七天左右的时间，绕着七万三千多米的圆形轨道转了一圈，所以它的平均速度应该在每秒十二厘米左右，从病人的发病时间间隔来看，很可能是匀速。当然，关于速度的推论无法得到精确的证明，目前只是猜想。"

林泉的手指沿着铅笔画成的圆周，在地图上缓缓绕了一圈，每途经一个红点，他都会报出一个名字与一个时间。如此精确可怕的记忆力让秦武目瞪口呆，林泉说的内容，他大约听懂了三分之二。林泉看出了这个年轻人的迷茫，他问："你大学什么专业的？"

"新闻学。"

"没学过高等数学、物理吧。"

"没有……"

"那更深的东西，我就不说了，还有什么疑问吗？"

"现在能怎么办？"

"没办法，这件事已完全超越科学所能解释的范畴。"林泉思索了几分钟，然后说，"我们现在唯一能做的事，就是等。"

"等？"

"没错，等。"

"等什么？等多久？"

"不用太久，最多一个星期就够了。"

"什么意思？"

"刚刚我说的虽然只是推论，但它是可以被证明的。如果推论正确的话，那么，在接下来的五六天，这个记忆幽灵将再度途经一长段无人区，新增患者人数会显著下降，然后在五六天后，再次迎来一个新的爆发，而且，新增的大多数患者，家庭住址同样会在这个圆圈上！"林泉顿了顿，抬起头，用一种无比奇异的目光看向秦武，说，"对了，从下个星期开始，你让我住到你在梅香小区的房子里去。"

"这又是为什么？"秦武有些迷茫，然而，当他意识到，这个看似荒谬的要求究竟意味着什么的时候，一种难以用语言形容的感觉从灵魂最深处涌了上来，是一种包含了尊敬、惊讶、敬畏、恐惧在内的复杂情感，秦武颤抖着问："您要拿自己做试验？"

"没错，如果到那个时候，我的记忆也产生错位的话，那就证明，这个推论是对的！"

"您没必要这么做的！"

"这算什么？"林泉笑了起来，他笑得很灿烂，唇角上扬的弧度几乎超过了窗外的新月，这是一个极具违和感的画面，很少有人能想到，这样的表情竟然会出现在一张沟壑纵横的脸上，林泉说，"不就是改变一部分记忆吗？我觉得，就跟重新活一回差不多吧。"

秦武打了个寒噤，身体不由自主地向后缩了缩，他忽然发觉，眼前这个和蔼、迟暮的老人身上仿佛隐藏着一种可怕的魔力，这是一种对真理的狂热渴求，一种"朝闻道，夕死可矣"的无畏执念。这样的疯狂让林泉完全不知恐惧为何物，也足以让他将世间的任何道德伦理全都抛到脑后。然而这还不是全部，林泉用炽热的目光盯着秦武，说出了更疯狂的话语。

"其实，不用等那么久，今天就可以做试验。"

"今天？"秦武几乎呻吟了出来，"今天做试验，怎么做？"

"如果我的推论成立，公式没问题的话，那么，这个记忆幽灵的轨迹，完全是可以提前预判的，那么，我们只要提前等在它的路线上，就可以抓到它了。"林泉的眼睛闪闪发光，他说，"现在，这个幽灵的位置应该在我市南山区南侧，不过位置在一片山区竹林里，未必有路能过，但到了下午四点左右，这个能改写记忆的'幽灵'，将会穿过南山公园北部，一个叫'陶然亭'的谷底小亭，这是我拜托一个做地理测绘的朋友算出来的结果。时间误差不会超过十分钟，距离误差不会超过两米。刚才我也说了，这个幽灵的速度不快，每秒在十二厘米左右，我只要在那段时间，在特定的位置提前等着，就有很大的机会与它接触！如果到时候我失忆了，那就证明，我的推论是正确的！"

"教授，您疯了吗？"秦武艰难地说，他忽然想到了一个名字，"夸父"。没错，正是神话传说中那个"与日逐走，入日；渴，欲得饮，饮于河、渭；河、渭不足，北饮大泽。未至，道渴而死"的夸父。秦武握住林泉的手，说："您不要冲动！"

"我没有冲动。"

"我知道您为了科学愿意奉献一切，但别忘了，如果您的记忆也出现偏离，那最近这几天，您经历的一切，包括您花了这么多心血推算出的推论，就会全部从记忆里消失了。到时候，您做的这一切，又剩下什么意义呢？"

"这……"林泉愣住了，脸上浮现出错愕与失望的神色，这一点显然是他此前没有想到的。

"您先冷静一下，反正照这个推论，最近几天都不会有新的病例出现，我们完全可以再想想，有没有更成熟、更稳妥的方案。"

"好吧。"林泉叹了口气，眼中的火焰略微黯淡了一些，然而这样的黯淡只持续了不到十秒，很快，这团火焰再次燃烧起来，而且比之前更加疯狂炽烈，林泉说，"要不，我们想办法找一个志愿者?"

当"志愿者"这三个字从林泉口中说出时,秦武一度怀疑自己是不是听错了,他抬起头,用难以置信的语气问:"志愿者?"

林泉用更大的音量重复了一遍:"嗯,志愿者!"

秦武问:"从哪儿找志愿者,谁愿意做志愿者?"

林泉被问住了,张开的嘴巴半天没能合上,多年的科研工作养成了他孤僻独特的性格,但他毕竟还没有迂腐到不通人情世故的地步。林泉意识到,像他这样为追寻真理而不惜牺牲一切的人毕竟是极少数,于是垂下头,口中念叨出几个陌生的名字,林泉说:"我有两个同事,兴许有可能答应,但他们现在都不在国内……你呢,认识不认识这样的人?"

"应该没有……"秦武苦笑着说。

"唉。"林泉叹息了一声,脸上的光芒渐渐消失了,他低下头,半天没有言语,显然在思索对策。忽然,林泉的肩膀颤动了一下,原本平放的双手紧紧握在一起,脸上浮现出挣扎的神色。

"我们能不能找一个人,事先不告诉他什么事,就把他带到特定的地方,看看他到时候记忆会不会偏离,等试验结束后,给他一些经济补偿。"

"事先不告诉对方?"秦武惊呆了,"让一个不知情的人参与试验,让他的记忆发生偏离,这不是犯罪吗?"

"是,我是在犯罪,这次试验很可能会毁掉一个人,甚至一个家庭,但是我这么做,很可能可以救更多的人、更多的家庭!"林泉的目光坚定而锐利,全身散发出一种可怕的、一往无前的威严,"我们可以把这个过程全程录像,然后再公布出来,只有这样,别人才会相信我的推论,政府才会立刻采取措施,避免更多的人记忆出现问题!"

"教授……"秦武没有想到,这个看似温和的迟暮老人,身上竟然蕴藏着如此强大的力量，这是一种纯理性的力量，足以战胜任何情感与道德，秦武无疑被这力量感染、震慑了，他结结巴巴地说，"我再想想。"

"没事，这事不急于一时，这个记忆幽灵，今天下午会经过南山公园，到晚上八点左右，则会穿过南山区竹林镇小刘村，到明天，还会途经三个村庄和一个公园，试验的机会有很多，到它下次进入市区，我们有至少五天的时间来考虑！"林泉说，"我知道你心里压力比较大，这一切可以由我来策划完成，你不必参与！"

林泉身子前倾，右手在秦武的肩头上轻轻按了按，试图安慰他，秦武心绪烦乱，将杯中的清茶一饮而尽，从椅子上站了起来，跟林泉道别，出门，上车。在之后的两个小时里，秦武竭力不去想这件事，他觉得自己所能做的最大让步，就是对林泉的"试验"计划不配合、不反对、不声张，直到12:00，他在百无聊赖之际，翻到了白静新发的一条朋友圈。

这一刻，多么希望我也可以失去记忆。
11:35。

第二十四章　志愿者

当秦武看到这行文字时，他的心脏瞬间漏跳了三拍。等不适感过去后，思维的火花开始在脑海中跳跃闪烁，秦武完全能猜到，白静是在怎样一个精神状态下发出这条朋友圈的：笼罩在城市上空的失忆症流言，男友离世导致的悲痛失落，或许还要加上前男友失忆带来的困扰、怜悯。秦武木然看着手机屏幕，思绪翻滚，过了不知多久，一个曾短暂出现、又被秦武强行摒弃的念头重新在大脑中发芽，开花。

"如果白静也得上了这种记忆偏离症，那她不就会回到我身边了？"

毕竟，在那个"M世界"，自己与白静依旧恩爱如初，或许即将走入婚姻的殿堂。

那么，她刚刚发这条信息时的状态，是否意味着，她愿意成为林泉说的"志愿者"呢？秦武竭力想摁灭这个无比危险的念头，然而它却如点燃草原的野火，迅速蔓延、爆发，很快占据了整个脑海。

"白静跟我分手，是因为关于我哥哥的谣言让她产生了误会，在这个前提下，她对我的仇视、敌对，也都是错误的，是被蒙蔽、欺骗的产物，如果万事坦诚透明，我和白静，本来就该在一起才对！"

"你这是在犯罪！"

"与现实世界相比，我在 M 世界里的命运，才是公正、合理的，是我理应拥有的。那个记忆世界里的白静，才是真正的白静！"

"你疯了吗？你在抹除一个人的正常记忆！你在谋杀一个正常的人格！你等于杀了她！"

"在法律上，并没有谋杀人格的概念！"

"不要再想了！不要再想了！"

"带她去，改变她的记忆，让她从悲痛中走出来，让她重新回到你身边！"

"你太自私了，你不能这么做！"

"你还在犹豫什么？"

激烈的天人交战大约持续了半个小时，当秦武再度从沙发上站起来时，他的眼神已变得冰冷坚定，他大脑中思考的问题已不再是"要不要改写白静的记忆"，取而代之的是"我该用什么法子，说服白静跟我去一趟南山公园"。

毕竟，从两人前几次见面白静的态度看，这是一个看似不可能完成的任务。

"你真的想失忆吗？我有办法。"在某个瞬间，秦武甚至想到了用这个最"诚实"的理由约白静出来，然而这个念头只出现了一瞬间就被秦武否决了。随后，他又否决了无数个法子，例如向白静透露自己想要在南山公园跳湖自杀；又如重金"贿赂"白静的闺蜜，让她帮忙约白静前往公园，进而制造"偶遇"……然而冷静思考后，这些法子要么过于极端，要么低劣庸俗，很可能造成相反的效果。此时的秦武已彻底摆脱了道德的枷锁，唯一的目标是想出一个完美的谎言达到目的，然而即便如此，依旧求而不得。

秦武双手抱头，用力拉扯头发，可惜痛楚并未激发灵感。

他坐到电脑前，翻看自己与白静过往几年的聊天记录，结果一无所获。

秦武点了根烟，希望借助尼古丁的力量让思维变得活跃，依旧无效。

秦武打算放弃了，他走到冰箱前，取出一听啤酒，"啪"，清脆的开罐声惊到了窗外的一只野猫，野猫叫唤了一声，跃进草丛消失得无影无踪。然而这声短促的猫叫，却震醒了秦武，他全身一颤，手中的啤酒滑落，泛着泡沫的啤酒流得满地都是。

秦武想到了小白。

小白是一只美丽的英格兰短毛猫，五年前的夏天，大学刚毕业的白静从朋友那里抱来了刚出生不久的小白，并在它身上倾注了近乎全部的心血与疼爱。在那段日子里，秦武甚至有些"敌视"小白，因为在好几个晚上，白静都以"要回家喂小白"拒绝了秦武"一起过夜"的请求。但即便如此，一年后，当小白在一个秋日的下午被一只深蓝色的野猫"拐走"，并从此未归时，秦武陪着白静几乎找遍了整个城市。

极其重要的是，这段记忆全部位于四年以前，并非仅存于"记忆世界"的虚假事件。

秦武几乎在瞬间想出了法子，一个成功率超过百分之九十的法子。他用最快的速度清理完地面，出门，上车，往七八公里外的南山公园驶去。当开到一半时，秦武心念微动，掉转车头，往回开了大约五百米，在Y市宠物市场附近停了下来。十分钟后，秦武抱着一只纯白色的混血小猫走了出来。

这只猫与当年的"小白"有五六分神似，但已足以将计划的成功率从百分之九十提升到百分之九十九。之后，秦武又找到一个熟络的同事，以"我要跟妹子约会，怕被女朋友看见"这个自污名声的理由，跟同事换了车，从而堵上了计划的最后一个漏洞。

半小时后，秦武以"景区采访"为由说服了保安，开车进了南山公园，他将刚买到的小猫从笼子里抱了出来，放进一处竹林——为了防止小猫逃跑，他把牵引绳压在了一块石头下面。小猫有些怯生，站在原地没有动弹，秦武更满意了，他后退了大约七八米，拿出手机，拍下了十七八张照片。他拍照时右手微微颤抖，从而刻意制造出画面模糊的效果。完成这项工作后，秦武将猫抱回笼子，将笼子放回后备厢，最后把车开到了公园一处偏僻的角落。

秦武看了一眼手机上的时间，下午 14:30，距离林泉所说"记忆幽灵"穿过公园北侧陶然亭的时间还有一个半小时，秦武大约估算了一下，白静上班的地方，距离此处大约三十分钟车程，如果算上进公园后的步行，外加一些正常的耽搁……这个时间点打电话应该最合适。

秦武掏出手机，开始拨号，随着一个个数字出现在手机屏幕上，秦武的右手拇指也颤抖得越来越厉害，当按下倒数第二个数字时，他觉得，拇指仿佛有千钧之重，再也无法抬起来。

真的要这么做吗？

我为什么这么卑劣？

我为什么这么自私？

不，我不卑劣，我不自私！是这个世界的问题！

秦武抬起手指，按下了最后一位号码。

嘟……嘟……您拨打的电话正在通话中。

秦武又拨了第二次，依旧是同样的结果。

秦武并不慌乱，这种情况是他一早就预料到的。他打开微信，给白静发了一条信息。

"我不是骚扰你，我刚才在南山公园采访，看到一只野猫，很像小白。"

发完信息后，秦武从之前拍摄的十几张照片里，选出相对模糊的一张，给白静发了过去。几乎在瞬间，白静就回复了："在哪？"

"你多拍几张！"

"能不能抓住它？"

秦武正要回复，白静的电话已打了过来。

"还有照片吗？"电话那头，白静呼吸急促，还伴着踢踢踏踏的脚步声，似乎在奔跑。

"发给你的已经是最清楚的一张了。"

"能抓住它吗？"

"我试过了，没抓到。"

"你的具体位置在哪，我现在过来！"

"南山公园最北边，山谷里有个陶然亭，刚才就是在附近看到猫的，我在亭子里等你。"

"不，你别等我，你在附近找找，我到的时候提前打你电话！"

15:15，白静赶到的时间比秦武预想的还要早一些，显然是一路超速加狂奔的结果。她顾不上擦拭额头上的汗珠，一路狂奔到秦武旁边，问："你后来又看到它了吗？"

"没有！"

"你上次看到它是在哪？"

秦武避开白静的眼睛，指向附近的一处竹林。

白静撒开腿，飞快地往竹林深处跑去，杂乱的竹枝挡住了前进的道路，于是她低下头，拨开竹枝继续向前，高跟鞋的鞋跟戳进松软的泥土里，让她的脚步有些踉跄，"哎哟，"白静似乎被什么绊了一跤，膝盖上有指甲盖大一块的皮被蹭破了，秦武心头一颤，正想说些什么，白静已经站了起来，"我没事的，你帮我去找！"

"好的，我去那边！"秦武竭力遏制心头的愧疚感，钻入另一个方向的竹林，这片竹林更加茂密，只有时刻注意脚下与眼前才能勉强通行，这正是秦武想要的：他必须借助一些外界的困境，来分散自己起伏不定的心境。好几次，尖锐的竹枝从他脸上扫过，并留下了深浅不一的红印，一根尖锐的竹笋险些刺穿他撑地的手掌。他在竹林里磨蹭了大约半个小时，15:40，他悄悄走到车旁，抱出了小猫。

秦武伸出右手，将裤脚、膝盖上的污泥抹了一些到小猫纯白色的毛上，然后走向最终的目标点，山谷底部的陶然亭，"记忆幽灵"即将通过的地方。当走到半路时，秦武拨通了白静的电话。

"你不要激动，我抓到它了，但它才三五个月大，肯定不是小白，它不像是野猫，应该是别人丢的，我在亭子里等你。"

白静在五分钟后赶到了陶然亭，和秦武一样，她的额头上也多了几道被竹枝划出来的红印，裤脚与鞋上满是污泥，当看到秦武手中的白猫时，清澈的瞳孔中流露出失望、痛楚，以及怜悯的神色，她抱过白猫，任凭它毛发上的污泥蹭到自己白皙的脖颈上。

"它怎么办？"白静轻声问。

"看它的样子，应该刚走丢不久，要不我们在这里等一等主人。"秦武说，"如果到公园关门，主人还不找过来的话，我们就交给公园。"

"如果主人不找的话，公园的人会管它吗？要不我们跟公园说一声，留个电话号码，如果有主人找，就还给人家，如果没人找，那我就带回去吧。"白静犹豫了片刻，解释说，"我不是自私，我是担心它没人管……要不，我回家给它拍一张照片，然后明天来公园里贴上，主人看到的话，就可以直接打我们电话了。"

秦武的头垂得更低了，他不敢直视白静的眼睛，她的单纯、善良让秦武自惭形秽，甚至生出"配不上她"的念头，原本已溃不成军的道德感再度恢复，秦武悄悄看了一眼手机，15:46，距离林泉推算的时间还有不到十四分钟，如果再考虑十分钟左右的误差范围，那只剩不到四分钟。"我这么做，真的对吗?"秦武无法给自己一个答案。

"嗯……先等等。"秦武说。

"喵"，小猫在白静的怀抱里轻叫了一声，毛茸茸的脑袋在柔软的胸口蹭了两下，秦武下意识地瞄了一眼，与记忆中相比，白静的身材，似乎更有致了一些。秦武咽了一口唾沫，艰难地将眼神从白静的胸口重新移回手机上，15:47。只剩不到三分钟。

"对了，秦武。"白静的声音很奇异，不再像以往几次那样冷若严霜，她也低下头，直直地凝视着怀里的白猫，"前几次的事，对不起。"

秦武惊呆了，他从未想过，自己会从白静的口里听到这三个字。

"我不是给你希望，我们不可能了，但我还是要跟你说对不起。我有一个朋友的朋友也得了这种记忆综合征，听说她生病后，忘了许多事，还多出了很多奇怪的记忆。听我朋友说，她现在的精神状态很差，几乎抑郁了。我后来想到，你的记忆出问题后，一定也很难过，会遇到很多痛苦。我想了一下，如果在半年前，我们还在一起的时候，我一觉醒来，发现你已经和我分手了很久，并有了新的爱人的话，表现一定比你还差。"白静抬起头，用饱含怜悯的目光看了秦武一眼，说，"所以，我要说一句对不起，我不该在这种时候，用这种态度对你的。"

秦武呆住了，大脑中全部思维仿佛被凝固成一团，他没有抬头，只是怔怔地看着地面。白静抱着猫，长发被温热的夏风吹拂起来，这让她的影子就像一尊圣洁的雕像，秦武心头的阴影似乎也被阳光照散了，他觉得，一直压在身上的某个重担忽然失去了重量，他从亭子的雕栏边站了起来，径直走向阳光的方向。

"走吧。"秦武对白静说，"我们换个地方吧。"

第二十五章　试验

南山公园的开放时间是 8:00 到 17:00，在 16:00 到 17:00 这一个小时内，秦武与白静轮流抱着白猫，在公园里慢走了一圈。每次从白静怀里接过白猫时，秦武都将它抱得很紧，这能让他感受到，那具无比熟悉的身体上的体温与味道。白静似乎窥出了秦武的心思，但并没有说破，两人并没有说很多话，更是小心翼翼地避开了无数敏感的话题。当公园的工作人员提醒二人"请在闭园前离开"时，秦武随即问白静，要不要坐自己的车去公园门口，但白静拒绝了："就几步路，我走走好了。"

秦武明白这句简单话语背后的深意，他没有坚持，与白静道别，转身往停车的地方走去。他几乎在上车的同时接到了林泉的电话，电话那头，林泉的语气十分激动，就像一个发现新大陆的孩童。

"你在哪？"

"我？"秦武紧张地四下张望了一眼，并没有那道熟悉的佝偻身影，"我在外面呢，什么事？"

"我忽然想到一件事，我们先前的推论是，所有碰触到幽灵的人，记忆都会出现偏离，真实记忆会消失，取而代之的是 M 世界的虚假记忆。我之前说，希望找志愿者试验，也是为了证明这一点。但是，我一直忽略了另一种可能，对于你们这种记忆已经出现问题的人来说，如……如果你再跟它'接触'一次的话，会不会负负得正，记忆重新恢复正常?!"

恢复正常?! 在刚听到这个词的几秒钟，秦武欣喜若狂，然而当他想清楚这四个字蕴含的真正含义的时候，飞到半空的心又重新落了下去。此前与秦文的几次交谈，他已大约清楚，自己最近几年的经历与状态，毫无疑问，与记忆偏离后的自己相比，拥有真实记忆的那个"秦武"是一个颓废、消极、充满负能量的人，这一点已足以让秦武为之犹豫。更重要的是，如果选择这时"恢复正常"，那便等同于又一次"放弃"了白静，要知道，就这个目标而言，他刚刚重新点燃了一丝希望的火苗。

还有，如果真的"恢复正常"，那么，我在记忆偏离这段时间内经历的事情，又会不会被改写呢?

太阳从两座山峰的缝隙中照了过来，刺得秦武几乎睁不开双眼，他闭上眼，在一片虫鸣鸟叫声中思索了大约五分钟，那头的林泉仿佛知道秦武的症结，并没有挂断电话，也没有说任何话，大约五分钟后，秦武睁开眼，对着电话说:"好吧，我去试试。"

毕竟，再美好的记忆，也只是记忆，并非现实。

而人，终究是生活在现实中的。

除了上述这一点外，促使秦武最终作出决定的理由还有许多。首先，这些天来，大脑中错误的记忆给他带来了诸多困扰;其次，虽然白静今天的态度让他心中重新燃起希望之火，但秦武对思思的想念却从未熄灭，如果能找出让记忆恢复正常的法子，那思思自然会回到自己身边;最后，如果林泉的推论真的成立，那么，这个正沿着圆周轨道缓缓移动，能改写记忆的隐形幽灵，无疑是悬浮在这座城市的一个可怕阴影，而自己当前做的这一切，无疑是扭转乾坤、战胜噩梦的英雄之举。以上几点因素相加，让秦武在冲动中作出决定，配合林泉进行这次危险的未知尝试。

"我们什么时候做试验？"

"南山公园应该赶不上了，再过两个小时，到19:15左右，这个能改写记忆的'幽灵'，将会穿过开发区北湖镇小刘村村口晒谷场，方向是由西向东，偏北22度，正好以对角线的形式穿过晒谷场的中心。"林泉的描述很详细，显然做了充分的预案，"如果你还有什么没想好的话，我们可以等明天、后天的机会。"

"不用了，就今天吧。"

傍晚18:45。

此刻正是落日时分，一个巨大的火红色圆盘慵懒地、依依不舍地悬挂在正西的群山之上，将三五团奇形怪状的云朵染成美丽的玫红色，夕阳的光芒已不复刺眼，但洒在身上依然带着暖意。秦武刚打开车门，混杂了青草芬芳与泥土气息的空气立刻吹拂到脸上身上，灌入肺泡，让全身的每一个毛孔都舒服地张开。这样的环境让秦武紧绷的心弦略微放松了一些。他看了一眼手表，18:50，距离林泉推算的时间范围还有十五分钟，秦武在路边找了一堆草垛坐了下来，开始观望四周的环境。这个晒谷场应该刚修不久，地面十分平整，形状是标准的长方形，长度在五十米左右，由于并非秋收季节，场地上空荡荡的，看不到一个人影。最近的两家农户则坐落于晒谷场南侧约一百米的位置，屋顶冒着炊烟，在两三百米开外的水田里，两个戴着斗笠、穿着胶鞋的农民正在低头劳作。秦武下车时，有一个农民扭过头，往这边看了一眼，然后便继续劳动了。

"林教授怎么还没到？"秦武刚生出这个念头，一辆出租车便从远方驶了过来，停在了打谷场旁的乡道边。林泉背着一个大大的黑色背包，脚步都有些蹒跚，看来包很重。林泉喘着气走到秦武跟前，卸下背包，然后从背包里取出一台微型摄像机和一个三脚架。

"对不起，我刚才去找朋友借摄像机，来晚了一点。本来我是想在旁边拿手机拍的，但稳妥起见，我还是离远一点等你。"林泉的脸上带着一丝歉意，"不是我害怕，但你说得没错，如果我的记忆出问题，那就前功尽弃了。"

秦武点了点头，他从未怀疑过林泉的勇气与决心，更从未怀疑他会害自己，他对林泉说："没问题，你上车等我吧。"

"好，你多保重。"

"我会的。"

十分钟后。

秦武摁灭刚燃到一半的香烟，从草垛上站起身，此时的天色已黑了大半，刚刚还沐浴在夕阳余晖中的群山变得黑黢黢的，宛若一条条蜿蜒起伏的长虫。村里的灯光稀疏，显然大多数房子已是无人居住的空屋，这让头顶的繁星分外灿烂，仿佛一颗颗明珠缀满了苍穹。秦武缓缓走到打谷场东南角，做了几下拉伸，然后迈开脚步，开始了半小时的慢跑。

慢跑路线是林泉提前设计好的：从打谷场的东南角出发，以"S"形的方式，慢跑向打谷场的西北角，然后再掉头原路返回，这样的路线可以最大限度地增加与"幽灵"接触的可能。计划中，秦武的配速将保持在每秒两米左右——这对多数年轻人来说并不难做到，然而当真正迈开脚步，跑了四五个来回后，秦武发现，自己竟然"跑不动"了。

秦武很快便想通了问题所在，现实中的自己，已不是记忆中那个保持良好体形的健身达人了。原本平坦的小腹上多出了至少两公斤赘肉，这些脂肪就像沙袋一样，拖慢了他的脚步。与此同时，原本动力十足的双肺就像一台上了年纪的风箱，完全无法满足氧气交换的需要——这是尼古丁与焦油在最近这半年里侵蚀肺叶的结果。

秦武试着放慢配速，但收效甚微，他的心率很快超过了每分钟一百二十下，强烈的不适感让他不得不放慢脚步，缓缓走到打谷场中央，开始大口大口地喘气。

不知是不是疲惫带来的视线模糊，四周天色仿佛更暗了，整片打谷场仿佛笼罩在一团黑色的薄雾里，秦武双手撑膝，喘息着站在打谷场的正中心，目光始终聚焦在东南方向——按照林泉的推论，那应该是"幽灵"出现的方位。好几次，秦武都感觉自己看见了"它"，正如描述的那样，它就像一个透明的皂泡，类似于盛夏的日光照在高温的柏油路面上的那种光线扭曲，然而当他一眨眼、一摇头，这样的幻视便迅速消失了。秦武忽然感到一丝害怕，"如果那个幽灵确实存在，那么，它的作用，真的只是改变记忆那么简单吗？"

"你在干什么?!"一个沙哑的老人声音如炸雷般响了起来。

这声大喝将秦武绷到极致的神经彻底扯断了，他两腿一软，一屁股坐在坚硬的水泥地面上，整个人魂飞天外。一双如树皮般粗糙的大手死死捏住了秦武的肩膀，接着，一张陌生的面庞出现在眼前。尽管光线昏暗，但仍然可以看出，这是一张饱经风霜的男性面庞。来人的年纪在六十岁上下，体形干瘦，身上的衣服很朴素，脚下套着一双长达膝盖、沾满污泥的胶皮靴子。秦武几乎瞬间猜到了对方的身份与来意——一个把自己错当成小偷的农民。

想到这一点之后，秦武狂跳的心脏渐渐放缓了下来。他眯起眼，避开手电射出的刺目白光，并尝试掰开老人捏住自己肩膀的双手——但老人相当执拗，死活不愿松手，而是大声呵斥说："你在这鬼鬼祟祟地干什么？"

老人说话时嘴里吐出浓烈的酒气，与身上的汗臭融为一体，明显是刚劳作了一个下午，又喝了几两酒的样子。

"我是来找我舅舅的，请问这儿是龙头村吗？"秦武说出了一早想好的应付村民的理由。

"这儿是小刘村，龙头村在西边呢！你走错了。"老人放开手，但目光依旧留在秦武的脸上，狐疑地问，"我盯着你有几分钟了，你在这地方跑什么？"

"噢，我不认识我舅舅家，我舅电话里给我说，他来村口找我，我就在这等他了。"秦武一本正经地继续扯谎，"我开了四个小时的车，脚都有点麻了，就随便走了几圈。"

"噢，我刚才把你当小偷了。"秦武的穿着让对方相信了这个不太高明的谎言。老人点点头，正要离开，然而就在这时，情况发生了微妙的变化。毫无征兆地，老人手上的手电微微晃动了一下，不再直射向秦文的眼睛，也正是这个瞬间，秦武看清了老人近在咫尺的面庞——不知为什么，老人的表情有些奇怪，一双眼睛并没有盯着秦武，而是直直地望向前方，目光里看不出明显的焦点。秦武正在纳闷儿，忽然，老人肩膀摇晃了一下，攥着的手电"啪"的一声掉在了地上。秦武的心一下子收紧了，他赶紧扶住老人，问："你怎么了？"

"没怎么，有点头晕，估计喝多了。"老人满不在乎地说。然而秦武猛然警觉起来，他想起了自己今天的来意："证明"林泉的猜测。"证明"那个能改变记忆的隐形幽灵会在今晚通过这片打谷场。而老人此刻的表现如此诡异，难道这就是记忆偏离症患者在发病前的征兆？秦武下意识地看了一眼手表，19:17，距离林泉推论的时间点只有短短两分钟。

"你叫什么名字？"秦武问。

"刘大有。"

"你住这村里吗？"

"我不住这儿，还能住哪儿啊。"老人似乎清醒了一些，他警惕地说，"你问这个干什么？"

"没什么，您先回家吧……"

"好，你是要去龙头村对吧，从前面的路口往西，大概两里路，路牌的地方右拐，两分钟就到。"刘大有热心地给秦武指了路，说了声再见，便打着手电往晒谷场西侧的村道走了。秦武强忍追上去的冲动，继续按之前的路线开始慢跑，这一次秦文跑了整整十五分钟，直到19:32才停了下来。

秦武走回跑步前的草垛，点燃了一根香烟，刚抽到一半的时候，林泉走了过来，坐到了秦武身边，说："你怎么样了，有没有什么特殊的感觉？"

"没有，一切正常。"

"你记得我吧？我们这两天见过几次面，都大概聊了什么？"

"记得的，我们见过三次，第一次是在研究所门口，后两次则是主动上门去找您，向您请教记忆偏离症的事，您说，这可能跟盘古对撞实验有关。"

"嗯，没问题，那你记得A省的地震，记得你哥的事情不？"

"嗯，我记得我哥牺牲了，A省发生过地震，但现实是，我哥还活着，A省没地震过。"

"从周院长给我的病历资料看，大多数病人的第一症状是疲倦、瞌睡，等一觉醒来后，虚假记忆就会取代真实记忆。不知道记忆恢复的过程是不是也是如此，我们再等一晚上，如果到那时，你的记忆还没有恢复，那就没法子了。"林泉的表情明显有些沮丧，"这么看来，要么是推论本身出了问题，要么是这个幽灵只能让正常人的记忆发生错位，但并不会让错位的记忆恢复正常。"

"我感觉，后一种可能性比较大。"秦武说，"你刚才有没有看见，有一个老头怀疑我是小偷，跑过来抓我？我感觉，在某个瞬间，他给我的感觉，好像有点不太对劲，倒有点像记忆偏离的前期症状。"

"什么？"林泉的语气一下子变了，他用几乎咆哮的声音问，"那个老头长什么样子，你还记得吗？"

"我问了他的名字，他叫刘大有。"

十五小时后，5月21日。

因为一个阴差阳错的巧合，林泉的推论得到了最完美的证实。第二天上午，当秦武开车带着林泉，再度抵达小刘村时，发现六十一岁的村民刘大有已成了全村人的议论焦点，一百多户村民里，至少有三分之二的人都在津津乐道地侃着同一件事：

刘大有"疯了"。

正如之前那些记忆偏离症患者一样，刘大有在一夜间忘记了最近两年所经历的一切——包括老伴和儿子因车祸身亡、家里老宅去年租出去三间，以及丧偶后，自己跟村西头李寡妇那些摆不上台面的瓜葛；同时，多出了一些并不存在的虚假记忆。秦武与林泉用两包烟的代价，跟刘大有认认真真地面聊了半个小时，在这之后，村里的流言便升级成"省里的专家专程赶来，研究刘大有的中邪""刘大有被外国间谍做了秘密洗脑，导致记忆出现问题"的全新版本。与此同时，林泉所提出的"这个幽灵能让记忆出现错位，也可能让错位的记忆复原"的美好猜想被冰冷的事实无情打破了，这十几个小时里，林泉寸步不离地"监视"着秦武，然而秦武没有任何异样的感觉，记忆也没有恢复到发病前的状态。

"林教授，下面该怎么办？"

林泉眉头紧锁，他将那张标满红点的地图再次取了出来："我想到了两个办法，第一个法子，想办法说服盘古项目的负责人，暂停对'皂泡'的一切探测实验，看看会不会有转机。"

"那您快打电话啊！"秦武脱口而出。

林泉苦笑了一下，脸上露出颓然的表情，说："盘古粒子对撞实验属于国家重点科研项目，这次重启实验室，对'皂泡'进行观测研究，也是得到高层批准的。而我只是一个被踢出实验组的半退休老头儿，人微言轻，想上报也没门路！再说项目重大，我要是这时候站出来，说不准直接给我扣一个污蔑国家重大工程的帽子。那就麻烦了。"

"那第二个方法呢？"

"第二个方法相对简单一些，把地图上的这个圆给画出来。"

"画出来？"秦武一头雾水。

"我说的画，不是在地图上画，而是让市政府组织人手，沿着地图上的这个圆，在城市里刷一条三米宽的醒目红线，就跟马路上的斑马线差不多。用这条线，把这个幽灵的运动轨迹标注出来。然后通告全体市民，在'幽灵'经过的时间段内，远离红线。"林泉说，"我看了一下，这道红线会穿过一百多栋居民楼，十四条主干道，四十六条辅干道，七个购物广场，两条步行街。总之，也是个相当浩大的工程。"

"这就是您说的简单？"秦武哭笑不得地说，"对了，我去打谷场跑步的时候，您不是在旁边架了摄影机录像了吗？把录像公开出来，不就能证明我们的推论了？"

林泉嘴角扯了一下，脸上浮出尴尬的神色。"确实是录像了，但是我忘了一件事情，19:15，天已经黑了一大半，我之前以为打谷场上的灯光够了，毕竟我在车上能看清你的脸，但没想到的是摄像机跟人的眼睛还不一样，眼睛能看清的，拍下来却是一团黑乎乎。这段录像，感觉意义不大。"林泉一面说，一面打开手机上的一段视频，"我把录像拷贝到手机里了，你看，有没有后期处理的法子，能调亮一些？"

秦武接过手机，果然，视频画面一团漆黑，只能看见一道人影在打谷场来回奔跑，他和刘大有的面庞都分辨不清。他懊恼地说："没用的，处理不了。"

"我们需要确凿的证据，如果没有证据，那一切都是徒劳。就我了解，记忆偏离症这件事，目前市里的态度是讳莫如深，我哥的电话已经两天没人接了，听说正在研究这种病的起因和治疗方法。如果在毫无证据的情况下，我们就公开一段推论，说是国家的科研工程导致了这场记忆疾病，最后恐怕只会把自己送到牢里去。"

"讳莫如深？定性为谣言？"林泉有些奇怪，"这样的事情，为什么要隐瞒？"

"我猜，一方面为了维稳，另一方面，大多数记忆错位的患者，都记得同一件事：我们市的副市长——徐天，在去年因为贪腐被双规了。"

"噢，还有这样的事？"林泉嘿嘿笑了两声，脸上露出幸灾乐祸的神色，"我怀疑，徐市长在现实世界里，屁股也不干净，只不过没有被捅出来罢了。"

"确实有可能。"秦武注意到了林泉脸上的表情，他问，"你认识这家伙？"

"是啊，这家伙对科研一窍不通，偏偏又分管科教文卫这一块儿，这不是外行指挥内行吗！"

"我也很反感这个徐天，我哥去年的事，就是他落井下石的结果。但是人家坐在那个位置上，我们得想个好办法才行。"秦武说。

秦武与林泉对视了很久，最后不得不接受一个无比沮丧的事实：即便他们发现了到目前为止，最符合逻辑、最接近事实的"真相"，但他们目前依旧什么都做不了。

"我们先回家想想，还能有什么办法。"秦武抢在林泉前面，将两人的心声说了出来。

此刻的秦武是成熟、理智、明哲保身的，他十分清楚揭露真相有多困难，以及这么做可能带来的风险，然而他并未意识到，很多时候，面前的墙壁之所以看上去牢固坚不可摧，唯一的原因是你并没有举起那把锤子。

两个小时后，秦武的电话忽然响起。

"秦武，我被强制隔离了。"电话里，秦文的声音憔悴而焦急。

第二十六章　危机

刚被隔离的二十四小时内，秦文的处境基本可以用"无人问津"来形容，除了准时送至的一日三餐外，从科室主任到院长书记再到副市长徐天，都似乎忘了他这个人的存在——直到秦文的"不老实"因一个意外而提前被发现，那些人才注意到，秦文身上的"危险性"远远超过了他们的想象。

秦文做的事很简单，当花花第二次偷跑到门口找他聊天时，他提了一个小小的请求："你能不能跟赵阿姨说一声，让她找个没人的时候，上来找我一趟，我有话对她说。"这个将秦文视作"哥哥"的女孩没有丝毫的犹豫就答应了。四个小时后，赵春梅利用放风的间隙走到秦文病房门口，轻轻地叩响了铁门。

躺在病床上的躯体如触电般弹了起来，秦文冲到门前，问："谁？"

"是我，赵春梅，是秦医生吗？"赵春梅的声音有些沙哑，好像刚生完一场大病。

"是我，是我。你看见门中间的那个小铁格吗？那是送餐、送药窗口，密码锁在门右边，密码是376514……你按下密码，然后把格子上的把手往右边推。"

厚重的铁门内发出一阵金属摩擦声,半尺见方的送餐窗口缓缓打开。秦文与赵春梅隔着窗口,在不足二十厘米的距离四目相对,赵春梅脸一红,低下头,问:"找我有事吗?"

"你的记忆并没有恢复,为什么要骗他们?"多年来的职业经历让秦文十分清楚,如果自己的问题是"你的记忆有没有恢复",那赵春梅很可能会给出一个言不由衷的虚假答案,所以他故意舍弃了一般疑问句,而是用无比确凿的语气阐述出先前的推论,紧接着不给对方反应时间,直接提出一个直击内心的问题。果然,赵春梅瘦弱的身体猛烈颤抖了一下,嗫嚅着,半天说不出话来。"我,我……"赵春梅低下头,显然不敢接触秦文锋锐的目光。

秦文看出了这个女人的惶恐与懦弱,他追问道:"你知道钱强生病的消息吗?"

"钱强?他怎么了?"

"他的记忆也出现了问题,具体症状和你差不多。"

"啊?我不知道,没人告诉我啊。"赵春梅说,她的神色有些恍惚,但明显看不出太多的担忧与震惊,这无疑更加"坐实"了秦文的推论——如果赵春梅的记忆确实恢复如初,那得知钱强生病的消息,她的第一反应应该是关心、担心才对。

秦文怜悯地看了这个可怜的女人一眼,说:"钱强生病后,也坚称你是尤小志的老婆。所以现在,你就算愿意配合那些专家说谎,钱强也不一定会接受你,和你在一起过日子了。"

这样的话语彻底摧毁了赵春梅的心理防线,她双手抱头,在门口蹲了下去,掩面呜咽起来,赵春梅的哭声越来越大,从呜咽变成了抽泣,进而升级为号哭。秦文焦急地制止她痛哭,但为时已晚。几秒钟后,两名护士一前一后地从值班室跑了出来,扶起痛哭的赵春梅，隔着铁门，用厌恶的目光瞪了秦文一眼，接着，不顾他的央求与解释，跑到护士站的内线电话前。

"主任，211的病人这边有点情况，你过来看一下。"

半小时后。

随着沉重的铁制防盗门被缓缓推开，三张阴云密布的面孔出现在秦文面前。这三张面孔分别属于徐天、赵院长及一个身穿武警制服的陌生年轻人。一个主谋，一个从犯，一个打手。他的心"咯噔"一下沉了下去，并开始懊悔不久前的冲动与幼稚。

"你刚刚跟赵春梅说的话，我们都知道了。"徐天一开口就将秦文绞尽脑汁想出来的搪塞理由彻底堵死了，"秦文同志，我不太明白，你为什么非要这么做？"

"这句话应该我问你们才对。"秦文说，"这么多人的记忆都出现了问题，你们却为了私心隐瞒真相，对得起自己的良心吗？"

"这是一种史无前例、无迹可循的记忆病症，其中的诸多诡异之处，目前还很难找到一个合理的解释，在这种情况下贸然公布消息，带来的负面影响说不定要超过病情本身。"

"徐市长，别再掩饰了，您为什么对这件事这么上心，大家心知肚明。"秦文被对方的冠冕与虚伪彻底激怒了，他将个人安危彻底抛到脑后，直接挑明了话题。

徐天脸上的肌肉明显颤动了两下，他用力吸了一口气，扭过脑袋，看了旁边的赵院长与年轻武警一眼，撕去了虚与委蛇的面具，说："我知道，这些患者的记忆是共通的，没错，在他们的记忆里，我徐天出事了，被调查了，双规了。"徐天用力拍了一下墙壁："但这都是莫须有的罪名！这些病人还记得A省发生地震呢，记得美国总统被弹劾了呢，这些事情，有哪一样是真的？！现在有一半的专家都怀疑，这些人很可能是被某个境外组织给洗脑了，如果真是这样的话，那怎么能随便对社会公开！"

"既然是假的，那你为什么这么紧张？"

"众口铄金，积毁销骨。"徐天微微眯起双眼，"对这一点，你应该深有体会。"

秦文沉默了，这八个字如八根尖锐的钢针扎入心底，没错，众口铄金，积毁销骨，这恰好是秦文近半年来最真实的写照。然而这并不足以打消他对眼前这个人的厌恶。

徐天觉察到了秦文的情绪，轻轻叹了口气，说："我也知道，在这些患者的记忆里，你是个英雄。那个小丫头，还有赵春梅，对你都很崇拜，要不是这样的话，她们也不会如此信任你，什么都跟你说。"徐天抬起头，用一种咄咄逼人的目光看着秦文，缓缓说："秦文，你这么关心这些病人，到底想干什么？"

"我是个医生，我所做的一切，都是为了找出真相，然后治好这些人。"秦文顿了顿，"是真正的治好，而不是用洗脑的办法，让患者配合你们说谎。"

"那你到底知道什么真相？"徐天眼睛微微眯了起来，"你之前在会场上，到底想说什么？"

"我什么都不知道。"秦文心脏一紧，下意识地做出了否认的回答，他旋即意识到，这句话很不妥当，于是又补充了一句，"我知道的信息，就是你刚才说的那些。"

毫无疑问，秦文完全不信任徐天，他对这个道貌岸然的官场老油条始终充满了厌恶与鄙夷，正因如此，他绝不可能将"M世界"的猜想透露给徐天，更不用说自己与林泉那几次见面了。在某个瞬间，秦文也想过妥协服软，想要说出"徐市长，你放我出去，我一定遵守纪律，不跟任何人交流这件事，如果有什么新的发现，一定先上报组织，服从指示"这样的言语来换取自由，然而对方阴鸷的眼神让他意识到，即便自己这么做，也不会有任何效果。

反正你不信任我，我也不信任你，我不会跟你透露信息，你也不会放我出去。想通这两点之后，秦文反倒无欲无求起来，他笑了笑，走到病床边上，以一个极其随意的姿势躺了下来，如此轻蔑的态度再次激怒了眼前的徐天。

"你到底知道什么？你这么做，才是对患者不负责任！"徐天咆哮道。

"把市委书记叫来，我就说。"

"秦文，你到底什么意思?!"

"没有意思。"

"你、你……"徐天喉咙里发出可怕的咯咯声，双手在空中挥舞了几下，从他扭曲的表情不难看出，他很想冲到秦文面前，揪住他的衣领，甩两个耳光，逼秦文说出心中的秘密——然而也只能是想想罢了。徐天深深吸了一口气，将愤怒、恐惧等情绪全部埋进心底，摔门而出。

"你什么时候想好了，让护士通知院长。"徐天恶狠狠地撂下一句话。

徐天出门后走得很快，脚步杂乱并虚浮，好像在逃离某个可怕的地方。秦文看出了对方的色厉内荏，笑了笑，重新在病床上躺了下来。然而好景不长，十五分钟后，铁门再一次被踢开了，一个身穿保安制服的男人面无表情地走了进来。这男人身材魁梧，身高体重都在一百八十五左右，生着黑毛的手臂足有普通人的小腿粗。

这人显然认识秦文，瓮声瓮气地说了一句："秦医生，起来。"

"干什么？"这一回秦文真的害怕了，裹在被窝里的身体瑟瑟发抖，他没有想到，在"谈判"失败后，徐天竟会用如此狠的手段来对付自己。幸好，事实似乎并没有想象中那么糟糕，男人见秦文拒不配合，并没有动手的意向，只是大声说："起来，给你换一间病房。"

"哪儿?"

"就在隔壁楼，七号病区，104病房。"

"凭什么?"秦文愤怒地吼了出来，七号病区，这是一处臭名昭著的隔离病区，是整个医院年代最久远的大楼，"思国"楼一层。"思国"楼是由当初捐助建楼的一位台湾富商的名字命名的，兴建于1982年，装修简陋，设施陈旧，几十间隔离病房，只在外墙上有一个巴掌大小的窟窿。加了一扇特殊的钢化玻璃，就成了非常具有标志性的圆形小窗。而保安所说的104病房，更是整个七号病区里最差的房间。它位于走廊尽头的位置，潮湿闷热，暗无天日，虫蚁横行，多数情况下，只有满足三个条件，病人才会被"发配"到这间病房。一，患者极具攻击性与危险性；二，家属无法承受或不愿承受超过每天四十元的床位费；三，医院的其他床位已全部住满。换句话说，7-104属于"别无选择的选择"。在大多数医护人员口中，这间病房有一个无比贴切与响亮的外号：

牢房。

"我不去七病区，我就在这里。"秦文愤怒地说，"你们凭什么让我换病房?"

"因为你在病区里乱说话，还擅自告诉病人密码锁的密码，造成了安全隐患。"对方的理由相当"名正言顺"。秦文拼命摇头，他的双手死死抓住床沿，手背上的青筋如一条条小蛇般凸了出来。保安看着秦文，并没有继续说什么威逼利诱的话，而是伸手入怀，掏出了一件打火机形状的金属物件。

"领导交代，如果您不配合的话，那就只能采取强制措施了。"男人将"打火机"对准秦文，嘴角扯出一丝狰狞的笑容。

秦文紧紧攥着床沿的双手慢慢松了开来。作为一个精神病院的医生，他自然清楚那个"打火机"是什么，这个迷你电击器释放的电流足以电晕一头水牛。如果继续反抗，那等待自己的，将是瞬间失去意识，甚至大小便失禁的悲惨结果。

秦文将双手高高举过头顶，说："我不反抗，我跟你走。"

男人用讥诮的目光看了秦文一眼，缓缓放下了手上的电击器："您挺聪明的，秦医生。"

"你是医院的保安？"

"是啊，七号病区的。"

秦文忽然想起眼前这人的身份了，他问："你是不是叫牛彪。"

"是啊！想不到您还知道我的名字。"牛彪脸色缓和了一些，"你是大医生，我是小保安，你记得我名字，也算荣幸啊！"

"大家都是同事，只不过分工不同。"秦文说话时始终注视着牛彪黝黑的面容，这话显然让牛彪十分受用。他将电击器重新放回裤兜，咧开嘴笑了笑，一口焦黄的牙齿在灯光下闪闪发光。

"秦医生，既然你这么客气，我也不会亏待你的，7-104环境是差了点，蚊子蟑螂也比较多，到时候我给你找几盒蚊香，你将就几天吧。"

"好的，麻烦牛哥了。"秦文猛然意识到，摆在自己眼前的，其实是一个绝境中的机会——这个牛彪，其实是一个可以争取的对象。

第二十七章　人性的弱点

秦文的自信源自他对牛彪的了解。事实上，这个五大三粗的保安在医院里还是个不大不小的名人，秦文虽然不认识他，但对这人的诸多事迹早就有所耳闻——牛彪是个四肢发达、头脑简单的糙汉，没有太多的坏心，只是爱财、贪酒、耳根子软，喜欢虚名——最后这一点从他对秦文态度的转变就能看出来。总的来说，这是一个愚笨又喜欢自作聪明、身上充满弱点的人。秦文已想好该如何利用这些弱点——尽管这并不足以换取自由，但至少可以让自己未来几天在"牢房"里的生活安逸舒适一些。

正如传闻那样，7-104的环境相当恶劣，病房里到处弥漫着一股说不上来的酸腐味，数十只不知名的虫子在地板上欢快地爬来爬去，原本洁白的天花板、墙壁上也布满了各种颜色的脏斑。这也很正常，在绝大多数时间，这间病房都处于闲置状态，医院的保洁人员自然不会太用心清理。

秦文捏着鼻子走进病房，对正要关门的牛彪说："牛哥，有个事想麻烦你。"

"什么事，秦兄弟？"秦文的敬称让牛彪有些飘飘然，虽说秦文此刻是他的监管对象，还是个"臭名昭著"的酒鬼医生，但酒鬼医生毕竟也是医生，更何况，牛彪本人也是个嗜酒如命的人，自然不会因为这件事而看低秦文，"只要不违反医院的纪律，有什么事你尽管跟我说。"

"能不能把电话借我一下，我跟我家人报个平安。"

"这可不行，私自借电话给病人，被查到要下岗的。"

"要不这样，你借个纸笔给我，我写张字条，你帮我交给周诚副院长，这总可以吧。"

"这个可以，但你要在我能看见的地方写。"牛彪眼珠转了两下，点头答应了。五分钟后，他将一支铅笔与一张白纸递进送餐窗口，秦文站在门口，龙飞凤舞地写完字条，然后连同纸笔一同递了回去。

"字条上的内容，您先看看。"秦文赔笑道。

秦文这么说是有特殊用意的。他知道牛彪此前一定接到了上级授意，这个"上级"或许是保安队长，或许是某位院长，而授意的内容多半包括"将秦文在病房内的一切言行详细上报"。此刻牛彪虽然跟自己称兄道弟，但回头会不会把字条拿到领导那边请赏，这就说不准了。但秦文相信，只要牛彪打开这张字条，那一切就在自己的掌控中了。

牛彪也不客气，伸手展开字条，上面的文字很简短，只需扫一眼便能看清楚：

"周院长，我已被转入7-104病房，虽然环境较差，但尚能忍受，请转告我家人，说我目前一切安好，正在做课题研究。此外，保安牛哥人不错，对我相当照顾，请您帮我给他买两条中华、两瓶洋河梦之蓝，聊表我的谢意。"

果不其然，牛彪的脸色瞬间变了，厚厚的嘴唇几乎咧到耳边，嘿嘿干笑了两声，连声说："兄弟，你跟我客气啥。"虽然嘴上这么说，但双手却老老实实地将字条揣进贴身的衬衫口袋。

秦文将这个细节看得清清楚楚，说："牛哥，麻烦您了。"

牛彪又假意客套了几句，便转身离开了。半小时后，当他再次出现在"牢房"门外时，脸上的笑容更加灿烂了，黝黑的脸上闪闪发光，就连皱纹也全都舒展开来，他对秦文说："周院长真是个体面人，不但给我买了烟酒，还包了个红包，让我多照顾你一点。秦医生，你有什么事，尽管跟我说。"

"牛哥，今晚是您值夜班吗？"

"不是，今天是小李，我明天值班。"

"那好，明晚23:00的时候，你到我门口来，我有些事想跟您单独聊聊。"秦文顿了顿，说，"事后我会好好谢您的。"

"没问题。"牛彪一口答应了下来，随后言不由衷地说，"你不用跟我客气的。"

"就这么说定了。对了，麻烦您再给我一支笔、一张纸，我今晚写点东西。"秦文眉头一皱，改口道，"两张纸吧。"

武：

我现在情况不太好，差不多算是被软禁了，但安全没太大问题，吃住条件也还可以，你不用为我担心，不要把这事告诉爸爸，也不要设法捞我出去。第一做不到，第二没有意义。

林泉教授给我们说的那些话，我没有告诉任何人，请林教授放心。

目前市领导已经知道了记忆偏离症的事，但是消息被封锁得很好。所以，你千万不要做出头鸟，无论发生什么，切记不要冲动，三思而后行。

秦文的信写得很简短，等写完之后，他又开始犹豫起来，干脆拿起笔，涂去了中间有关林教授的一段——尽管牛彪已经被"收买"了，但仍然远远未到"值得信任"的程度。也正因如此，他思前想后，最终放弃了在另一张纸上写下最近这两天自己的一些发现（例如记忆偏离症被治愈的谎言骗局）与推论（如徐天很可能在现实世界也不干净，所以才不惜一切代价封锁消息）。秦文随后又想到，如果真要和秦武联系，最安全便捷的法子显然是手机视频而非写信。秦文很了解"牢房"的结构，知道厕所的东北角是监控覆盖的盲区，那么，自己唯一需要做的，是第二天晚上，说服牛彪"借"一部手机给自己。

想通这一点之后，秦文的思路一下子清晰了，他走到床头，将脱下的鞋子并排竖在床边，又把袜子卷成一团塞在鞋子里——这能防止虫子钻进鞋子。洗漱停当后，秦文爬上床，关灯，病房里瞬间陷入一团漆黑。一束微弱的灯光，透过墙上只有巴掌大小的"窗户"射了进来，在墙上投出一个边缘清晰的圆形光圈。秦文忽然来了兴趣，他下了床，走到这扇由钢化玻璃制成的窗前，向外张望。

"一、二、三、四、五、六。"对面医技楼三楼第六间病房，便是赵春梅与花花的306病房，病房的灯依旧亮着，窗前还立着一个人影，虽然看不清面庞，但从身高与轮廓推断，多半就是赵春梅了。赵春梅在窗前站了很久，似乎在张望，又似乎在发呆。

秦文心头恻然："我之前的那番话，不知道会不会刺激到她。"秦文伸手擦了擦面前的玻璃，试图看清楚一些，但失败了，玻璃上的灰尘大多位于外侧而非内部。又过了三五分钟，赵春梅终于转过身，离开了窗前。秦文叹息了一声，也走回床前，盖好被卧，沉沉睡去了。

事实证明，最后说服牛彪的过程比想象中还顺利了许多。第二天深夜，当秦文隔着铁门，向牛彪提出"能不能借手机给我，给家人报个平安"时，牛彪并没有直接拒绝，只是强调病房里、走廊上都有监控，对这个理由，秦文早就想好了对策。

"你去门口小卖部，买一袋切片面包，然后把手机放在面包袋里，从送餐窗口送进来，我会在厕所的东北角打电话，那里是监控的死角。"秦文说，"就算监控拍到你给我送面包，最多也就是批评教育，扣点考核奖金。你只要帮我这个忙，我一定重谢。"

秦文将"重谢"二字咬得很重，牛彪立马被说服了，他咬了咬牙："你要打多长时间的电话。"

"半个小时。"

秦文与秦武的视频通话一共持续了二十七分钟十八秒，其中有三分之二的时间，是秦武跟秦文阐述自己与林泉的最新发现：包括地图上那个由数十个红点连成的圆——也就是那个无形的、能改变记忆的"幽灵"的运动轨迹。在秦武连说带画的讲解下，秦文勉强听懂了大半。而剩下十分钟，秦文则一直在劝秦武保持冷静——当秦武知晓秦文被限制自由之后，情绪变得有些激动，甚至提出要闯入当晚的新闻直播间，对四百七十万市民公开自己知道的一切。但秦文阻止了秦武的疯狂："你忘了？所有的新闻直播都是延迟十秒播出的。"

秦武听完后并不死心，又表示可以在网络直播上公布知道的一切。

秦文思索了一会儿，也否定了这个法子："现在网上乱七八糟的流言到处飞，有说邪教给人洗脑的，有说外国间谍搞意识形态战争的，有说外星人入侵的，凡所应有，无所不有。你口说无凭，别人怎么相信你？"

秦武无言以对，电话两头几乎在同一时间陷入了沉默。大约半分钟后，秦武说："其实，是有办法的。"

"什么办法？"

"林博士已经找到了这种病暴发的规律——也就是这个幽灵的运行轨迹，而且，得到了事实论证。那么，根据这个规律，我们现在可以预言，下一拨病例会在何时何地出现。"秦武扫了一眼身边的地图，"大概四五天后，红叶小区、荷香小区、开发新苑将会出现下一批患者。如果我现在就把这个消息发到论坛上，那么等四五天后，当这些预言一一变为现实，所有人都会相信我说的事实。"

"这倒是个法子！"

"我还没发。这两天我跟林博士一直在商量，希望能找到更确凿的证据，也想想有没有更好的办法……这件事急不得，要想清楚每一步怎么做。"

秦文点了点头，对秦武的话表示认同。秦文清楚地记得，就在两天前，自己也面临过类似的抉择，也出现过同样的犹豫，这犹豫并非简单的、明哲保身的懦弱，也不只是谋而后动的成熟。一个重要的原因是，在秦文的潜意识里，记忆偏离症并非一种可怕、必须尽快攻克的恶疾——它确实是给患者带来诸多困扰的记忆疾病，但并不会攫取生命，也不会引发过于严重、可怕的恶果。

"嗯，再等等，等时机成熟再说。"秦文说。

电话挂断后，秦文将手机藏回面包袋，走到门前，敲了敲门，吱嘎，门上的小窗打开了，牛彪接过面包袋，心领神会地笑了笑，说："打完了？"

"打完了。牛哥，我还有件事想打听下，不知道你知道不？"

"什么事？"

"这几天过来的病人多不多？就是记忆出问题的病人。"

"你问这个啊，我们今天吃晚饭的时候还聊这件事呢，好像这几天病人少多了，今天总共就三个，医生都挺乐观的，说下个礼拜就不用再天天加班了。"

"嗯。"秦文点了点头，这个事实无疑在某种程度上验证了林泉的推断——最近这几天，那个能改变记忆的"幽灵"正在城市西北的无人区游荡，然而四五天后，它会再度侵入市区，并带来一个新的发病高峰。秦文看了一眼睡眼惺忪的牛彪，说："牛哥，谢谢你了。"

"嗯。"牛彪打了个哈欠，转身往走廊另一头的值班室走去，高大的身影在苍白的灯光下拉出一道长长的影子，就在牛彪推开值班室木门的一刻，秦文忽然想起了什么，他轻轻喊了一声："牛哥。"

牛彪的脚步顿住了，扭过头，睡眼中满是惊疑。

"还有个问题想问下你。"

牛彪"噢"了一声，拖着碎步，不太情愿地走到病房门口："什么事？"

"你，害怕得这种病吗？"

"怕？有什么好怕的？"牛彪大大咧咧地说，然而当他发现，门后的秦文正用一种异样的目光盯着自己时，高大的身躯打了个激灵，一下子睡意全无。秦文脸色铁青，目光的焦点牢牢锁定在牛彪的眼睛上，牛彪虽是个粗人，但也意识到这个问题的重要性了，他挠了挠脑袋，一时接不上话来。

"不急，你认真想想，然后再回答我。"

牛彪挠了挠脑袋，从口袋里掏出一包中华："这是周院长给的。"牛彪点燃了烟，用力吸了一口，一缕明亮的火光在青色的烟雾里亮了起来，牛彪埋下头，开始在烟雾中思考秦文的问题，一根烟很快就抽完了，牛彪没有抬头，而是略带局促地说出了自己的想法。

"说真的，不算太怕，这种病不痛不痒的，也不会死人，就是脑子里记得的东西跟现实不一样呗。我就怕我媳妇得这种病，她要是得病了，不记得我跟娃儿了，那我该咋办啊。我听说，有一个挺漂亮的女病人，生了这种病之后，不认得自己的老公了。"牛彪将尚未熄灭的烟头丢到地上，用力踩了踩，"嘿嘿"笑了一声，"不过也说不准，说不定有一个美女忽然得了这种病，然后把我当成她老公呢。我听队长说，有一个房地产老板记忆出了问题，给手下的一个泥瓦匠塞了个二十万的大红包，直接把泥瓦匠给整傻了。你知道为啥不，听说这个大老板脑筋出问题后，记得这个泥瓦匠前几天跳河救过自己的儿子，你说，我会不会也碰上这种好事……"

这一段美好的遐想让牛彪紧锁的眉头重新舒展开来，当说到"二十万"三个字时，几滴横飞的唾沫飞溅到秦文的脸颊上。秦文静静地听着，没有打断也没有评论。牛彪淳朴、真实的心声让秦文更坚定了"等一等"的想法，也将他心中因"知情不言"带来的负罪感磨灭殆尽。若不是二十四小时后，来自头顶那声令人窒息的绝望闷响，秦文或许还会沉默很久很久。

第二十八章　决定

意外的准确发生时间是在 5 月 20 日 23:45，当时秦文正百无聊赖地躺在 7-104 病房的床上，观察墙角一只蜘蛛结网。这无疑是一只极具耐心的节肢动物，它安静地趴在天花板角落一道波浪形的裂缝上，从生着黑白条纹的腹部引出一条闪闪发光的细丝，一根、两根，正当它竭尽全力吐出第三根丝的时候，秦文听到了那声尖叫。

7-104 病房的隔音效果相当好，在大门紧锁的情况下，即便是一墙之隔的走廊上有人正常说话，病房里的人也无法听到。然而这声尖叫似乎具备某种神奇的魔力，它毫无阻碍地穿透了墙壁、钻进了秦文的耳膜。秦文平躺在床上的躯体不由自主地战栗起来。这是赵春梅的声音。他匆忙跑到窗前，往对面医技楼看去，谁知事与愿违，十几道人影在窗外的绿化带边站成一排，遮住了秦文大部分的视线。秦文跳下床，赤脚奔到门口，用力拍打铁门。

"牛彪，牛彪！"秦文用尽力气呼喊。

半分钟后，铁门上的小窗打开了，牛彪睡眼惺忪地问："怎么了？"

"你听到外面的声音了吗？"

"没啊，我睡觉比较死，地震都不知道。"

就在这时，头顶响起一串急促的脚步声，听上去像是四五个人在一楼的走廊上奔跑，其间还夹杂着一些嘈杂难辨的人语声，秦文更紧张了，他说："帮我去外面看看，什么事？"

"看什么？"

"对面楼有个女的好像大叫了一声。"

"有女人叫了一声？"牛彪先是一怔，随即露出满不在乎的神情，"这里是精神医院，里面的人脑子有问题，习惯就好了。"

秦文拼命摇头，牙齿在嘴唇上刻下两排深深的血痕，他双手挥舞，语无伦次地说："不，不！你上去看看，到底怎么回事，求求你，帮我个忙，上去看一眼！看过了就来告诉我！"

牛彪呆呆地看着秦文，点了点头。他用四十三码的皮鞋在地上跺了一脚，跺亮了楼道里的声控灯，跨开步子，往大门口跑去。秦文目送牛彪的背影消失，身子死死贴在冰冷的铁门上，泪水忍不住涌了出来："千万不要出事！千万不要出事！"

秦文在崩溃的边缘等了大约半分钟，这半分钟里，他在铁门与小窗之间来回跑了三趟，而且每次都是以极限冲刺的速度。当他第四次跑回门前时，牛彪一脸兴奋地从走廊那头跑了过来，先前的睡意消失得无影无踪。

牛彪说："有个女人爬到对面楼顶上了，好像要跳楼！"

秦文身体一震，几乎瘫软在地上，没等他再说什么，牛彪已甩下一句："我再去看看。"接着一溜烟跑开了，秦文喘息着跑回窗口，这一次，刚才挡住视线的几个人已往旁边移了几米，这让秦文得以看清，在对面大楼楼顶，立着一个瘦削、孤零的身影。

赵春梅站在楼顶天台边缘，宽大的病号服被夜风吹得飘荡起来，就像武侠片里的绝世高手。楼下已围了黑压压的一大群人，有穿着白大褂的医生，有穿病号服的轻症病人，有如没头苍蝇一样跑来跑去的保安，这些人发出聒噪的声响。赵春梅静静地看着身下的一切，沉默得宛若一尊雕塑。

"楼顶的女士，请不要冲动。"一个高亢的男中音从高音喇叭里传了出来，是医院心理科的王主任，"你有什么要求，都可以提，我们一定满足你。"

赵春梅的身形晃了一下，引发了围观者一阵此起彼伏的惊呼，她并没有说话，只是回以一声更尖锐、凄切的嘶喊。

"赵女士，您提的要求，要见你的老公，我们已经去帮你联系了，他很快就到！您先从楼顶下来好不好！"王主任的语气很诚恳，但秦文的心却一下子抽紧了，赵春梅的老公？他不知道王主任说的这个"老公"，究竟是同样患上失忆症的钱强，还是完全否认自己与赵春梅关系的"尤小志"。

秦文很快就等到了答案，大约两分钟后，两个身穿白大褂的医生领着钱强，从对面医技楼侧门走了出来。钱强身上套了一件并不合体的白衬衫，一路上都在跟医生交流着什么，从脸上的表情看，明显不太情愿的样子。

医生将钱强领到王主任身边，对赵春梅喊："你老公来了，你有什么话，就跟他说？"

赵春梅居高临下地看了一眼，当认出钱强的一刻，身影如风中落叶般颤抖起来，肩膀不停地起伏，似乎在哭泣。楼下，王主任把高音喇叭递给钱强，低头耳语了几句，钱强点了点头，对着喇叭说："对不起，阿梅，昨天是我不好，但我是生病了，你不要冲动，好好配合医生治疗，等出院以后，我们回家好好过日子！"

钱强的这番话明显是违心之言，语气就像是背书，话里完全听不出任何真情实感。

赵春梅明显也听出了这一点，她沉默了片刻，忽然问："你说，你是我老公，那你告诉我，我们的孩子是哪天生的?"

原本喧闹的楼下一片寂静，围观者纷纷偏过脑袋，将目光投向一脸木然的钱强，钱强的脸色更白了，慌乱的目光从身边的几个医生脸上扫过，医生们自然也无法回答这个问题。其中一名医生拿起手机开始拨号，也不知是询问这个问题的答案还是请求援助。

"骗子，你们都是骗子!"赵春梅更激动了，她又向前跨了一步，双脚距离楼顶边缘只剩不到二十厘米。与此同时，在赵春梅身后大约十米的地方，冒出了一个穿保安制服的瘦小身影，应该是随时准备出手营救。

"赵女士，你不要冲动，如果你要见尤先生，我们可以帮你联系，你稍等一会儿。"眼看保安离赵春梅越来越近，楼下的心理专家也在竭力分散她的注意力，"你千万不要冲动，想想你的孩子!"

秦文已紧张到无法呼吸了，他强忍五官被挤压变形的痛苦，把脸死死贴在身前的窗户上，泪水顺着玻璃流了下来。到目前为止，心理科王主任所说的每一句话都是错误的，只会起到火上浇油的效果，而楼顶那个勇敢的保安试图营救赵春梅的举动更是愚蠢到家。

秦文隔着玻璃，声嘶力竭地呼喊:"不要，不要! 放我出去!我来劝她!"

秦文的呼喝透过厚厚玻璃，传到了最近的两名围观者耳里。二人回头看了一眼，然而，当看清秦文身上的病号服后，脸上的表情从好奇变成了嗤笑。秦文泪流满面，他用拳头一下下捶击身前的窗户，一下，两下，三下，鲜血流了出来，在秦文捶第四下的时候，最终的结局来临了。

"我们已经打电话给尤小志了，他马上过来，还有，你的父母一会儿就到！"楼下，王主任终于说出了第一句在秦文看来"正确"的话语。然而同在这一秒，此前一直犹豫不决的保安也下定了决心，他向前跨了一步，试图去拽赵春梅的手，正是这个极其"业余"的营救动作起到了截然相反的效果，在两手相触的一刻，赵春梅显然被吓到了，她尖叫了一声，脚步一个趔趄，失去重心的身体向前倾倒，如落叶一般，从七层楼上坠落下来。

"啊！"凄厉的呼叫刺入秦文的灵魂，他几乎在一瞬间闭上了眼睛，大约两秒钟后，一声沉窒的闷响随之而至，就像一个沙袋从天而降拍在地面上。秦文的灵魂几乎被这声响拍散了，过了整整半分钟秦文才重新睁开眼睛。医技楼下方已围了一大圈人，里三层外三层，他完全无法看清赵春梅的情况。秦文的精神终于崩溃了，他跪倒在窗前，额头与冰冷的墙壁撞击出可怕的闷响："怎么会这样，怎么会这样……"

秦文的自残之举是被牛彪叫停的，牛彪一边敲着房门，一边追问："秦医生，你怎么了？"

秦文蓦然回头，他额头与右手上的鲜血吓了牛彪一跳："人怎么样了？"

"跳下来了，应该没救了……"牛彪小心翼翼地说，"我拿手机拍了一段视频，要不你看看？"

牛彪将手机递到秦文眼前。秦文只看了一眼，原本强撑的身体便缓缓软倒在地上。视频里，赵春梅正仰面朝天躺在水泥地面与草坪的交界处，身体微微抽搐，大量的鲜血如泉水般从后脑的位置涌出来，其中还混杂着一些白色液体。赵春梅半个头颅都摔变形了，犹如一个畸形的洋娃娃，一双眼睛依旧圆睁着，空洞、苍白、了无生气。

赵春梅，第一位被确诊的记忆偏离症患者，第一位被"治好"的记忆偏离症患者，死了。

秦文是赵春梅的主治医师，但两人的关系也仅限于此，更谈不上任何私交。但赵春梅的死亡却极大地触动、打击了他，秦文就像被抽取了三魂七魄那样，瘫软在病房门边。"你怎么了？你头上怎么流血了？"牛彪在门外大喊，秦文恍若未闻。他目光涣散，神情恍惚，仿佛失去了全部的听觉视觉，不知过了多久，秦文从地上艰难地站了起来。

秦文仿佛魔怔一般，他忽然回忆起两天前，自己跟赵春梅见面的情景。那天，他戳破了赵春梅的谎言，将她从一个虚妄的梦境中叫醒，回归残酷的现实世界。赵春梅掩面抽泣的情景仿佛幻灯片一样在脑中不断回放，与此同时，一个声音在意念深处响了起来："她是因为你死的，因为你死的。""不，不是我，不是我！""刚才赵春梅说，她去见钱强了，这一定是因为你的提醒！""不，这一定是巧合，一定有其他原因！"

秦文在天人交战中为自己辩解，但那个声音却更高亢了："如果你没有戳穿赵春梅的谎言，她或许不会死，如果你早几个小时，勇敢地将一切公之于世，她或许就不会死，如果你少跟她说一句话，又或者多跟她说一句话，她或许都不会死。"

愧疚、自责如潮水般淹没了秦文的心房，他感觉自己无法呼吸。

"你认识这个女的？"牛彪被秦文的模样吓傻了。

"是的，她的死，跟我有关系。"

"跟你有关系？"牛彪的眼珠几乎掉了出来，一瞬间，这个思维简单的保安臆想出了好几种狗血的可能，包括医疗事故、医患纠纷，甚至不伦之恋，但秦文很快打断了他："我错了。"

"什么？"

"我错了。"秦文清晰地感到，某种奇妙的变化正在自己身上发生。此前的犹豫、担忧、患得患失在瞬间一扫而空，勇气与决心重新注满了他的身体，他对牛彪说："把手机给我。"

秦文的语气很奇特，绝非恳求或商量，反倒像是一个上级在吩咐命令下级。牛彪怔住了，他呆呆地看着秦文，嗫嚅着半天说不出话来。秦文面色平静，只是用相同的语调，重复了一遍相同的话语。

"把手机给我。"

"你要干什么？"

"我错了，我本来以为，这种记忆偏离症是不会死人的。但是我错了，赵春梅死了，记忆错乱让她崩溃了。如果我再不站出来的话，还会有更多人因为这种病痛苦，因为这种病死去。"

"你到底想说什么？！"

"我想救他们。"秦文并没有解释，他仰起头，让洁白的灯光洒遍清癯的面庞，此时的秦文已擦去了额上的血污，他的表情十分平静，但眼睛很大很亮，如晨星般闪闪发光，"我知道如何阻止这种病，你把手机给我。"

牛彪呆住了，魁梧的身躯下意识地往后缩了缩，与铁门拉开了大约半米的距离，他的第一反应是拒绝，他想扭头逃回值班室，用被子蒙上脑袋继续睡觉，又或者把秦文的疯言疯语报告给队长、院长。但一门之隔的秦文身上仿佛存在某种神奇的引力。牛彪并不能完全听懂秦文所说的话，却能清楚地感觉到，这个人要做的事情是正确的、正义的、刻不容缓的，这让这个并没有多少文化的粗鄙汉子热血上涌，牛彪并没有提任何条件，他甚至无视头顶闪着寒光的摄像探头，走到门口，掏出手机递了进去。

"给你。"

"谢谢你，如果你因为这个被扣奖金，我补偿你，如果你被开除的话，我给你十万。"

"不用了。"牛彪摇头道，他的胸膛挺得很直，"这一次，我不是为了钱帮你的。"

"谢谢。"秦文愣了三秒后，用前所未有的诚恳语气说。

秦文的第一个电话打给了秦武，电话那头的秦武有些激动，表示当天找了很多关系，但始终没能把秦文给"捞"出来，秦文淡淡地说："不用麻烦了。我记得你前几年在一个应用程序上做过直播，把账号给我。"

"你想干什么？"

"不能再等了，我会在1:00整，在网络直播上公开目前知道的一切。"

"你怎么了？"秦武愣了片刻，随即劝阻说，"你或许不太了解网络直播这一块儿。第一，我的账号不是什么大V，你就算直播，也未必会有几个人看；其次，网警一旦注意到你在说什么，很可能会立刻封掉直播间；最后，就算有人看了，网警也没封房间，别人也不一定会相信你说的话啊。"

"你说的这些，我都想到了。"秦文觉得自己在这一刻前所未有地清醒，智慧的火光在大脑中燃烧、绽放，"关于你说的第一点，我现在思维很清楚正常，却被关在精神病院的隔离病房里，这话题本来就足够抓人了，只要稍微发酵一下，至少能吸引上万人，再说，你应该了解这些直播平台，只要砸钱，就能买流量，我的床头柜里有一张中国银行的借记卡，里面有二十多万，我觉得，把这笔钱砸出去的话，至少够让应用程序把我的直播间置顶一个小时。"

"你疯了？"

"不，我很正常，你听我说完。我会事先组织好发言，然后在十分钟内，把整件事说清楚，而且就事论事。"

"哥……"秦武呆住了，"你怎么忽然这么着急？"

秦文微微一愣，事实上，他也不知道这个计划是什么时候出现在脑海中的，又或许，他早就想到了这个法子，只不过此前发生的一切，并不足以让他罔顾后果、不计代价地付诸行动。那时的秦文，正陶醉于那些记忆偏离症患者对他的崇拜、尊敬中难以自拔，甚至因此生出"如果整个城市的记忆都发生偏离，对我来说，会不会反倒是一件好事"的荒谬念头。然而赵春梅的死改变了这一切，它唤醒了被秦文遗忘在角落、蒙尘的初心。

秦文说："不能再等了，有人死了。"

"死了？怎么死的？"秦武声音抬高了八度，"这种病会死人？"

"是的，会死人。就在刚刚，一个女病人跳楼了。"

"为什么跳楼。"

"她有两个丈夫，现实中的那个，记忆出现了偏差，记忆中的那个，记忆依旧正常。这件事很复杂，但我觉得，你一定能理解我的意思。"

电话那头沉默了半晌，秦武说："我懂了，你是对的，这种病是会让人崩溃的。"

"把你的账号给我，我1:00准时开播。"

秦文的第二个电话是打给周诚的，那头的背景声很嘈杂，鼎沸的人语与尖锐的机器报警声混在一起。周诚一听到秦文的声音，语气十分激动："我在抢救室这边，赵春梅死了。你哪来的电话？"

"我知道她死了，电话是保安借给我的，你能不能帮我一个忙？"

"什么事？"

"把你手上的，关于这种记忆偏离症的数据，全都拍成照片发给我，可以是病历，可以是问诊记录，可以是资料文件。但是要快，要在一个小时内给我。"

"你干什么？"

"你不用问，我会尽可能不把你牵连进来，但我没法保证。"

"这个……"周诚的语气变得有些犹豫，他没有答应秦文，而是压低了喉咙说，"不是我不答应你，医院领导班子马上要开紧急会议，我没法请假。"

周诚的态度让秦文有些失望，但并不足以动摇他的决心。挂断电话后，秦文便拿起笔，开始在白纸上起草"发言稿"，在这个过程里，他的心绪始终保持着难以想象的宁静。一个个笔迹工整、力透纸背的汉字从笔尖跳跃出来，排成一句句铿锵有力的言语。不知是不是巧合，发言稿的完工时间恰好是 0:55，之后，秦文用一分钟下载好直播软件，然后又花了三分钟，找到了一个最佳拍摄角度：从这个角度拍摄，坐在病床上的秦文，与身后墙壁上"配合治疗，早日出院"的红字标语恰好形成完美的构图。秦文固定好手机，输入《一个被强制入院的精神病人的直播》的标题，按下了"直播"键。

打开直播的秦文没有立刻说话，他沉默着凝望镜头，就像一尊雕像。

1:01，秦武社交媒体上的近千个好友，收到了一条同样的信息。

1:02，直播观看人数突破一百，与此同时，价值六百人民币的虚拟礼物开始以十秒一个的频率刷屏。

1:04，直播间被应用程序置顶。

1:05，当直播间的收看人数突破三万的一刻，秦文进入了正题：

"我叫秦文，曾经是一名神经外科医生，现在，我是一名失去自由的精神病人。十天前，我所在的 Y 市，爆发了一场史无前例、匪夷所思的记忆疾病……"

秦文的语速不快，每一个音节都咬得格外清晰，用的词句也都很通俗。当说到患者的错误记忆源自某个"平行世界"时，他举了赵春梅的例子；而当说到"盘古粒子对撞机"时，秦文并未赘述，只是简略地介绍"这是一种价值九位数人民币、能重现宇宙大爆炸初期状态的尖端物理学设备"，而当提及那个能改写记忆的"幽灵"的运动轨迹时，秦文将一张白纸放到镜头前，并画出了简单的图示。秦文用了大约十一分钟说完了全部内容，随后在直播间内置顶了一条公告，公告的内容是一个推特账号——他相信，在他说话的同时，秦武已在这个推特账号上发布了足够的文字与图片。

正如预料中那样，直到1:12，这场"直播"才被打断——而且，是以一种无比愚蠢、对秦文最为有利的方式。此时直播间的人数已突破六十万，这六十多万观众在手机上目睹了两名保安踢开病房铁门，一面叫嚣"你干什么"，一面揪住秦文的衣领，抢下手机，狠狠摔在地板上的一幕。手机的屏幕被摔碎了，但直播并未中止，裂成两片的玻璃镜头执拗地对着苍白的天花板，并记录下保安将秦文摁在墙角拳脚相加的片段，这样的声画语言无疑激起了观众的滔天怒意，同时极大程度地"坐实"了秦文在直播里所说的一切。直播间的人数在短短三分钟内翻了三倍，超过了两百万，之后网站管理者紧急掐断信号的行为更是愚蠢至极，到2:00的时候，一百七十万Y市市民，至少有一半知道了这个震撼人心的消息。

走廊上的警铃发出疯狂的鸣叫，更多的保安冲进病房，阻止了正在发生的暴行，秦文觉得嘴里有些发咸，整个手背都被鲜血浸湿了，但不知为什么，他丝毫感觉不到身上的疼痛，他只觉得很骄傲、很亢奋。在过去的三十多年里，他从不知道自己有如此好的口才，如此敏捷的思维，如此伟大的感染力与魅力。大约十分钟后，赵院长到了，他深深地看了秦文一眼，板起脸，义正词严地怒斥病房里的几名保安："你们干什么，出去，都给我出去！"

保安面面相觑，没敢多说什么，一个个低着头离开了。

"秦文同志，你没事吧！你受委屈了！"赵院长的表情很诡异，他脸色铁青，眼睛里似乎冒着火，但嘴角偏偏又挂着笑，如此水火不容的两种表情同时出现在同一张面庞上，让人仿佛置身于一个分裂的世界。

"秦文同志，不是我说，你怎么就这么不信任组织？为什么不早点儿把这些话说出来呢？我们专家组这几天天天忙通宵，就为了找出这种病的起因，你早点儿告诉我们，我们也好治病救人啊。"

赵院长越说入戏越深，双眼中的火焰渐渐消失了，唇角的笑容则愈发真诚亲切，说到后来，他甚至开始回忆往昔，追溯秦文入职以来自己对他的"赏识"与"照顾"。看着眼前这张熟悉、虚伪的面容，一种难以抑制的滑稽感在秦文心中泛起。他很想笑，又很想吐，但更多的是一种求仁得仁的畅快感。

他没有理会院长，而是将尊敬的目光投向呆立在走廊上的牛彪，认真地说："牛哥，对不起。"

"什么意思？"牛彪有些发愣。

"我这么一搞，很可能会害得你丢饭碗，以后再找工作，可能也会很麻烦。"

"没事！没事！"牛彪连连摆手，"我以前是做木匠的，要是医院让我下岗的话，大不了再回家做木匠好了。"牛彪咧开嘴，焦黄的牙齿闪闪发光。秦文心里泛起一股暖意，他冲牛彪点了点头，然后穿过走廊，往楼梯的方向走去。当走到大厅门口的时候，两名身材高大的武警拦住了他。

"秦医生，您好，市委孙秘书长在四楼会议室等您。"

这两名武警很年轻，棱角分明的脸上写满了正气，他们拦阻秦文的动作虽然坚决，但语气里带着明显的礼貌与尊敬。秦文被他们的态度打动了，于是跟在武警身后上了楼。在楼上的办公室，他用了两个小时，将自己所知的一切全说了出来。

秦文到家时已是4:30了，正东方的启明星放射出迷人的金色光芒，悬在微微发青的天幕上。秦文脱掉沾满青草露水的鞋子，正要开灯，秦武已哽咽着从卧室里冲了出来，抱住了他。两分钟后，楼上传来一阵剧烈的咳嗽声，接着是木床的摇晃声，以及拖鞋与地板接触的脆响。

二楼的灯亮了，秦山披着一件睡衣，走到楼道口往下看了一眼，说："小文，你回来了？"

"爸，您醒了？"

"听到楼下有动静，就起来看看。"秦山看了一眼秦文额上的伤口，关切地问，"你脸上怎么了？"

"没什么，刚才在路上不小心撞了一下。"秦文慌忙解释，然而秦山已走下楼来，走到秦文的跟前，仔仔细细地看了很久，"嗯，皮外伤，捺点酒精，不要感染。"

秦文咬牙点头："嗯，我会的。"

"都四点多了，赶紧睡吧！"秦山扭过头，一步步往楼上走，秦文想上前搀扶，却被秦山摆手拒绝了，"我自己能走！"

兄弟二人对视了一眼，点了点头。走进卧室前，秦文偏过头往窗外看了一眼，自言自语了一句："天快亮了。"

第六部分

真相

第二十九章　天明

　　这一夜秦文做了许多梦，其中一大半是美梦，秦文梦见自己的诊室门外再度排起长队，无数病人用崇拜、景仰的目光看着自己；他还梦见护士张茜无比诚挚地叫了一声"秦老师"，美丽的眸子里放射出令人心旌摇动的光芒；他梦见徐天一脸颓丧地坐在被铁栅栏围住的牢房里，在一张"认罪书"上摁下鲜红的手印。但也有一小部分是噩梦，这些噩梦很诡异，而且与这些天发生的一切全无直接关联，秦文梦见自己身陷于一张巨大、黏稠的网中，竭力挣扎却无法逃脱；他梦见自己分裂成了两个人，从身体到灵魂同时一分为二，另一个秦文用一种毛骨悚然的目光凝视着自己，唇角扯出一抹诡异的微笑。秦文从一个梦境跌入另一个梦境，周而复始，永无止境。直到一个苍老、急促的声音在耳边响起。秦文用力睁开双眼，看见秦山正坐在床头，一脸关切地看着自己。

　　窗外天色大亮，太阳已升到了窗楣以上的位置，将一片明亮的光斑投在满是灰尘的地板上。"怎么了?"秦文问父亲。

　　"你前几天去哪了?"

"我在医院……"秦文晃了晃有些发晕的脑袋，"最近出现了一种新型记忆疾病，连续加了几天班。"

"你被关起来了？"秦山忽然抬高了语调，他快步走回客厅，从茶几上拿起一份当天（5月24日）的《Y市日报》，塞到秦文手上，在报纸的头版，刊载着一则新闻。

Y市遭遇未知记忆疾病袭击

自本月10日起，我市出现数十例新型记忆疾病患者。患者发病后，记忆发生消乱，具体表现为：短期记忆丢失，同时凭空产生大量虚假记忆，虚假记忆与真实记忆能完美接洽，不同患者的虚假记忆相通互联。目前，该病症被命名为"非典型性失忆综合征"。(*Atypical Amnesia Syndrome*，简称AAS)

例如，本月10日，我市青山医院收治了一名年轻女性患者赵某，赵某发病后，不再记得现实中的丈夫钱某和女儿，坚称自己的配偶是同村男子尤某。17日，赵某的丈夫钱某发病，钱某发病后，也坚称赵某并非自己的妻子，而是尤某的妻子。

不但如此，多数患者发病后，脑中出现共通的"虚假客观记忆"，所有患者都"记得"，去年A省曾发生7.2级地震、去年美国总统临时改选等并未发生的新闻事件。

疫情发生后，市委市政府高度重视，紧急组织专家团队进行调研。我市青山医院副主任医师秦文提出，AAS的出现，可能与Y市702研究所三年前首度运行、并于最近重启的"盘古"粒子对撞实验有关，同时提出"患者的记忆来自平行世界""患者发病存在地域与时间规律"等理论设想。

目前，研究所已紧急中止一切实验，并暂时封闭实验室。对该设想的真实性，专家正在深入调查，同时，对该记忆病症的研究与治疗亦在有条不紊地进行。专家提醒，目前来看，该病症不会直接对患者的生理健康造成影响，但容易诱发患者悲观、抑郁、激动、厌世等消极情绪，导致患者做出轻生、自残等行为，望广大市民引起重视，如自己或亲人出现类似症状，请及时前往青山医院就诊。

此外，在多数专家学者努力与记忆病症斗争的同时，部分医院主管人员、政府分管领导因一己私利，罔顾群众利益，封锁舆论，控制民情，欺上瞒下，对秦文医生等勇于直言者，采取打压、警告、限制人身自由等非法措施，造成了极其恶劣的影响与后果。对此，市党委、纪检委高度重视，并成立调查组对该事件进行调查，对该事件的主要负责人、副市长徐天作出停职处分决定，同时移交纪检机关做进一步调查。

"今天一大早，就有朋友打电话给我，说了这件事。"秦山脸上泛出怒容，枯黄的面色涨得通红，他大声说，"什么人打压你的？怎么打压你的？我要找组织反映！对，对，我去北京找老周说这件事，绝不能姑息这种人！"

秦文鼻子一酸，父亲已许久没有像今天这么激动了，他没有想到，在这具衰老的身躯内，依旧蕴藏着如此强烈的力量。但与此同时，秦文也同时感到一丝悲凉。父亲是真的老了，老到不记得很多事了，他说到的这个"老周"是他的大学同学，莫逆之交，这位曾任中科院副院长的学术泰斗确实有能力，也有义气替秦山出头——如果他还活着的话。

秦文花了一些时间来安抚父亲的情绪，把秦山送上楼后，秦文赶往青山医院。在医院大厅中央的导医台，秦文看见了一个两尺长、半尺宽的金属牌，"非典型性失忆综合征（疑似）患者集中询问、就诊处"，牌子前面排了一条一二十人的队伍，秦文摇了摇头，正打算继续往前走，忽然，一个熟悉的窈窕身影让他顿住了脚步。

他在队伍里看到了思思。

秦文与思思算不上熟识，两个人从未当面见过，但秦文曾好几次在秦武的手机相册里，看到过这个美丽叛逆的少女。秦文知道，思思曾经深爱秦武——直到"AAS"改变了她的记忆。然而，当记忆偏离后，一切都不一样了——思思拒绝了秦武，拒绝了去医院治疗，她执拗地按照偏离的记忆，在现实世界中我行我素地生活。秦文一度很想当面见见思思，今天他见到了。

思思刚染了一头夸张的火红色长发，裸露的肩头上文着一处漂亮的玫瑰刺青——这也是秦文认出她的关键标志，然而这两处并非她最引人注目的地方。思思最特别的地方是眼睛，秦文从未见过如此明亮、璀璨、神采飞扬的眼睛。这一刻，这双眼睛里仿佛有一团火焰在熊熊燃烧，思思用冒火的眼神瞪着身旁西装革履的中年男人，一脸咬牙切齿的样子。

男人身形高大，肩膀很宽，五官轮廓与思思有七分相似，毫无疑问，这人就是思思的父亲。男人棱角分明的脸上看不出什么表情，但身上散发出威严、不容抗拒的气息，以至如此叛逆的思思都不敢过于违逆。秦文一下子明白了七八分：多半是自己昨晚的直播，说服了思思的父亲"强迫"女儿来医院接受治疗，这让秦文不免有几分窃喜，觉得自己为秦武争取到了一个机会。秦文没有吱声，加快脚步往走廊另一端走去，准备找个僻静的角落给秦武打电话。谁知当走过思思身边时,那双明亮的眼睛一下子认出了秦文,思思不顾周围异样的目光,一把拉住秦文的袖子,大声说:"你是秦文?"

秦文心头一惊,他知道自己现在一定是"名人"了。果不其然,思思这一声尖叫,将周围不少病人、家属的目光都吸引了过来。然而思思毫不在乎。

"我昨天看你直播了,你跟秦武长得很像,刚开始我还以为是他,后来才发现认错了……今天一大早起来,我爸就逼我来看病了。"

思思说这话时脸色有些难看,明显对父亲的强制措施十分不满,秦文尴尬地笑了笑:"你不愿意恢复正常的记忆?"

"为什么要恢复正常的记忆?我现在记得很多好玩的事儿,记得很多有趣的朋友,这些朋友有不少是我现实里并不认识的,没有电话,没有微信。我这两天正在努力找这些朋友。如果我的记忆恢复'正常'的话,那不就等于彻底忘记了、失去了这些朋友吗?"

思思的伶牙俐齿让秦文一时词穷,事实上,这种情况他也曾想到过。毕竟在正常人眼里,那些偏离现实、仅存于记忆中的"故事""情感""知己"都是错的。没人会在意一个妄想症患者的想象世界。但如果站到患者的角度看,那就完全不一样了,那些或许来自平行世界的"虚假"记忆,无疑是一段属于自己的人生,一段弥足珍贵的、难以割舍的心灵旅程。

"不管怎么样,记忆跟现实不一样,容易出问题。"秦文对思思说,"我想,你爸爸也是为你好,才带你来看病的。"

"能出什么问题?"

秦文再次哑口无言了,他脑中闪过的第一个画面是前一天半夜,赵春梅瘦削的身影从楼顶飘落的定格瞬间,第二个画面则是牛彪给自己看的那段视频，赵春梅那双空洞的、毫无生气的眼睛，凝望着他，注视着他，让他无法解脱，难以呼吸。

"当然会出问题。昨天晚上，有个病人从医院楼顶跳下来，当场就摔死了；有个老头记忆出问题后，把家里的降压药当成维生素片，一口气吃了六片，被送到医院洗胃；还有个住别墅的老太太，得了这种病之后，不记得家里的楼梯换了位置，半夜上厕所时从二楼滚到一楼，腿都摔折了。"思思的父亲代替秦文回答了这个问题，他的声音很低沉，但每个音节里都蕴藏着一种莫名的力量，"还有你，生病后整天念叨的那个男朋友，人家孩子都有了，你还主动贴上去，你不要脸，我还要脸哪！"

"我不管，反正我记得他对我很好。"思思虽然嘴上强硬，但脚下并没有挪窝，而是随着队伍往前走了一步。明显，在原则问题上，这个叛逆的女孩是不敢违抗父亲的。秦文心中的希望之火更旺了，他相信秦武听到这个消息多半会高兴得跳起来。

秦文对思思说："你先看病吧，会好起来的。"

平心而论，秦文的这句劝言有些虚伪，他心知肚明，到目前为止，医院对"AAS"采取的唯一"治疗"方案，只是通过反复的信息灌输进行洗脑。这种方法看似"治好"了一些患者，同时也将意志薄弱的患者推向崩溃，赵春梅便是血淋淋的例子。秦文的心脏再次绞痛起来。他跟思思道别，在周围人的注视与议论中往住院部的方向走去。

第三十章 医闹

住院部一楼大厅人声鼎沸，两名白发苍苍的老者身披缟素，跪在冰冷的瓷砖地面上哭天抢地："我的女儿啊，你怎么就没了呢？"老人身侧竖着两根长长的竹竿，竹竿上挂了一块白布，上面用鲜红色墨水写了十六个"血字"——"黑心医院杀人抢尸，隐瞒真相天理难容"。四周围着三四十个家属，与十多名保安、警察剑拔弩张地对峙。

医患矛盾、医闹，秦文一进大厅便猜到发生了什么，他厌恶地扫了在场的家属一眼，却惊讶地发现，正跪地哭泣的两位老人竟然是自己的"熟人"——赵春梅的父母。

毫无疑问，这次事件的导火索，就是几小时前赵春梅的跳楼身亡。秦文的呼吸一下子变得沉重了——我不杀伯仁，伯仁却因我而死。秦文已从同事那里听说了赵春梅自杀的始末：在自杀前一晚，也就是与秦文隔门交谈后，赵春梅找机会跟钱强见了一面，然而钱强无比冷漠的眼神让她意识到，自己的"妥协"完全没有意义；接着，由于私自与秦文见面，随之而来的各种"审讯"将她的精神进一步逼到了崩溃的边缘，无依无靠的女人爬了楼顶，至于最后坠楼是由于意外还是本心，那就完全无从考证了。秦文相信，自己并非赵春梅跳楼的罪魁祸首，但确实间接造成了她的崩溃乃至死亡。秦文实在鼓不起勇气面对她的父母。他叹息了一声，准备从边上绕过去忽然，一个苍老、嘶哑的女性声音响了起来。

"我们没有不讲道理，也不想闹事，我们只想请你们把女儿的尸体还给我们，我们去做尸检。到时候，法院怎么判，我们就怎么说。你们到底怕什么?!"

这声音出自赵春梅的母亲，秦文有些惊讶，心中的天平一下子倾覆过来。不是别的，这个要求完全合情、合理、合法，绝非医闹的漫天要价、蛮不讲理。就在他驻足回望的一刻，穿着白大褂的院办主任走到死者父母跟前，低头宽慰了几句，将一对老人劝进了一旁的沟通室，秦文下意识地跟了过去，院办主任看了一眼秦文，并没有拦阻。

"二位家属，你们好，我是医院的办公室主任，你们的心情我们可以理解，但希望你们理解我们的难处。"

"我们只想要女儿的遗体!"

"我们很理解二老的心情。但是您也知道，您女儿之前得了AAS，记忆出现问题，她最后跳楼自杀，和这种病很可能存在直接关系。"主任的语气十分诚恳，"目前，我市一共有一百多人得了AAS，所以，我们希望，对赵女士的遗体、主要是脑部进行解剖，从而寻找病灶与治疗方案，这是为了其他患者的利益，同时，对你们的经济补偿也一定到位，希望你们能慎重考虑一下。"

"不，我们不考虑，我们只要女儿。"

院办主任并不放弃，他手指在桌面上叩了两下："再加五十万，两百万的人道主义补偿金，怎么样?"

"不，我不要你的钱，我只要我女儿的遗体。"

秦文有些发蒙，他首先惊讶于院办主任开出的赔偿金额，就他所知，就算是板上钉钉的医疗事故导致的死亡，医院方面多半不可能一口气开出两百万的价码——这比法律规定的数额要高出了将近一倍。但再往深处想想，这个数字也不算离谱，毕竟AAS的病灶多半位于大脑，如果能解剖一名患者的脑部，很可能对疾病的攻克起到极大的推动——以目前领导对此事的重视程度，是完全能够说通的。

秦文真正无法理解的是，赵春梅的母亲居然没有接受这个价码，非但如此，连一丁点犹豫都没有表现出来，没留下任何讨价还价的余地。毕竟，病人意外死亡，家属找医院讨要说法，核心诉求不外乎一个"钱"字。以秦文了解的常识，即便最终的尸检结果、监控录像全都有利于患者方，法院判决的赔偿金额，大多也就在八十万到一百二十万之间。如今，院办主任开出了两百万的价格，居然被家属一口拒绝了——这是一件无法用常理解释的事情。

万物皆有价格，人命也不例外。

院办主任苦劝无果，只好拿起桌上的电话，拨通了太平间的号码。

"赵春梅的家属态度比较坚决，遗体还是让他们带走吧。"

大约五分钟后，大厅北侧的电梯门打开了，两名护工推着一个被白布遮盖的冰柜走了出来。赵春梅的母亲冲了过去，扑到冰柜上，掀开白布，喉管里爆发出撕心裂肺的恸哭。冰柜中的赵春梅面色安详，破碎变形的颅骨在整容师的妙手下，已看不出凹陷的痕迹了，她静静地躺在那里，就像睡着了一样，但睫毛上挂着的几粒寒霜证明，这已是一具永远不会呼吸的尸体。此情此景之下，秦文的脖子仿佛被一双无形的手扼紧了，他走到赵春梅的父母身边，轻声劝慰道：

"节哀顺变。"

赵春梅的父亲肩膀晃了晃，并没有为难秦文。他低下头，在一片呼天抢地的哭声里，将冰柜推上早已停在门外的面包车。秦文叹息了一声，正准备扭头离开，一个熟悉的人影从对面的门诊楼走了过来，是副院长周诚。

周诚的脸色有些憔悴，明显地也一夜没休息好。他快步走到面包车的床边，对着正要上车的赵春梅父亲耳语了两句，赵春梅的父亲神色木然地点了点头，接着，忽然伸出枯槁的右手，用力揪住周诚的领口，低低地说了一句话。

由于双方距离有二十多米，秦文并没能听见说话的内容，只能从老人的口型与表情推断出，这句话很简短，但一定相当重要。周诚脸色一僵，再次对老人耳语了两句。这一次老人妥协了，松开攥住周诚领口的右手，钻进面包车。周诚目送面包车绝尘而去，理了下扯乱的衣领，走进住院处大厅。

秦文快步迎了上去："周院长。"

听到有人叫自己，周诚下意识地扭过头，当他看见秦文正站在面前三四米的位置时，整个人晃了一下，恍惚了两三秒："秦文？你怎么来了？"

"昨天直播后，我就被放出来了。"秦文有些奇怪周诚的反应，"你怎么了？"

"我？昨晚太累了。有人通知你上班了？"

"没有，早上起来没事做，就来病房看看。"

"也对，你是好几个患者的主治医师。"周诚点了点头，"你看到赵春梅的父母了？"

"看到了，你刚才跟她爸爸说了什么？"

"没什么。"周诚犹豫了片刻说，"医院现在希望解剖赵春梅的遗体，研究 AAS 的病理与疗法，但赵春梅的父母死活不愿意，我刚才又跟患者的父亲聊了聊，再争取争取。"

"有希望吗？"

"希望不大。"周诚目光闪烁，他往四周看了一眼说，"之前的治疗方案你也知道，就是洗脑，自欺欺人。但除此之外，也没有任何办法。还有，你跟林泉博士提出的那一套关于'平行世界''皂泡'以及'记忆幽灵'的猜想，目前专家组已经知道了，他们的意思是：不排除这种可能，还需进一步确认。"

"不排除这种可能？"秦文精神一振，"我之前说的那些，专家认可了？"

"不认可也没办法啊！目前的证据表明，至少百分之七十的患者，家庭住址都在那个'圆'上，剩下的那些患者，他们的工作单位、上下班路线，又或是常去的地方，也与那个'圆'存在交集，患者发病的时间规律与林泉的公式基本吻合。今天一大早，702研究所那边也传来消息，承认盘古粒子对撞实验产生'皂泡'的消息完全属实。目前，研究所已紧急关停所有实验，就是不知道这样的做法能不能阻止AAS继续蔓延。"周诚顿了顿说，"还有，徐天已经被双规了，你知道吗？"

"这么快？"秦文有些意外。

"是啊，那些病人记得的，他贪污腐败的事实大多都是真的。"周诚的表情明显有些幸灾乐祸，"罪有应得！感觉爽不爽？"

"嗯，罪有应得！"秦文也笑了。恶人被追究，秦文自然也心情愉悦。他跟周诚道别，走进电梯。病房里，大多数记忆偏离症病人的精神状态不错，这些人大多已决定向现实世界妥协，将大脑里清晰存在、来自另一个世界的记忆当作一场梦境。但也有大约四分之一的固执己见者，这部分人大多在现实中境遇不顺，而在记忆世界中又相对成功，因此难以接受两边的落差。

在那间熟悉的病房里，秦文又一次见到了花花，她雀跃地跳到秦文的怀里，大声说："哥哥，你出来了。"

"嗯，我出来了，你怎么样？"

"我下个星期就要出院了。"

"你的记忆恢复正常了？"

"没有。但我知道，那些记忆都是假的，是我生病后做的梦。医生说，我以后不要管这些，只要听爸爸妈妈的话就可以了。"花花从秦文怀里钻了出来，走到病房紧锁的窗户前，唇角的笑容消失了，清澈的眼睛变得有些迷茫，她对秦文说，"哥哥，我想问你一件事。"

秦文心头一紧："什么事？"

"我记得，昨天半夜，赵阿姨跟我说了很多话，然后就出去了，过了一会儿，外面好像有人跳楼了，那个人看上去跟赵阿姨很像，头上流了很多血，我吓得哭了好久。今天上午，护士姐姐跟我说，跳楼的不是赵阿姨，是另外一个人，赵阿姨病好了，今天一大早就出院了。但我感觉护士姐姐在骗我，赵阿姨的衣服都还留在柜子里呢。秦哥哥，我只相信你，你告诉我，赵阿姨到底有没有出院，好不好？"

秦文呆住了，他想说真话，却清楚地知道真相会给这个天真的女孩带来怎样的伤害和阴影；他想说谎，却又觉得这样对不起她的那句"哥哥，我只相信你"。秦文在残忍的诚实与善意的谎言之间摇摆了很久，最后艰难地说："你要相信护士姐姐，她们都是好人。"

花花没能听出秦文的言外之意，她觉得，既然"秦文哥哥"说"护士姐姐"是好人，那么"护士姐姐"就是好人，而"好人"说的一定就是实话，所以赵阿姨没有跳楼，而是出院和家人团聚了。这让她破涕而笑，大大的眼睛弯成新月的形状。

"太好了，阿姨没事就好了。哥哥，你们都是好人。"花花拍着手说。

第三十一章 破绽

七日后，6月1日，19:00。

"从前天凌晨到今天下午，我市十一家甲级医院并未收治一例AAS患者，最近一例确诊患者周某云，发病时间为5月23日凌晨。专家推测，在702研究所终止对皂泡的探测试验后，AAS疫情已得到控制，不再有新的病例出现。"电视屏幕上，主持人用抑扬顿挫的语调读出了振奋人心的话语。

电视机前，秦文秦武击掌相贺："我们做到了，我们真的做到了。"

时间证明一切，自从"盘古"工程被再次叫停后，连续一个星期，Y市都没有一例新的非典型性失忆综合征病例出现——这其中自然有大多数市民趋利避害，提前远离"危险区域"的缘故。但与此同时，个别勇敢又或脑筋不太正常的"探索者"以身试险，主动接近"记忆幽灵"，想要改变自己记忆的举动也全告失败。

"盘古"工程副总设计师在电视采访中进一步佐证了林泉的说法：就在5月初，实验组启动了一台小型粒子发射装置，对

"皂泡"诞生的位置持续发射数种夸克级粒子，通过观测粒子的状态变化，来探索"皂泡"的物理特性。这项实验重新点亮了"皂泡"，也被部分专家认为是释放出"记忆幽灵"、引发"AAS"的罪魁祸首。如今，随着粒子发射机的关闭，那个"幽灵"似乎被剪断了翅膀，被重新关回了笼子。

还有更振奋人心的消息。当秦文拿起遥控器，准备关掉电视时，一张熟悉的面孔出现在屏幕中央，并阻止了他按下按钮的手指。

"在诱惑面前，我忘记了初心，将党纪国法抛到脑后，最终铸成大错。我愧对组织的栽培，愧对党和人民……"电视画面中，徐天的头埋得很低，双手交错在胸前，冰冷的手铐撞击出清脆的声响，他隔着冰冷的铁栅栏对着镜头声泪俱下地忏悔道，"希望其他领导干部能以我为鉴，不要像我一样，走上犯罪的道路。"

画面最终定格在徐天的双眼特写上，这双曾不怒自威的眸子此时神采黯淡，两滴眼泪从眼角的皱纹里缓缓流淌出来，这样的表情与电视机前秦文的笑容相得益彰，秦文对秦武说：

"正义或许会迟到，但绝不会缺席！"

两天前，徐天，这位口碑风评一直不佳的副市长在纪检人员微言大义的劝说下，在"双规"期间交代了自己的经济作风问题，包括收受贿赂、控制舆论等。其中的不少细节，例如受贿对象、贪腐金额都与"AAS"患者记忆中的新闻报道吻合。这一点恰好再度印证了"平行世界"理论的真实性——六年前，徐天坐上副市长的位置后，就走上了贪污受贿的道路。受这件事启发，个别学者甚至提出，能不能"在确保安全的情况下，继续观测、挖掘、研究平行世界，进而对现实产生积极影响与指引"的大胆设想。然而这个提案很快就被否决了，对大多数人来说，他们更渴望的是安全与平静，而非在危险的边缘试探所谓的

"真相"。

自从那次直播后，秦文的形象迎来了一个全新的反转，半年前"酒后查房"的事情也得以澄清。如今，他被多数市民视作勇敢、智慧、面对强权不屈不挠的正义化身。三号诊室门口再度排起了长队——除了每天满号患者，甚至还包括相当一部分的崇拜者。此前对秦文颇有微词的护士张茜，口中叫出的"秦老师"三个字也不再言不由衷，而是充满了敬仰、崇拜与微妙的少女情愫。

唯一美中不足的是，尽管已不再有新的病例出现，但百余名已发病患者的症状并未出现改善，同时，针对这些人的治疗方案也无任何进展：依旧是以劝慰、镇定为主的"安慰剂"疗法。用秦文的话说，那便是"洗脑"疗法。当然，电视新闻不会传达出如此悲观的论调，主持人用抑扬顿挫的语调，强调"专家已研究出AAS的靶向疗法，并取得了一定成效"。这样的安慰之语没能说服秦文，却让秦武想到了什么。

"你说，如果AAS真能治好，记忆能恢复的话，我要不要接受治疗？"秦武忽然说。

这个问题让秦文陷入了短暂的沉默，从功利的角度出发，秦文并不希望秦武"恢复记忆"，他很清楚，拥有真实记忆的秦武是颓废、堕落的，他与自己和父亲的关系都不甚和睦，与思思的恋情也不被看好。而当记忆偏离后，秦武却给人焕然一新的重生感觉。这样的差异源自他在两个世界中的不同人生。如果真的可以选择的话，秦文宁愿秦武不要被"治好"，而是继续下去，按照记忆世界里的活法继续生活下去。

让秦文更加坚定信念的是两天前父亲的一句话。两天前，秦山悄悄把秦文拉到楼上，问："你弟弟怎么了？"在秦文编好敷衍的谎言之前，秦山又说："我觉得，秦武这半个月，比之前懂事多了。"

父亲的肺腑之言给了秦文某种暗示和信心，他下意识地回答秦武："我觉得，不用了。"

"其实，我有点想去医院。"

"你想去？"秦文有些发蒙，他无法理解秦武为什么会忽然提出这样的要求，"现在的疗法就是洗脑，是骗人的，你不是最讨厌别人帮你洗脑吗？"

"我当然不会被洗脑。"秦武的笑容有些尴尬，又有些暧昧，"我是想，我去住院的话，是不是就能接触到思思了。"

"不可能，精神病院的男女病人是严格隔离的，基本见不到面。再说，医院也不是你泡妞的地方。"秦文又好气又好笑，"对了，你现在更喜欢思思？那白静怎么办？放弃？在你现在的记忆里，白静是你女朋友才对。"秦武身体猛烈颤了一下，秦文的话激起了一段被短暂尘封的记忆：那便是他将白静约到南山公园、试图改变她记忆的那件事。这段经历无疑是他心灵最深处的、不可触碰的秘密。

秦武有些激动起来，他用力摇了摇头，说："不要说了！"

"你怎么了？"秦武有些诧异。

"不要再提白静了。"秦武也意识到了自己的失态，将语调放低了一些，"不要再说了。"

"嗯，先不提……"秦文叹了口气，他错误地理解了秦武的意思，以为他现在更倾向于思思，于是说，"也好，思思也是个不错的女孩子。"

"说实话，我大脑里记得的，跟思思的全部交集，其实也就三四个小时。"秦武从冰箱里拿出一瓶威士忌，给自己与秦文分别倒了一杯，"当天晚上，我去见了思思。当时我只是觉得她很漂亮，并没有什么感情……你知道，我是什么时候真正喜欢上她的吗?"

"我知道,她说要带你文身的时候。"

"嗯!就是那个时候,我听到这句话,觉得全身一阵发麻,整个人就跟化了一样。那一刻我瞬间就爱上思思了,觉得她是这世界上最漂亮、最可爱的女孩子。那晚我睡得特别香,没想到第二天一大早,我是被一个耳光给抽醒的,我一睁眼,看到思思的眼睛,就知道坏事了……"

秦武仰起头,将杯子里最后一点液体倒入喉咙,然后四仰八叉地躺在沙发上,不再说话了,他在半醉半醒的情况下听见秦文大声呼唤自己:"秦武!秦武!"

"怎么了?"秦武有些茫然,当他看清秦文眼神时,整个人打了个激灵,酒也醒了大半。只见秦文脸色发青,目光如锥子般钉在秦武脸上。

"不对,不对。"秦文说。

"什么不对?"

"你跟思思不对。"

秦武有些不明白秦文所指:"什么意思?"

"你们的发病时间不对。"秦文从桌上抓起纸笔,画了一个潦草的圆圈,"林泉教授的推论是,三年前的盘古实验,产生了一个神秘的皂泡,而近期,实验室在对皂泡进行探测的过程中,无意释放出一个能改变记忆的幽灵。这个幽灵正绕着皂泡,做标准的顺时针圆周运动,所有被这个幽灵触碰到的人,记忆会被改写,对吧?"

"是啊,怎么了?"

"到目前为止,所有病例的发病过程,都符合这个规律,但你和思思却打破了这个规律。你们两个人明明睡在一起,也就是说,跟那个幽灵发生接触的时间应该相当接近,最多差零点几秒，如果林教授的推论没问题，你们两个人的记忆，也应该同时出现问题，至少时间应该相当接近才对，怎么会差了整整一天?"

秦武哑口无言，他思索了片刻:"会不会从接触到发病，中间的潜伏期有一段弹性，可能是几小时，也可能是几天?"

"确实存在一定弹性。我看过相关的病例资料，根据家属回忆，患者在发病之前，会出现短暂的眩晕感，随后渐渐感到疲惫，瞌睡，大约两到三个小时后，患者会进入睡眠。其中有正常入睡的，也有从不午休的人忽然睡午觉的，还有趴在桌子上睡着的，等一觉醒来后，记忆便会出现偏离。"秦文认真地说，"但是这个弹性范围通常也就三四个小时，没有一例超过半天的。例如圆周轨迹上的美景花苑小区，小区内四名患者的发病时间全都集中在18日早晨醒来后，而往东两公里的凯泰花园，两名病例都是午休后记忆出现了问题……至于你们住的梅香小区，一共出现了四个病例，除了你跟思思之外，还有一对老夫妻，其中你跟那对老夫妻都是在5月17号上午发病的，符合林教授的推论。但思思确实是特例，她的发病时间，比你们晚了整整一天，这样的差异，在目前的七十多个病例中，绝无仅有。"

屋内的气氛变得无比凝重，没错，最近发生的一切，都完美地契合林泉教授的推论，这也是为什么大多数专家会在并无直接证据的前提下，认同这个充满科幻色彩、看似天方夜谭的猜想。但如今，一个反例出现了，如果不能给这个反例找到一个合理的解释，那便意味着整栋理论大厦的根基要不稳了。

"你怎么看?"

"我们去找一趟林泉教授，看看他怎么说。"

第三十二章　特例

　　兄弟二人赶到林泉家时已是深夜十点了。林泉打开门，看到突然拜访的秦文秦武，明显有些诧异。然而当秦文开门见山地表明来意后，这位学者瞬间恢复了往日严谨、平易的态度，丝毫没有因为自己的理论遭到质疑而表示不快。

　　林泉低头沉思了片刻，说："这不应该，我的电脑上有七十多名患者的详细资料，包括他们的发病时间、家庭住址、公司住址、家属口述等。每一位患者的发病时间，都与我此前推算出的'记忆幽灵'的运行轨迹完全吻合，没有一个反例。"林泉皱了皱眉："你说的那个女孩，有没有去医院就诊？"

　　"去了！"秦文斩钉截铁地说。毕竟，一个星期前，他曾在医院大厅亲眼看见思思与她的父亲排在长长的队伍里。秦文将这件事仔仔细细地说了出来。

　　林泉眉头紧锁，问："那个女孩叫什么名字。"

　　"尤小思。"

　　林泉点点头，迈着蹒跚的脚步走进房间，打开了桌上的电脑。在电脑桌面上，有一个名叫"病历资料"的表格文件。林泉试图打开表格，但右手却有些颤抖，以至于鼠标指针好几次都没能点击在正确的位置上，秦文拍了拍林泉的肩膀："让我来吧。"

"好。"林泉很自然地将椅子让给了秦文，后者很快便打开了表格，并从密密麻麻的文字里找到了"尤小思"这个名字。

尤小思，发病时间：5月18日晨.住址：梅香小区。"接触"时间：5月17日21:00左右。"接触"地点：淮海路南国酒吧。相关证据：智能手环GPS定位。

"南国酒吧？"表格上的内容让秦武大惑不解，他发问道，"思思不是在家睡觉时发生偏离的吗？"

林泉用带有疑问的语气"嗯"了一声，并没有立刻说什么，而是低头沉思了片刻，大约三分钟后，林泉仰起头，嘴角牵扯出一丝奇怪的笑容："秦武，你跟思思睡觉的床，是东西摆放，还是南北摆放的？"

这是个十分隐私也十分怪异的问题，不但与林泉的身份、性格完全不符，而且跟当前的谈话内容貌似完全无关。秦武被问得怔住了，出于对这个人的尊重，他闭上眼，努力回忆那两天从床上醒来时，阳光照射的方向。

"一定是南北摆放的，床头朝南或者朝北，对吧？"林泉忽然插话道。

"什么意思？"

"在正常人的思维里，你跟思思既然睡在同一张床上，那一定是在同一时间发生的'接触'，其实不然。"林泉又一次拿出那张画满标记的地图，指着上面那个用圆规画成的圆，缓缓说，"那个记忆幽灵在经过你住的梅香小区时，方向是从南向北，这意味着，如果你们睡觉的床也是南北摆放的话，它完全可能在穿过你身体的同时，与你的枕边人思思擦肩而过，这也是为什么第二天一早，你的记忆出现了偏离，但她没有。然而巧合的是，就在二十个小时后，思思居然跑到七八公里外的南国酒吧玩了一会儿，而南国酒吧，恰好也在这个圆周轨道上，而她就在那个时候，跟刚好移动到那里的'幽灵'发生了接触，这就造成了你们两个人虽然住在一块，但发病时间间隔了二十多个小时的假象，事实上，你们发生'接触'的时间与地点，完全不一样。"

秦文秦武面面相觑，明显没有听懂。林泉苦笑了一下，他知道自己所说的内容委实离奇、生涩了一些。于是不得不又用更慢的语速解释了一番。

"打个比方吧，如果在战场上，你在某个炮弹弹坑里看见两具倒在一起的尸体，一定下意识地以为，这两名战士是在并排冲锋时，被同一颗炸弹炸死的。但事实上，他们也可能是在时隔一天的两场战斗里，被落在同一个弹坑里的两枚炮弹炸死的。"林泉的脸上流露出一丝歉然，"我知道这个例子不太妥当，但是抱歉，目前我也想不到更合适的比喻了。"

"没关系。"这一次，秦文与秦武听懂了大概，两张脸上同时露出难以置信的神色。

秦武问："有这么巧合？"

"确实很巧，但资料上写，证据是有GPS定位支撑的，应该不会假吧。"

秦文点了点头，毕竟，世界太大，再小概率的事情也时有发生。兄弟二人与林泉道别，下楼，开车。当推开家门的一刻，秦武忽然站住了，大脑里有一道明亮的闪电一闪而过，他一把抓住秦文的袖子，喃喃自语道："不对，还是不对。"

"什么不对？"

"思思的那份资料，有问题。"

"什么问题？"

"你还记得那张表格上的内容吧。上面写的是，思思在5月

17日21:00左右，在市东区南国酒吧，与记忆幽灵发生的'接触'。"

秦文一脸茫然："是啊，怎么了？"

"你别忘了，5月17号深夜，我去了思思那里。"

这句话好像炸雷一样石破天惊，秦文下意识地反问："你的意思是，思思当天没有去酒吧？她跟你说了？"

"不，我没跟她聊当天晚上的事，但我能确定，她当晚百分之百没有喝酒。"

"去酒吧也不一定就要喝酒啊。"

"我虽然忘记了跟思思在一起的大部分记忆，但很多聊天记录还在，两个人也相处了一个晚上，我感觉，她不是那种去酒吧喝果汁、牛奶的女孩。"秦文沉默了，他跟思思只聊过不到十分钟，但感觉与秦武完全一致。

"怎么办？"秦武问。

"到目前为止，我们都只是怀疑而已，而且这个怀疑完全建立在粗浅的主观认定上，我们认为，思思不可能去酒吧却滴酒不沾，但并没有确凿的证据。"

"有机会的话，你去医院查一下原始的问诊记录，那里应该有更详细的信息。"秦武说。

秦文微微一讶，他没想到秦武居然会有如此缜密的心思与敏锐的思维。

"好的，我明天看看。"秦文点了点头，转身走进卧室，拉上窗帘，明亮的月光瞬间被厚厚的尼龙布彻底隔绝在外，伴着一声轻微的脆响，头顶的白炽灯也熄灭了，整个房间陷入一片纯净的黑色之中。

第三十三章　疑云再起

问诊记录——尤小思

患者，尤小思，女，21岁，5月24日在父亲陪同下就医，初步诊断为AAS患者。

询问人：张可（主治医师）

记录人：赵玲玲（护士）

询问日期：5月24日

谈话过程：

张可：您好，我是主治医生张可，您是患者尤小思吗？

尤小思：是。

张可：请问您是患者的什么人？

尤刚：我是患者的父亲，我叫尤刚。我女儿的记忆出问题了，应该就是电视上说的那个，记忆偏离症。

张可：好的，尤先生，您简单跟我说一下，您女儿的症状是什么样的，记忆出现了哪些问题？

尤刚：（略）

张可：尤小思，你记得，你在哪儿上班？有没有男朋友？你的家里最近有没有发生什么大事？

尤小思：（略）

张可：嗯，尤先生，您女儿说的这些，哪些是发生过的，哪些是没有发生的，哪些是不能确认的？

尤刚：（略）

张可：尤先生，您女儿在发病前24小时内，都去了什么地方，有没有表现出什么异样？

尤刚：这个，那段时间我女儿都没跟我在一起，我不太了解。

张可：这些信息比较重要，您回忆一下，您女儿那段时间都跟谁在一起，如果方便的话，我们想跟对方做一个电话沟通。

尤小思：为什么要问这么详细？

张可：这种病比较特殊，请配合我们工作……对了，你手上的这个智能手环戴了多久了？

尤小思：我记不太清了。

尤刚：应该快一年了。

张可：嗯，如果方便的话，您能把手环给我采集一些信息吗？放心，我只需要您的定位信息，以及心率、血压等健康数据，不会看电话和短信等隐私内容。如果手环里信息完整的话，就不需要再问别人了。

尤小思：（犹豫）

尤刚：听医生的话……

秦文第二天的调查过程可以用"大起大落"来形容，在医院的电子档案中，他找到了这份一周之前，思思就诊的详细记录——自从秦文直播之后，所有怀疑患有记忆偏离症的就诊者都要接受一个冗长、复杂的问话流程。问题包括患者近年的真实生活经历（主要由亲友提供）、记忆生活经历（患者口述），外加患者在发病前一段时间的行动轨迹（住在哪儿，工作在哪儿，去过哪些地方），整个问询资料需要形成详细的白纸黑字记录在册。

从记录中看：尤小思的问诊过程起初并不顺利，然而当张医生在思思手腕上发现一个新型智能手环后，这些问题就迎刃而解了，该手环详细记录了思思最近三十天内的全部行踪，其中就包括她发病前一晚，在南国酒吧逗留了两个多小时的定位信息。

以上内容足以佐证林泉电脑上那份患者资料的真实性，也足以解释思思这个"特例"的出现原因。秦文将这份问诊记录读了两遍，正准备关闭，忽然，一个无比诡异的念头鬼使神差地出现在脑海中。

这份问诊记录，是真的吗？会不会被人篡改过？

秦文也不知道自己为什么会冒出这样的想法，或许是在这份问诊记录中，某些对话措辞并不符合张可一向的说话风格。毕竟，年近退休、行事古板的张可医生，是不该一口说出新型智能手环的诸多功能的，又或许，此前的一切都太巧合，就像出自一个高明的编剧之手。总之，这念头像电流一样从秦文体内穿过，他右手颤抖了一下，接着缓缓移动光标，点开了这份问诊记录的"修改信息"一栏。

两行令他窒息的文字跳了出来。

记录时间：5月24日，9:35，起草人，张可。
提交时间：5月24日，10:20。

最终修改：5月24日，14:30，修改人，周诚。

一阵天旋地转的眩晕感如潮水般涌了上来，秦文屏着呼吸，将这三行小字又认认真真地看了一遍，没错，这份问诊记录在撰写完成的四个小时后，被人修改了，而且，修改者是一直很照顾自己、被他视作良师益友的副院长周诚。

要知道，这不过是一份"问诊记录"，其中并不包括诊断、治疗建议等内容，最终的医嘱部分也极其简略，"入院、随诊"——这也是所有记忆偏离症患者问诊后的标准流程。秦文无法想象，周诚有什么理由，出于什么动机要修改这样的一份问诊记录。在下一秒，秦文大脑里闪过一些短暂的、破碎的片段，他忽然发现，这半个月内，周诚的举止似乎很奇怪。

对非典型性失忆综合征，这位副院长的态度始终飘忽不定，一方面，他对"AAS"一直很关注，并始终支持、鼓励秦文寻找真相，然而几次关键时刻，周诚又选择了明哲保身，似乎不愿过多参与。如果这些尚可以归结为人性的复杂的话，那依旧有一件事是难以解释的，秦文清楚地记得，赵春梅跳楼后，死者父母拒绝了院办主任开出的两百万"价码"，坚持要带遗体回家，就在他们离开前，周诚从旁边"冒"了出来，侧身对赵春梅的父亲耳语了一句话，这句话的内容秦文并没有听到，但从赵春梅父亲的表情变化不难推测出，周诚的这句话一定具有某种极其重要的意义。

说实话，当初目睹这一幕时，秦文便感到一丝异样与疑惑，然而这点波澜很快就被纷至沓来的变故给冲淡了。现在，当新的疑点出现后，此前不合理的种种情形便再度浮出了水面。

那一天，周诚对赵春梅的父亲说了什么？

赵春梅父亲脸上的表情，究竟代表了什么？

周诚为什么要篡改思思的问诊记录？

思思原本的问诊记录是什么样的？

理智告诉秦文，在这几个问题里，最后一个问题明显是最容易找到答案的，他拨通了问诊医生张可的号码，并以"思思好友"的身份，一下子套出了自己需要的关键信息。

"你说那个文身的小丫头啊，这姑娘平时都不住家里，她爸爸也不知道她前几天去哪了，按照规范流程，我就填了'发病前行踪待查'，怎么了？"张医生问。

"待查？然后谁查？"

"那就是公安机关想办法了，基本上就是查手机定位，找监控录像什么的，怎么了？"

"没什么，谢谢了。"

这个电话彻底坐实了周诚篡改问诊记录的事情。故意篡改问诊记录，是一件性质极其恶劣的大事，足以让一名医生身败名裂，甚至锒铛入狱。秦文全身发冷，一个更可怕的问题随之而来："周诚是为了什么？为什么是周诚？"

到目前为止，秦文能想到的唯一理由便是思思的发病时间违背了林泉的理论公式，篡改了思思的病例，便等于掩埋了反例的存在，从而让那套理论公式继续"成立"下去。然而，这套理论公式并非周诚提出，而是秦文秦武一步一步追查探寻，最终找到关键人物林泉，得以推算论证出的，而最终将其公之于世的并非别人，而是秦文自己。

"难道周诚是为了维护我们？"这个念头在秦文脑海里只持续不到半秒便被推翻了。

退一万步说，就算之前的理论公式不再成立，那又怎么样呢？它原本就只是一种假设而已，就算被推翻，也只会使记忆偏离症的出现成因、规律再次陷入一团迷雾罢了，并不会有人因此被追责——无论是林泉、秦文还是秦武。

如此错综复杂的关系让秦文陷入了一张巨大的蛛网，这蛛网无色透明，却无法挣脱。在思考了很久后，秦文决定去找赵春梅的父母，他觉得那对老人能带给他更多、更有价值的线索。

依照记忆中的资料，秦文找到了赵春梅的家，赵春梅的父母对女儿一事守口如瓶，并毫不客气地下了逐客令。然而秦文并没有无功而返，他很快从附近的庄邻口中，得到了许多重要信息。

"你说老赵家啊，她家现在可翻身了，女儿死了，医院赔了三百万，现在儿子都开宝马了。"一个扎着头巾的老汉接过秦文递过的两包玉溪，眉飞色舞地说，"听说一开始医院只肯赔两百万，还要解剖遗体，后来他们找了人，遗体不解剖了，赔偿也涨到三百万了。"

"找人，找的什么人？"

"好像是一个姓周的院长，戴眼镜，瘦瘦高高的，那天送钱过来的就是他。听说是这个周院长的一个亲戚给赵春梅看的病，如果打官司的话，这个亲戚就要坐牢，所以周院长就花三百万来私了了。不是我说，那可是两大箱钱啊，一个人都提不动，我这辈子都没看过那么多钞票。"

"赵春梅的遗体呢？"

"遗体？第三天就火化了，现在早下葬了。"老汉抽出一支烟，点燃，袅袅的烟雾模糊了脸上的皱纹，"一条命就赔了三百万，你说我要是能给我儿子留三百万，死了也值噢！"

秦文一连问了三四个庄邻，说法都大同小异。这些说法同时指向一个天方夜谭般的事实——赵春梅身亡后，周诚自掏腰包，给了赵春梅父母三百万人民币，并用这个价码说服了他们，拒绝医院"解剖遗体用于记忆偏离症的研究"。而周院长做这件事的"理由",完全是不成立的……

秦文在痛苦与犹豫中思索了很久,一个无比可怕却又无比真实的猜测渐渐出现在脑海中:

难道自己之前发现的一切,都是周诚刻意安排的?

没错,只有这样,才能解释他为什么要篡改病历资料,让每一个病例的发病时间、"接触"地点都完美符合林泉提出的公式模型;也只有这样,才能解释周诚为什么愿意一掷千金,阻止赵春梅的遗体被解剖;只有这样,才能解释周诚这段时间内摇摆不定的态度,以及对自己的"照顾"与"关怀"。当这些曾经被忽略的细节碎片连接成线时,一个更毛骨悚然的想法出现了。

莫非,周诚才是AAS的始作俑者?

周诚是父亲最得意的学生,是研究记忆表达的学术泰斗,他,或许是这个世界上,最有能力做到这一切的人。

秦文拨通了周诚的电话。

"你为什么要这么做?"

电话那头,死一般的沉寂持续了大约三秒,周诚的声音有些沙哑,但并没有丝毫惊讶与激动。周诚并没有直接回答秦文的问题,而是反问道:"你都知道了?"

"真的是你?"面对这个近乎等于承认的反问,秦文觉得有一双手扼住了自己的喉咙,他艰难地问,"你为什么要这么做?"

"对不起,我现在还没组织好语言。"周诚的回答有些奇怪,他的声音更轻了,听在耳里有些缥缈,就像从某个遥远的地方传出来一样,周诚说,"能答应我一件事吗?"

"什么事?"

"请你先不要报警,两小时后,15:00,我在家等你。"周诚说,"你不用害怕,我不会伤害你。事实上,我做这件事,也不是为了伤害任何人。到时候，我会告诉你我知道的一切。"

电话另一端，周诚打了个哈欠，缓缓在沙发上躺了下来，脸上没有丝毫的惊惶与激动，相反，这一刻周诚的表情很轻松，就像终于卸下了心头的某个重担、身上的某个包袱一样。周诚伸手入怀，从贴身的口袋里拿出一个记事本，翻到其中的某一页，上面写着十几个姓名，每个姓名背后都有一段或短或长的标注，周诚掏出手机，给这十几个名字的主人分别打了电话。这些电话的内容各不相同，有些是琐碎的小事，也有一些是认真的嘱托。如果这时旁边有人，听见这些电话内容的话，一定会想到一样东西。

交代后事。

周诚并没有选择死亡，事实上，两小时后，他确实履行了电话里的承诺，以一种出乎意料的方式。

第三十四章　重生

　　周诚住在开发区一个刚落成的高档小区，当踏入楼道的一刻，迎面而来的冷气让秦文哆嗦了一下，他走进电梯，看着缓缓改变的楼层数字，胸腔里的心脏越跳越快。

　　秦文并没有带任何防身武器，也没有报警，他唯一做的"预案"便是给秦武发了一条信息："我去找周诚，他要跟我说一些很重要的事情。"不知为什么，直到这一刻，秦文对那个人依旧保持着相当程度的尊敬与信任，在此前的一个多小时里，秦文始终在思考一个问题。

　　他为什么要这么做？

　　秦文苦苦思索，却始终找不到一个合理的答案。

　　现在，他正在接近这个答案。

　　秦文按下手机的录音键，敲响了周诚家大门。门里很快传出一个声音："谁啊？"秦文怔了几秒，这声音明显并不属于周诚，而是一个上了年纪的老妇人，正当他怀疑自己是不是记错地址时，门内传来一阵拖鞋的踢踏声，屋里人凑在猫眼前看了一眼，低声问："是秦文吗？"

"是我。"

铁门"吱嘎"一声开了，门里站着一个白发苍苍的老妇人，看模样至少七十岁了，老人身材瘦小，走路颤巍巍的，仿佛一阵风就能吹倒。她将秦文让进屋，然后说："秦医生，您好，我是周诚的妈妈，您坐，我给您泡杯茶。"

周母的普通话很标准，说话大方有礼，举手投足间能看出明显的高级知识分子气息。半分钟后，老人从厨房里走了出来，手上端着一个冒着热气的茶杯，周母将茶水奉到秦文面前，说："喝茶。"

秦文接过茶杯时眼皮下意识地跳了一下，茶水十分清澈，数十片针芒般的茶叶正在开水的浸泡下缓缓展开，鼻畔茶香四溢。秦文低下头，正准备轻抿一口茶水，然而，当干裂的嘴唇刚刚接触到滚烫的茶水时，一个闪电般的念头让他的双手僵在了半空。

"这杯茶，会不会有问题？"

没错，周诚确实在电话里说过，不会伤害自己，然而，这段日子里，他隐瞒、欺骗自己的事情，还少吗？

还有，周诚在哪里？

秦文双手颤抖了一下，几滴茶水从杯口倾覆出来，洒在一尘不染的地板上。

"是太烫了吗？"周母诧异地问了一句，手忙脚乱地找出几张餐巾纸，开始擦拭地面。

"没，没事……茶水是有点烫。"秦文敷衍地解释道，他再也不敢让嘴唇接触茶水，而是将茶杯放回桌面，目光在屋内扫了一圈：这是一套一百多平方米的复式套房，客厅的东西两侧各有一个房间，全都大门敞开空无一人，而在客厅北侧，还延伸出一条三四米长的甬道，甬道尽头是一幅四尺见方的壁画，在甬道的两侧，分别有一扇木门，左侧的木门开了一半，能看出里面是一间摆满玩具的婴儿房，而右侧的木门则紧闭着，让秦文的呼吸不由得变得急促起来。

周诚在里面吗？

他在干什么？为什么不出来？

这个女人真是周诚的妈妈吗？

她要干什么？

秦文身上的每一根汗毛都竖了起来，他钻进一旁的洗手间，关门，用冰凉的自来水仔细地漱了两遍口，只因为之前可能进入口腔的那零点几毫升液体。不知是不是心理作用，他觉得有些眩晕，就连心跳都似乎加快了许多。

秦文走出洗手间，他大声说："周院长呢？"

正在低头擦拭地板的周诚母亲抬起头来，脸色有些茫然，她说："周诚不是跟你约好，15:00吗？"

秦文怔住了，低头看了一下手机，14:47，离周诚约自己的时间确实还有十三分钟，然而这依旧不能让秦文安心，他问："他出门还没回家？"

"不是，他一直在家，不过在房间里午休。他跟我说，下午有人要过来，但是自己这几天都没有休息，实在太累了，所以先睡一会儿。他还说，如果你提前到的话，就帮你泡杯茶，到三点准时叫醒他，还说这也是跟你说好的。"周母略带歉意地说，"要不，我现在去叫他？"

秦文点了点头，因为抿入口中的那一丁点液体，他已无法继续保持冷静与沉着，焦急、疑虑、愤怒等情绪再度填满脑海。周母迈着蹒跚的脚步，往卧室走去。然而仅过了一秒钟，一种毛骨悚然的联想让秦文更加方寸全失。

周诚，不会畏罪自杀了吧！

秦文触电般从沙发上跳了起来，跟在周母的身后冲进卧室。

紧闭的门打开了，周诚正侧身躺在卧室正中的床上，表情平静安详。在老人惊讶的目光中，秦文一个箭步冲到床边，将手指探到周诚的鼻翼下。

还好，有呼吸！

指尖传来的温热气息让秦文长出了一口气，他深呼吸了两口，后退一步，等周母叫醒周诚。"周诚，醒醒，秦医生来了！"在周母的呼唤中，周诚打了个哈欠，缓缓睁开了眼睛。

在这一刻之前，秦文曾无数次想过，周诚会用怎样的态度来向自己解释这一切，是追悔莫及痛哭流涕，还是义正词严理直气壮，又或者睥睨众生凌驾一切，秦文几乎想到了所有的可能。然而他错了，此刻周诚的目光与表情，并不属于以上任何一种。

当睡眼初睁的一刻，周诚表现得有些迷茫，他眸子清澈透明，就像一个初生的婴儿打量这个陌生的世界。然而，随着从惺忪中清醒，周诚的眼神变了，变成了一种秦文极其熟悉的眼神：震惊、恐惧，就像看见了这世界上最可怕、最不可思议的事情。在秦文有所反应之前，周诚身子向后猛地一缩，后脑重重磕在身后的墙壁上，发出悚然的闷响。

周诚对后脑的疼痛恍然未觉，只是拼命摇头，两根手指狠狠地掐在大腿的肌肉上，似乎想从一个可怕的噩梦里挣脱出来。

"你怎么了？"周母愣住了，与此同时，秦文也下意识地向后退了一步，一股彻骨的寒意从全身的每个细胞蔓延开来，他几乎瞬间明白了其中的关键。

周诚不再是那个"周诚"了！

很明显，就在刚刚过去的这两三个小时里，周诚的记忆也发生了偏离，在他的大脑中，最近三年的记忆都已被彻底抹去了，取而代之的，是那些被怀疑来自"平行世界"并不存在的虚假记忆——在那个世界里，秦文，是一个已死去很久的人。

因为只有这样，才能解释他此刻的表情、此刻的反应。

"秦文？"周诚用不可思议的语气说。

"嗯，是我。"秦文说，"我知道，你一定觉得自己在做梦，因为你记得，我已经死了……"

秦文此言一出，周母的脸色也变了，显然意识到发生了什么。毕竟，这半个月里，"AAS、记忆偏离症、平行世界"一直是街头巷尾热议的热词。老人浑浊的眼睛里流露出痛苦的光芒，她跪倒在床前，用干瘦的双臂抱住周诚："你怎么了，你感觉怎么样？"

然而周诚一脸茫然："我没事啊？秦文，你怎么还活着？"

周母抽泣着抬起头，对秦文说："新闻上不是说，这种病已被控制住了吗？怎么会这样？秦医生，你帮帮忙！送他去医院！"

周母担心则乱，周诚惊惧交加，秦文茫然无措，三个人在三个不同的频道上自说自话。大约半分钟后，周母扶了扶眼镜，停止了哭泣，目光直愣愣地盯着枕边的某处，失声说："这是什么？"

另外两人的目光下意识地聚焦过去，只见一个A4纸大小、黄色的牛皮纸信封正整整齐齐地放在周诚的枕边，信封正面，用红笔写着两行醒目的大字：

给秦文的信
——注：请秦文先生不要当着任何人的面阅读此信，包括我、我母亲在内。

在场的三人同时安静下来。屋内六目相对。周诚目光中的讶色更浓重了："这字确实是我写的，但我什么时候写过这封信？"

秦文摇了摇头，没有再解释什么，他走到周诚床头，拿起信封，认真地说："我去客厅里，读一下这封信。"

"周诚要不要送医院?"

"暂时不用，这种病只会让人的记忆发生涫乱，暂时不会有其他危险，您照看好他，我看完信就过来。"秦文将信小心地攥在手上，转身走出房间，信封里夹着一张对折得整整齐齐的信纸，秦文打开信纸，一股清新的墨水香味顿时飘了出来，信是用钢笔手写成的，信纸上还印着好几个鲜红的指印，显然是周诚为了"证明"此封信是出自本人亲笔，而刻意留下的证据。

对不起，直到今天才告诉你这一切，但我并不后悔，换成是你，也会这么做的。

记忆，是世上最神秘的东西，多数人认为，记忆是唯心的，但这不对，记忆是唯物的。正如秦山老师所说，记忆在大脑中的表述方式，就像原始人类用于记事的绳结，每一个蛋白或者碱基，就是一个绳结。无数个绳结用不同的方式组合，就形成了记忆。就像无数0和1，组成了计算机的存储信息一样。

秦山老师曾致力于记忆解码工作，但受年代所限，没能走到最后一步。我是老师的学生，我渴望完成老师未竟之事——我成功了，在一名语言学专家的帮助下，我找到了记忆表述与神经电信号、蛋白结构之间的逻辑联系。而在研究过程里，我有一个"意外发现"：

大脑海马体记忆细胞，不止能接收到来自神经系统的电信号，同时，也能接收到某个特定频率、波长的无线电信号。

如果把人的大脑比作电脑，那神经系统就是网线、数据线，我们想改写大脑里的记忆信息，就需要通过神经系统写入数据，然而这个发现意味着，我们的大脑，还自带接收器。

这两个发现叠加在一起，指向一个可怕的事实：

我可以任意读取、改写任何大脑的信息内容——这里的技术手段、理论原理很繁复，至少能写几百页纸，这里就不赘述了。

然而，我绝不能公开这项技术，更不可能做公开实验，我知道，任何理智的当权者都不会允许读心术、洗脑术公开出现在世界上。就在这时，我因为那件事得罪了徐天。他处处针对、打压我，那些下三烂的手段你应该也清楚。若非我处处提防，此刻多半副院长的位置也保不住了。

也正在这个时候，你出了"酒后查房"那件事。这让我明白一个道理，有些时候，别人的看法，比事实更重要，别人认为你是什么样的，你就是什么样的。

为了扭转命运，我决定构筑一个"记忆世界"，在这个记忆世界里，坏人得到应有的惩罚，而好人则有光明的结局。你在"记忆世界"里的英雄事迹是我撰写的，你理应得到这样的尊重与崇拜；为此我考虑过很多"剧情"，最后发现，让你在记忆里成为"烈士"是最完美的法子。

秦武的记忆偏离也是我安排的，因为你、秦山老师都曾对我说过，你们对现在的秦武很失望，不喜欢他每天醉生梦死的样子，希望秦武回到过去的模样，我决定帮你们这个忙。我知道这对你弟弟本人来说不太友好，如果可能，替我说一声对不起。

你一定很好奇，"记忆世界"是如何做到逻辑互通的，这是一项极其繁复的工程。人力不可为，但计算机软件可以做到。我的一个伙伴开发了一个虚拟软件，用于"构筑"一个虚拟的记忆世界——你或许听过他的名字，他叫沈晓峰，就是那个被看守所送来做精神鉴定的计算机黑客，你也知道，他已不记得这些年做过的一切了。

这是我们最初的约定，谁可能败露，谁就失忆。

这是一个可能颠覆世界的计划，或许会出现很多意想不到的状况，我必须提前进行实验，而且对象人数不能太少。只有当人数足够时，记忆世界才会反作用于现实世界——然而另一个问题出现了，一旦有大批市民记忆出现问题，一定会引起相关部门的重视。

所以，我必须提前作好脱罪的预案。

我从林泉那里，听说了盘古工程产生的神秘"皂泡"。这是一个移罪于"超自然因素"的天赐良机。所以，我选取了特定的一些人，作为第一批"改变记忆"的对象，同时，设定了特殊的"记忆世界"与现实偏离的时间节点，制造出"记忆偏离"跟"盘古工程"相关的假象。没想到就在上个月，实验室居然又启动了"点亮"实验，这简直是天赐良机，所以，我们几乎毫不犹豫地启动了"改写记忆"的实验——这比原计划略微提前了一点，以至于出现了一些漏洞，例如思思的发病时间。

（我好像把林教授出卖了，不过不重要了，以你的推理能力，就算我不说，你也很快就能想到林教授参与了这件事情。）

计划中，思思与秦武应该同时发生记忆偏离，这样他们就能相忘于江湖了，但没想到的是，在对秦武进行记忆改写的那一晚，思思喝了很多酒，大脑处于深度休眠状态，以至于"记忆"改写没能成功——其实第二天，我完全可以放弃思思，这样也不会露出任何破绽——毕竟，不少同住一个屋檐下的夫妻，都会出现一个记忆偏离、一个正常的情况。但我的偏执害了我，我觉得自己在帮助秦武，在帮助你和老师，所以我做了这个危险的尝试，以至于需要编织一个接一个的谎言来弥补这个漏洞，最后被你发现了这一切。

关于赵春梅的死，我很愧疚，说实话，从那一刻开始，我便决定让自己"失忆"了，你不了解这些天我是在怎样的压力下度过的，只要一熄灯，眼前就会出现那张满是鲜血的脸、那双空洞无神的眼睛。给赵父母的那三百万，也是我实在受不了压力，给出的一点补偿。

我很想多写一点，但是我困了，这是记忆被"改写"的生理反应，我现在可以告诉你的是，自从赵春梅坠楼之后，我便决定收手了。因此，我"改写记忆"的最后一个目标，就是我自己。

最后，建议你尽快去找林泉教授，林教授在计划中参与的不多，知道的也不太多，但他会在失忆之前，把他知道的一切告诉你。

在这之后，你就可以报警了。

周诚

秦文逐字逐句地读完了这封将近两千字的"绝笔"，信的前半部分字迹很工整，显然是执笔者在平和的心态下完成的，但后半部分则渐渐变得潦草，尤其是最后一段的最后一句，几乎是用狂草一笔划成。显然，在写到这一段时，周诚已无法控制精神的疲惫与内心的激动了。

当放下信纸的一刻，秦文忽然有些怜悯起写这封信的人了，他觉得周诚所做的一切似乎都是可以理解、值得同情的，当然，这丝怜悯并不足以抵消他对这个人的愤怒与失望。秦文深呼吸了两口，将信对折放入口袋，走回房间，此时周诚已换好了外套，脸上的迷茫消散了几分，他对秦文说："我记得，上午我去医科大参加学术交流会议，然后在学校休息室睡了一会儿，谁知一觉醒来，就发现自己在家了。"

周诚顿了顿，问："我妈妈给我看过新闻了，这种记忆疾病到底是怎么回事？"

秦文直直地盯着周诚，周诚脸上的表情很真诚，没有丝毫的逃避与心怯。秦文叹息了一声，说："我知道的，跟网络上说的差不多。"

"我刚刚为什么约你过来？"周诚歉然地说，"如果方便的话，能告诉我那封信上写了什么吗？"

"您在信上说，如果你失忆的话，不要把上面的话告诉您。"当谎言脱口而出的一刻，秦文明白，自己的内心深处已作出了某个重要的决定。他决定为周诚保守这个秘密，不去报警，也不把这封信的内容透露出去分毫。秦文之所以会作出这样的抉择，一方面出自对这个亦师亦友的男人的同情与信任；另一方面，则是他潜意识里认为，既然周诚已选择自我"重生"，那这件事自然也就画上句点了。

跟周诚道别之前，秦文用最认真、严肃的语气叮嘱了一句："您不要去医院，也不要跟任何人透露您生病的消息。我建议您从明天开始请病假，再仔细了解一下，这些年，您到底经历了什么。还有，如果可能的话，最好不要再去上班了，跳槽去医科大附属医院，反正这两年那边一直在挖您。"

"为什么?"周诚愣愣地看着秦文。

"没有为什么，就让这一切结束吧。"

不得不说的是，周诚写在信纸上的每一个字、每一个标点符号都是真实的、发自内心的，而他本人也确实彻底"重生"了一次。

第三十五章　开端

　　秦文是在702研究所的盘古实验室与林泉碰面的，这是林泉在电话里主动提出的会面地点，秦文短暂犹豫了两秒，随即答应了。

　　当踏入"盘古"实验室的一刻，秦文的第一感觉并非震撼，而是失望。在此前的想象中，"盘古"对撞机应该是某个顶天立地、气吞山河的存在，就像科幻电影中的巨型高达、卫星飞船那样。然而，当他在林泉的引领下，真正站在这台凝聚了人类顶尖科技的仪器面前时，一种难以言表的落差感油然而生。"盘古"对撞机的外形像一个心脏，四条银色的隧道宛若静脉与动脉，同时接入一个圆形的金属核心。尽管结构与外观充满了浓厚的科技感，但"盘古"的个头实在太小了，只有一栋三层别墅大小，这样的体型远远不足以让普通人感到自身的渺小与不值一提。

　　林泉看穿了秦文的心中所想，微微一笑，说："挺正常的。"

　　"什么意思？"

　　"世界上第一台电子计算机，给现代人带来的视觉震撼感，要远远超过现在的家用电脑，但它的运算速度，还不到现代个人

274

电脑的千亿分之一。"林泉走到一旁的操作台前，按下了某个按钮，"看，那就是皂泡。"

林泉指向面前一块黑板大小的液晶屏幕，屏幕闪了一下，很快浮现出清晰的图像。这图像来自粒子隧道内部的某个高清摄像头，而皂泡就悬浮在画面的正中位置，它无疑是某种摄人心魄的存在，外形比任何真实存在的球体都更接近标准球形，同时以绝对静止的状态悬浮在隧道中间，边界十分清晰。当光线经过球体边缘时，会产生奇异的折射，就像阳光照在肥皂泡上。

"皂泡，没有比皂泡更适合形容它的词语了。"秦文问，"这是实时图像？"

"不，早在一个星期前，对皂泡的观测实验就被叫停，皂泡也再度熄灭了。你现在看见的，是十天前的录像。在那之前，实验组通过粒子发射器，重新'点亮'了它。实验发现，任何粒子在穿过皂泡时，其运动状态与能量状态，都会发生随机、毫无规律的变化。有专家认为，这个皂泡是一片时空扭曲区域，或者一个平行宇宙。"林泉用饱含深意的目光看了秦文一眼，说，"也正因为这一点，皂泡的诞生，以及再次点亮，是我们所能想到的，记忆偏离症最合理的起因与源头。因为这两件事都是超乎自然、无法用科学解释的，而无法解释的事情，往往能解释一切。"

秦文的呼吸几乎停顿了，四周的空气仿佛停止了流动。他沉默了大约二十秒，一种异样的恐惧忽然从心底的某个位置涌了出来，秦文问："我知道，每一个AAS患者都是你们精心挑选的，发病时间是你们精心策划的。为的是让每一个患者，都符合你提出的数学模型。那我呢？我这些天的发现，我经历的一切，也都是你们计划的一部分？"

"当然，赵春梅就诊时挂你的号是周诚安排的，我和你们的偶遇是我事先准备的，你的手机被我们监控了，你的诊室更衣柜、汽车方向盘后面都有我们的窃听装置。你这些天的一切所见所闻，都是我们的刻意安排。"林泉说，"我知道这对你来说很不公平，但是，没有比你更合适的人选了。"

"我？为什么？"

"因为我们了解你，你的敬业，你的智力与毅力，你的性格……当然，也出现过很多意外，例如你在大会上的发言被强行阻止，被关了禁闭，又如秦武一度犹豫要不要公开真相，但是总的来说，在我们的引导下，大体上，一切都沿着事先预定的轨道，朝着我们希望的方向发展。

"秦文，从某个角度来说，你是我们这个计划中，重要的一部分！"

林泉说这话时，浑浊的双眼里放射出异样的光芒，这光芒让秦文感到恐惧，他隐隐觉得，眼前的林泉已不再是自己熟悉的那个人了，他的腰背依旧佝偻，目光依然睿智，但给人的感觉已不再像一本历经沧桑的旧书，而是像一把出了鞘的弯刀。

"我知道你想问我很多问题，例如我们改变记忆的细节，例如我们团队里还有哪些人，但我不会告诉你这些。其实，关于这些我知道的也并不多。我唯一能告诉你的，就是我为什么要加入周诚的团队，为什么要这么做。"林泉说。

秦文全身一震，毫无疑问，这句话准确无误地击中了他的内心，他愣愣地看着林泉，脑海不由得浮起几幅生动的画面，包括林泉家里简陋残破的客厅、陈旧不堪的家具，以及第一次正式会面时，林泉对自身境遇的愤怒与不甘。

林泉看穿了秦文的心思，他说："你只猜对了一小半。"

"一小半？"

"我之前说过，因为反对重启盘古实验，总工程师一直对我很有意见，由于他的针对，我失去了院士评选资格，失去了大学名誉院长的身份，这都是我仇恨这个世界，希望改变的理由。但真正让我无法释怀的是，在那段日子里，我的爱人为我的事四处奔走，最后积劳成疾，导致心脏病突发去世。你说，我该不该复仇？"林泉的瞳孔开始收缩，里面射出仇恨的光芒，他说，"如今，所有人都相信，重启盘古工程释放出了一个恶魔，我相信，总工程师很快就要品尝到我过去的滋味了。"

秦文哑口无言，冷汗顺着脊背涔涔而下，他想起了林泉家客厅墙上那张一尘不染的遗照，想起秦武曾对自己说的，林泉在那封"给自己的信"上，提到关于"芷兰"的一段。秦文意识到，眼前的这个老人是一个无比矛盾的复杂体，是一个很可怕也很可怜的人。正因如此，当林泉将秦文送出研究所，并说出"现在，我的任务已经结束了，你可以报警，也可以回家，现在，我要去做一件很重要的事情"时，秦文没有阻止他。

和林泉道别后，秦文回到家，将自己锁进房间。他没有对任何人提及任何关于周诚、林泉的事，而是将一切全部埋入心底。这一晚秦文喝了许多酒，到半夜的时候，秦文猛然从沉醉中惊醒，一股毛骨悚然的寒意笼罩了全身。他忽然很担心，林泉说的那件"很重要的事情"，到底是像周诚那样，通过改写记忆获得新生，还是像赵春梅一样，纵身一跃离开这个让人绝望的现实世界。在酒精的催动下，秦文在2:00敲响了林泉家的房门。门开了，门缝后那双浑浊迷茫的眼睛让秦文长长出了一口气。

"秦文？"林泉的声音点亮了楼道里的声控灯，老人打开门，用一种奇怪的语调说，"我本来想明早找你，没想到，你今晚就来了。"

"你想明早找我？"

"我下午睡了一觉，醒来之后，发现记忆出了问题。然后我在枕边发现了一张纸，是我自己写的。"林泉转身走进屋里，拿出了一张写满字的信纸。林泉指着信纸的最后一段，缓缓念了出来。

"如果你还有任何疑问，就去找秦山的儿子，秦文，他或许会解答你的问题，也可能会保持沉默。无论如何，他说什么，你都照他说的去做。"林泉用一种无比诚恳的语气问秦文，"你想对我说什么？你要我做什么？"

"没什么，一切都结束了。"秦文没有进门，他凝视着林泉的眼睛，一字一顿地说，"林老师，你早点儿休息，然后，照信上说的那样，好好生活。"

第七部分

不是终点的终点

不是终点的终点

第三十六章 终点

一周后，6月8日，

时间之河继续向前流淌，这场因"记忆偏离症"而引起的风波渐渐平复，在过去的一周里，再没有一个新的病例出现。与此同时，在青山医院住院部，数十名患者的病情也进一步"好转"，他们已逐渐适应记忆与现实存在偏差的困惑，并主动将大脑中的那些记忆看作一场并不真实的梦境，从而尽快融入身处的现实世界。虽然个别患者依然会产生困惑、沮丧等心理波动，但总体情况都在可控范围之内。

以上发生的一切让秦文煎熬的内心缓缓痊愈，事实上，在最近一个星期，秦文每晚都要借助双倍分量的安眠药才能入眠。只要一闭上眼，周诚的那封信便会像幻灯片一样出现在脑海中。尽管那封信早已被他亲手烧成灰烬，但上面的每一个字、每一个标点符号都如刀刻斧凿般记在心里。这无疑是一个石破天惊的秘密：非典型性失忆综合征，这个被多数人认定为源自超自然力量的"意外"，居然是一场人为策划出来的阴谋。更奇妙的是，这场阴谋的主要策划者，周诚、林泉，此刻都已完全不记得自己做过的一切。

　　尽管信中并未写明，但秦文完全可以猜到周诚在整个过程中的手段：如果有任何参与者反悔、变节、失去利用价值，他都会毫不犹豫地改写他（她）的记忆；如果事情不慎被人发现，以至于整个计划存在败露风险，他也会毫不犹豫地改写目击者的记忆；最后，如果哪一天，自己因愧疚、畏罪而陷入崩溃的边缘，周诚也会毫不犹豫地"以身殉道"，斩断自己的记忆。以上三点相加，让周诚从头至尾都处于一个极其"安全"的境地——若不是自己发现了其中的漏洞，或许这件事，将会成为一个永久无法解开的谜团。

　　秦文曾不止一次犹豫，要不要改变先前的决定，向所有人公开这一切。然而每一次，他都用同样的理由说服了自己。

　　既然患者的记忆已不可能恢复，既然已不再有新的患者出现，既然赵春梅已不能死而复生，那么，就到此为止吧。

　　一切都结束了。

　　秦文的最后一次天人交战出现在6月9日9:00，那一天，包括秦文在内的二十七位医护人员参加了一个短暂的送别仪式——送别对象是住院处最后一批"记忆综合征"患者。这批患者一共有七个，其中包括思思，在欢送仪式上，思思走到秦文身边，用只有两个人能听到的微弱音量说："帮我跟秦武说，对不起。"

　　秦文肩膀晃了一下，他听出了思思言语中的决绝与坚定。在接下来的半个多小时，秦文始终有些魂不守舍，他不知道回家后是否该对秦武和盘托出思思的决定。直到仪式结束，病人陆续离开后，秦文都没能从恍惚中惊醒过来，直到一只粗糙的手拍上了他的肩膀。

　　秦文猛然回头，身后站着一名刚刚在欢送仪式上见过的患者。这个人的故事秦文曾听说过，他姓王，七十一岁，护士医生都习惯叫他王伯，王伯是一位退休的语言学教授。秦文不知道，他是不是周诚在信上说的，参与破译"记忆密码"的那个人。他只知道这是一个和蔼温和的老人。王伯清楚记得，自己入院前一天，刚陪结婚四十九年的老伴过完一个难忘的生日，他甚至能说出蛋糕上的7、0两个数字分别是红色与黄色，以及吹灭蜡烛时外孙女那句"祝外婆健康长寿"的祝词。然而现实世界中，那场生日宴的寿星在两年前被确诊为胰腺癌，在床上呻吟、挣扎了六个月后溘然长逝。正因如此，心理专家给老人做了半个月的心理疏导，直到评估表明老人已基本接受了老伴离世的现实，并能以超过及格线的心态迎接孑然一身的生活，才批准了他的出院申请。

王伯用沙哑的声音对秦文说："秦医生，听说，我记忆里的那个世界，是一个平行世界，是吧？"

秦文避开了老人的注视，喉结翻滚了两下，艰难地回答说："是的。"

"挺好，挺好。"王伯的反应有些出乎意料，"这说明，她在另外一个世界，是活着的。"

身边，一位年轻的护士开始低头抹泪。老人的脸上依旧挂着微笑，他继续问秦文："昨天晚上，护士跟我说，我脑子里记得的这些，就是一场梦，不能当真。"

"嗯，您调整好心态……"

"没事，做这么一个梦，挺好的。"老人粗糙的手掌在秦文肩膀上摩挲了几下，用如梦似幻的声音说，"我会好好活下去的，说不准过段日子，我还能再做一次这样的梦呢。"

秦文沉默了，他没有想到，在这种时候，王伯居然会说出这样的话语。但有一点是毋庸置疑的，王伯的精神状态比预想中的好了许多，完全看不出半点厌世、绝望的神色。这段不到一分钟的对话彻底击碎了秦文心中最后的一缕犹豫，他不再认为周诚做了一件罪不可赦的事情，反倒从内心深处理解、怜悯起这个人的疯狂举动来。他觉得这种记忆综合征就像一粒神奇的梦境胶囊，给了很多人一段似真似幻的奇妙梦境。

秦文从长达数日的天人交战中解脱出来，在接下来的几天里，他开始着手完成一件重要的事情：帮秦武"填平"记忆与现实间的鸿沟。

这无疑是一个漫长艰辛的心理重建过程，除了那两段刻骨铭心却再无下文的情感经历以外，秦武记忆中的很多内容，包括工作经历、社交人脉、生活习惯都与现实天差地别。

为了帮助弟弟尽快融入生活。秦文给了秦武一条建议，他让秦武找出最近这两三年里，一切可能记录有个人行踪、心迹的具备"信息载体"功能的东西：例如手机相册、微博、朋友圈、聊天记录、手机信息、电子消费记录等，然后将这些琐碎、繁杂的信息黏结到一起，亲自执笔，写成一本书面日记——就像中国古代史官整理纷繁浩渺的文字碎片，提笔写就一部连贯、一气呵成的史书那样。这样一来，在整理、阅读这本日记的过程里，秦武就能渐渐弄清，自己最近几年到底认识了谁，做了什么事，和什么人是什么关系。

第三十七章　日记

2025年6月9日，19:00。

秦武俯下身，将一张装帧精美的日记本纸平摊在光洁平整的桌面上，然后拆开一旁的快递盒，取出一支钴蓝色的精美钢笔。秦武提起笔，指尖传来的冰凉的金属质感让他不禁回忆起十多年前的学校时光。紧接着，秦武将平板电脑、手机放到日记本的左侧，右手持笔，左手操作电子设备，将无数信息碎片归纳汇总，最终化作淡蓝色的笔迹，落在微微发黄的纸面上。

2025.05.16

5月16日，失忆前一天。

9:20到电视台（工作打卡软件记录），11:00到14:00前往南湖小区采访新闻，下午撰写稿件，撰稿内容为南湖小区车辆停放矛盾（新闻采编软件记录），18:03打卡下班。

当晚在大学路胖子排档吃饭，消费六十二元（微信支付记录）。20:00到22:00，在家玩了两个小时单机游戏《文明8》（微信聊天记录、游戏自动存档数据）。

此时我与思思正处于热恋期，当天共收发微信消息一百多条，从下午到傍晚，信息内容多为卿卿我我（全部信息已备份于电脑 D 盘，0516 文件夹），思思当晚有闺蜜过生日。22:00左右，我前往与思思同居的梅香小区，随后发生了什么，就不知道了。

当晚睡觉时失忆。

当天未有大笔消费、取款记录（微信、支付宝，电子银行记录）。

手机相册里，有四张当天拍的照片，包括两张采访工作照，一张思思的照片，一张游戏成绩截屏。

2025.05.11……

2025.05.10……

2025.05.09……

在一个大多数人已远离纸笔的时代，用笔写字已成了一种略显奢侈的习惯。由于久疏书写的缘故，当记到第十页，也就是 5 月 7 日那天的内容时，秦武的右手食指已开始酸胀疼痛，笔下的字迹也变得潦草起来，他咬了咬牙，决定再写五页就停笔休息。谁知仅仅又写了两页，也就是写到 5 月 5 日那天时，已模糊难辨的字迹让他再次改变了决定："写完这页之后就休息吧"。最终停笔的一刻，秦武的半条右臂已麻木到近乎失去知觉的地步，"啪"，钢笔从手心滑落，摔在一尘不染的地板上，这轻微的响动惊动了一墙之隔的秦文，秦文推开门，关切地问："怎么了？"

"没事，照你的建议，写日记，这活儿还挺累，刚写了十来页，手就酸得不行了。"

"写到哪天了?"秦文凑到桌前,拿起秦武的"日记"看了起来。秦武脸上浮出一丝尴尬,但并没有阻止。秦文起初看得很仔细,几乎是逐行逐字地阅读这本"日记",但没过多久,他就对这本平铺直叙的"流水账"失去了兴趣,开始一目十行快速浏览。十分钟后,秦文苦笑了一下,说:"你是这么写的?"

"什么意思?"

"你这样不累吗?"

"废话,怎么可能不累?写起来累,整理信息更累,为了弄清楚我在某年某月某日做了什么,我得查手机信息、微信、QQ聊天记录、邮箱邮件、微博、消费记录、OA信息,生怕漏掉什么关键内容。"秦武抬起头,用不太友善的目光看了秦文一眼,"这法子不是你想的吗?现在说风凉话,什么意思?"

"是我想的,但你领会错了我的意思。"秦文咧嘴一笑,洁白的牙齿在灯光下闪闪发光,"我觉得吧,你可以考虑一下纪传体,而不是现在这样的编年体,这样的流水账,估计你自己也读不下去。"

"纪传体?"

"是啊,纪传体,就像《史记》那样。"

秦武眼睛亮了起来:"你说得对,纪传体好,以人物为主线,简单明了,归纳信息也方便,怎么不早说?"

"我哪想到你会这么死脑筋?"秦文半开玩笑地说,他合上日记本,正准备还给秦武,忽然,一种奇异的感觉蓦然从大脑的某个角落冒了出来。这种感觉告诉他,自己似乎忽略了某件重要的事情,又或者某段重要的信息。秦文重新翻开日记本,并认认真真、逐字逐句地重读了一遍,当看到某一页时,秦文的脸色变了,嘴唇微张,像是看见了什么不可思议的内容。

秦武愣住了,他抢过笔记,发现秦文正将笔记本翻到他写完的最后一页。

2025.05.05

5月5日，8:55到单位（打卡软件），上午行程不明，多半是每周一例会，下午未写稿，未提交选题，但打卡软件显示全天人在单位，八成在划水上网。

当晚我去了市区绯闻酒吧喝酒，结账时间21:35，消费499元（微信消费记录）。同行的朋友是大学同学刘晶（7点左右，我给刘晶打了电话）。

手机相册内有十多张照片，全是当晚酒吧里拍的性感妹子，有个穿水手服的妹子身材很辣。那时候我跟思思还没确定关系，偶尔放飞自我也挺正常的。21:35之后干了什么就不知道了，应该没出去开房，因为手机没有消费记录。大概是回家睡觉了。

秦武脸色微微发红，他恼怒地白了秦文一眼，说："喂喂喂，看够没?!"

"不对……不对!"秦文眉头紧皱，脸上丝毫没有讥诮、嘲弄的意思，喃喃自语道，"5月5日，5月5日。"

"5日怎么了?"秦武脸色一怔，这日期似乎有些熟悉，但又想不起有什么特殊意义。

"你还记得，我们上次查家里的监控录像吗?"秦文的脸色更难看了，他大声说，"你记得吗? 白静的新男朋友，就是那个画家，他的画室在5月5号深夜失火了，你当时怀疑是自己干的，我们特意查了家里的监控录像，录像显示，你5日18:00多就到家了，之后一直没出去过，可是现在，你手机上的照片跟消费记录证明，你当晚去了酒吧喝酒!"

秦武呆住了，汗水顺着额头涔涔而下。他快步跑到客厅的电脑旁，并再次调出了5月5日的监控内容。"上次警察看监控，我是几点到家的?"秦武大声问。

"不记得了，你用快放找!"

十分钟后，秦武再次从监控画面中，看见了自己背着双肩包进门的身影，此时，监控下方显示的时间是5月5日18:38。随后，秦文将视频加快到八倍速，四个小时的监控录像在半小时内快放完毕，在这四个小时里，秦武再也没有出门过。

这无疑是一件有悖常理的事情——手机上的照片、消费信息都能"证明"，秦武当晚去了酒吧喝酒；然而别墅门口的监控录像却指向另一个事实，秦武这一晚都没出过家门。而正是这一晚，发生了那件被秦武怀疑与自己有关的纵火案。兄弟二人面面相觑，秦武的脸色有些苍白，T恤的前胸后背都被汗水浸得透湿，他喃喃自语道："怎么可能? 怎么可能?"

"四种可能：第一，监控录像有问题；第二，手机上的照片有问题；第三，两者都有问题；第四，两者都没有问题，超自然现象。"秦文伸出手，说，"给我。"

"什么?"

"你的手机。"

秦武照办了，他伸手的动作木然呆板，就像一具僵硬的木偶。秦文把秦武的手机连接上电脑，把几张酒吧照片拖入分析软件，结果显示，这几张照片确实来自这款手机的摄像头（而非微信、QQ接收的图片），而且拍摄时间信息准确无误，秦文随即把手机丢到一边，将监控录像再次调到了秦武进门的那一刻，慢放、暂停、慢放、暂停、倒带……周而复始。

"怎么了?"秦武目瞪口呆地看着屏幕，小声发问道。

秦文并没有理会他，而是将此前的步骤又重复了三遍，当录像被放到第四遍的时候，秦文丢掉了遥控器，颓然说道："录像也看不出什么问题，你进门的这一段录像，图像没有出现模糊、跳帧的情况，不像是后期拼接的……"

"等等！"秦武忽然插话，"你怀疑，录像被人做过手脚，是剪辑拼接在一起的?!"

"是啊……"

"我来看看!"

"怎么看?"

秦武没有解释什么，而是一屁股坐到了监控电脑前，开始一段秦文无法看懂的操作，他并没有立刻播放监控录像，而是在电脑界面内，查看5月5日当天，每一段监控录像文件的数据信息，包括创建时间、修改时间、文件大小、索引信息等。这无疑是个极其烦琐、枯燥的活儿，而且看上去也很难有任何收获，秦文问："这能有用?"

"很简单，就算真有人在监控上做手脚，那他也不可能凭空创造一段录像出来。他用的法子，肯定是移花接木，就像电影剪辑那样。例如，把5月6日的录像文件复制一份，然后重命名，修改索引，让它'变成'5月5日的录像。所以，只要仔细查看这些监控文件的相关信息，就能发现哪一段录像可能存在问题了。"秦武忽然转过头，用激动的语调说，"把监控时间调到5日12:00……不，11:59，然后以最慢的速度播放!"

五分钟后，当秦武要求的这段监控录像以四分之一倍速在屏幕上慢放的那一刻，真相浮出了水面。

当录像播放至第三十秒，也就是当天12:00时，画面出现了一次极其明显的"跳帧"。在前一帧画面里，地板上的两双拖鞋尚排成不太规则的八字形，然而到了下一帧画面，在没有任何人出现的情况下，地板上的拖鞋从两双变成了四双，而且全都整整齐齐地码在墙边，除了这一点之外，客厅内的光照也一瞬间昏暗了一些，摆放在门口的那株绿萝的造型也在一瞬间"蔫"了几分，就像被霜打过一样。

"什么意思？"秦文已隐隐猜到了答案。

"监控电脑里的录像，被人做了手脚，5月5日12:00之后的监控画面，并不是当天的录像，而是从其他时间段嫁接过来的。"秦武说，"而且，他连屏幕下方的时间字幕也改掉了，手法很专业。"

"他为什么要这么做？"

"为什么？为什么？"秦武的脸上泛起死灰般的颜色，他合上眼，身体陷在柔软的沙发上，整个人仿佛被抽空了力气，过了大约半分钟，秦武再次睁开眼，目光不再茫然空洞，而是变得无比锐利。

秦武直视秦文的眼睛，问："不是你？"

秦文被问蒙了："什么？"

"不是你？"秦武的目光并没有从秦文脸上移开，"不是你为了帮我脱罪，又或者不希望我过度自责，才这么做的？"

"什么意思？"秦文有些愕然，"你怀疑，白静男朋友画室的那起火灾是你所为，然后，我为了帮你脱罪，或者让你不至于太内疚，然后自作主张，找人改了录像？"

"除了我，还有谁？"秦武说，"除了你，还有谁？"

秦文深深地看了秦武一眼，从沙发上站了起来，走到秦武身边，将手压在对方颤抖的肩膀上。秦武依旧低着头，没有说话，两人甚至能听到对方的呼吸与心跳声。

秦文认真地说："我不知道火灾的事是不是你做的，但我对你保证，改录像的事，不是我做的。你再想想，如果真是我做的，刚刚我为什么要提醒你日记里的问题？"

这是个一锤定音的理由，秦武咬了咬嘴唇："我刚刚太激动了，那到底会是谁做的？"

"不知道。"

这注定是一个特殊的夜晚，秦文与秦武没有继续交流下去，尽管他们都有很多话想说，很多问题要问。但不知为什么，当秦文说完"不知道"三字后，兄弟二人就像达成某种默契一样，同时陷入长久的沉默。

大约五分钟后，秦武抬起头，目光中充满了恐惧："你说，我要不要去自首？"

秦文惊呆了，他曾认为自己是个正直公正的人，然而对周诚、林泉的"包庇"让他意识到自己并没有想象中那么高尚伟大，直到这一刻，秦文发现，所谓道德、法律，在私心与真情面前不过是个笑话。

"你也没确定就是你做的啊！"

"我去自首，警察会查清楚的吧。"

秦武走到门口的鞋柜前，用运动鞋换下了脚上的拖鞋，他的动作很慢，系鞋带时两手不断发抖，显然正处于极其痛苦的挣扎之中，秦文赶紧上前扳住他的肩膀："你不要冲动！"秦武的身体颤了一下，推开了秦文的手，没有说话。"我让你等等！"秦文的语调抬高了八度，他忽然很恨秦武，他不理解秦武为什么要这么蠢，明明警察都已经"排除了嫌疑"，却还要去自投罗网。

秦武闻言后扭过头，大声冲秦文怒吼："你不要管！"

"警察都排除嫌疑了！"秦文说，"你疯了吗？"

"我没疯，但如果不弄清楚这件事，我就真要疯了！"

秦文狠狠揪住秦武的衣领，把他拽回沙发。当坐回沙发上的一刻，秦武忽然回忆起，一周以前，他将白静带到南山公园，试图改写她记忆的那一幕。他猛然意识到，在自己内心深处，其实埋藏了如此之多的阴暗念头。这让他彻底失去了自首的勇气与动力，并开始小声哭泣起来。秦文静静地看着秦武，表情木然落寞。这样的状态大约持续了两三分钟，忽然，二楼的灯亮了，几声轻微的咳嗽声响了起来，秦山似乎被楼下的动静吵醒了："怎么还不睡？"

"没什么。"秦文赶紧搪塞道。

"声音这么大，你们吵架了？"秦山说。

"一点小事。"秦文说。

"都24:00了，明天再说吧！"秦山说。

"嗯……"兄弟俩同时答道。

苍老的声音在空寂的客厅里反复回响。秦文深深地看了秦武一眼，将秦山的话重复了一遍："明天再说吧。"

"好。"秦武用弱不可闻的声音说。他慢慢从沙发上站了起来，关灯，关门，上床。

这一夜秦武几乎无眠，只要一合眼，悔恨、羞愧等情绪就如潮水般填满脑海。"那场火真是我放的吗？""谁在包庇我？""失忆前我都做了些什么？"他决定第二天一早，就去追寻这些问题的线索与答案。然而谁都没有想到的是，当清晨的第一抹曙光从窗缝射入房间，这些无比重要的疑团已变成一个无关紧要的插曲，因为窗外的世界已彻底变了模样。这一天，在后世的历史课本里有一个特别的专属名称：偏离日。

第三十八章 偏离日

6月10日上午，距离第一个患者赵春梅发病，刚好过去一个月。

秦文是被窗外巨大的嘈杂声惊醒的。首先是一道尖锐的玻璃碎裂声，这声音极其刺耳，仿佛一把锥子钻入脑海，紧随其后的，是无数人惊惶、恐惧、歇斯底里的叫喊，叫喊声来自四面八方，男人、女人、老人、孩子，纷乱的声浪让秦文怀疑自己正置身于地震或火山爆发现场。"你是谁？"这声凄厉的少女尖叫发自秦家向北五十米的十七号别墅，秦文从床上爬了起来，走到窗前，只见一个身材高挑的女孩披头散发地推开别墅铁门，赤着脚一路狂奔，身上的睡裙将玲珑的身材勾勒得凹凸有致。在远处的小区门口，数十人聚成一团，正在大声讨论着什么。这群人情绪都很激动，有人拼命摇头，双手用力揪自己的头发，有人手舞足蹈，仿佛患上了莫名的癫痫，一对男女用脏话大声争吵，并很快加上了推搡、揪衣领、甩耳光等肢体动作。秦文被这末世般的景象吓坏了，正准备跑到客厅，再叫醒弟弟与父亲，小区内的播音喇叭响了起来，一个带着浓重方言口音的男声在小区上空响起。

"紧急通报，紧急通报。昨天夜里到今天凌晨，此前新闻报道的'AAS'，也就是'非典型性失忆综合征'大规模爆发，你大脑里的记忆可能存在问题，你记得的事情可能跟现实不一样。请大家不要激动，不要伤害自己或他人，请在家的业主立刻打开电视，收看Y市新闻频道。"

秦文心头"咯噔"了一下，"爆发"，他很了解这个词的分量，如果没记错的话，在之前的新闻报道里，官方用于形容这种记忆疾病的措辞都是"出现""新增"，但如今竟然用上了"爆发"。显然，这一次记忆偏离的人数远远超过了此前的数量级，几百？几千？几万？秦文奔进客厅，发现秦武正呆若木鸡地站在门口，显然他也目睹了小区里发生的一切。很快，楼梯上传来拖鞋踩在地板上的踢踏声。

秦山扶着楼梯的扶手，蹒跚地走了下来。一根颤抖的手指按在遥控器按钮上，电视上出现了熟悉的新闻直播间画面。

"从昨天夜里到今天，我市有大量居民记忆出现问题，推测为半个月前曾小规模出现的'非典型性失忆综合征'集中爆发。据悉，目前我市大约有十分之一的市民出现了记忆问题，具体人数尚在进一步确认中。这种记忆疾病不会对健康产生直接影响，请全体市民保持情绪稳定。"读稿的主持人是Y市新闻栏目的当家花旦，此刻，这位平素以冷静、雍容著称的女主播额上缀满汗珠，拿着稿纸的双手微微发抖，一副花容失色的模样，"再次提醒所有市民，你身边的陌生人可能是你的爱人，你记忆中的爱人可能并不认识你，你现在身处的陌生房子可能是你新买的住宅，你记得的某样东西可能并不存在，你可能会看见记忆中已死去的亲人，你记忆中昨天还一起吃饭的亲人可能已经离世。总之，无论发生什么，请不要冲动！不要做出任何过激行为！至于这种记忆疾病的爆发起因，专家正在研究。此外，目前Y市的绝大部分警力都在街头维持秩序，市内所有医院都处于爆满状态，可能无法第一时间处理您的报警、就诊需求，请市民朋友理解……"

女主持用了整整五分钟，才读完这篇冗长拗口、显然是临时赶工出来的稿件。她的语速很慢，字里行间出现了好几处明显的停顿与结巴。主持人读完稿件后，新闻并没切换至现场画面、又或是后续详细报道，而是女主播用更慢的语速，以及略微平静一些的语气，将稿件一字不差地重读了一遍，紧接着是第三、第四遍。若非这几次读稿过程中，主持人语气、语速、表情略有差别，秦文甚至怀疑这是同一段视频的反复播放，当读到第四遍时，屏幕下方出现了一行醒目的字幕：

有关本事件的详细报道正在我台第二频道播出。

"十分之一"，这无疑是一个让人心惊肉跳的数字，这意味着记忆出现问题的人数达到十多万。秦文将电视切换到二频道。这次，他只用了半秒钟便认出了电视画面中的场景：青山医院。没错，正是他工作的青山医院，这所精神病院的停车场就像春运的车站一样人山人海，上万名患者与家属挤在横七竖八的汽车中间。远远看去，就像一群五颜六色的甲壳虫。当镜头切换至近景后，一张张焦虑、惶恐的面庞出现在屏幕上，数十名身穿制服的武警站在人群中，用高音喇叭大喊"冷静""不要拥挤""不要推搡"。下一秒，新闻画面再度切换，一个扎马尾辫的年轻女记者站在医院门口约半米高的花坛上，正在用一根自拍杆与一部手机做街头直播。

"现在是7:35，我现在所处的位置是青山医院门口，在我身后，前来就诊的人数已经超过了五千，而青山医院每天的接诊人数上限为三千人。医院方面表示，这种突发记忆疾病并不会对健康产生直接影响，请各位不要恐慌，如果情况不算紧急，建议市民先回家等待。"女记者的语调很尖锐，几乎是扯着嗓子喊出来的，也只有这样，她的声音才不会被鼎沸的嘈杂声淹没。接下来，女记者从花坛上跳了下来，挤入潮水般的人流，开始做市民采访，她第一个采访对象是一名中学生模样的短发女孩。

"你为什么来医院？"

"我记忆出问题了，一大早醒来，发现自己正躺在一个陌生的房间里，我吓得大叫，然后我妈妈就来了，我妈妈说，这是我家去年买的新房子，但我完全不记得！"少女的眼睛很大，瞳孔里满是困惑与茫然。记者点了点头，正准备问下一个问题，忽然，不远处传来几句夹杂着生殖器字眼的怒骂，人潮出现一阵短暂的骚动，少女被挤了个趔趄，险些跌倒在地，她死死抱住一旁的中年妇女，眼中涌出泪来。

"那你记不记得，去年A省发生过地震？"直播记者大声问。

"嗯，记得的，怎么了？"少女一脸茫然。

"没什么，最后一个问题，你知道一周前，我市有几十位市民的记忆发生问题吗？"

"不知道啊，记忆出现问题？我没听说啊。姐姐，我这种病到底是什么情况？能看好吗？"

"能看好的，你不要害怕，这种病不会造成什么严重后果！现在外面很乱，建议你先回家！"记者与少女挥手告别，就在这时，一个留着络腮胡子，人高马大的中年男人闯入了镜头，对女记者大喊："帮帮我，帮帮我！"

"你怎么了？"

"今天一大早，我老婆、女儿，还有我丈母娘的记忆都出了问题，要把我赶出家门。"

"什么意思？"女记者一脸茫然。

"今天一大早，我老婆、女儿、丈母娘忽然要把我赶出家门，他们说我在外面找了小三，连儿子都生下来了，但根本没这回事啊。后来我看电视，才知道她们记忆出现了问题，我喊她们来医院看病，但她们不理我，还一口咬定，记忆出问题的是我，是我不记得小三的事，让我过来看病！但我没问题啊，他们说的我那个小三，我手机、微信上都没有，压根儿就是陌生人！"

女记者愣住了，这个问题显然出乎了她的预料。与此同时，电视机前的秦文则全身发冷，他不知道这个男人说的是不是真的，也不知道，男人和他的三位家人，究竟是哪一方记忆出现了问题。但他真真切切地发现，周诚信上提及的某种情况正在成为现实：

当记忆偏离者从少数派变为多数派之后，那么，记忆世界，将会反作用于现实世界。

电视屏幕上，女记者对闯入镜头的男子喊了几声"冷静"。下一秒，电视画面切回演播室，Y市的某位领导正一脸严肃地坐在会议桌前，与十几名身穿白大褂的专家、医生开会，会议发言空洞无物，不外乎"高度重视""保持冷静"一类苍白无力的废话。秦文下意识看了一眼父亲，秦山脸上带着些许的迷茫，瘦削的身体深陷在柔软的沙发里，放在膝盖上的双手不断颤抖，也不知是因为苍老还是激动。秦文叹息了一声，将目光转向身边的秦武，秦武显然没有睡好，深陷的眼窝里满是疲倦与憔悴。秦文默默地低下头，数不清的疑问如泡沫般填满了脑海。

周诚不是已经失忆了吗？

一切不是都结束了吗?

难道那封信上的内容,依旧是假的?

他,又或者说他们,到底想干什么?改变这座城市的记忆?又或者,改变这个世界的记忆?

这样做,对他或是他们,又有什么好处?

秦文双手抱头,陷入一段长久、痛楚、毫无头绪的沉思,他想到了无数种可能:例如通过改变记忆完成对某些关键人物的"洗脑",进而攫取财富与权力,又或者借助这种手段,引发社会秩序的动荡。然而这些猜想无一例外都会撞上坚实的逻辑墙壁:如果始作俑者希望借此获利的话,那么,动静无疑越小越好,只要针对性地改变部分关键人物的记忆就行了;而如果希望引发世界动荡的话,那幕后主使理应将"记忆世界"编织得更具导向性、颠覆性才对。秦文在痛苦中思索了很久,在这个过程里,他把周诚的那封信又逐字逐句地回忆了一遍,这才发现,那份信虽然看似言辞恳切,但无疑刻意隐瞒了很多重要的东西,而且,留下了许多巧妙的、难以察觉的伏笔。

比如,周诚并没有承诺,自己的失忆意味着这一切的结束。

周诚甚至没有承认,自己是整件计划的唯一主导与灵魂——他无疑是这项技术的核心人物,但未必是整个阴谋的始作俑者。

以及,关于那个"团队",信中几乎一笔带过,并用春秋笔法,让秦文误以为这个阴谋的大多数谋划、参与者都已经"失忆"了。最后,一个毛骨悚然却又无比真实的联想浮出了水面。

以周诚睿智的头脑,他完全可能猜到,以秦文的性格,加上两人的交情,秦文肯定不会报警或公开真相,他只会帮着隐瞒、遮掩这一切。换而言之,周诚的"自我牺牲"不过是一个幌子,他的真实目的,是麻痹秦文,来换取时间,以此来执行后面更重要、更宏伟的计划。

他们的实验目标绝非几个、几十人，而是，改变这座城市，甚至……

一股滔天的怒意从身体的每一个细胞中爆发出来，秦文冲进房间，抓起手机，拨通了周诚的电话。

"怎么了？"电话那头传来周诚熟悉的声音。

"为什么骗我？"秦文怒不可遏。

"什么骗你？"

秦文猛醒过来，他意识到，周诚确实欺骗并利用了自己，但有一点是真实的，他确实"失忆"了，换而言之，今天的周诚已不再是过去的那个"周诚"了，他所犯下的一切罪行，都已不复存在于他的脑海中。这让秦文不由自主地回想起上大学时，曾经参与的一次课堂辩论："假定一个犯罪分子患上了失忆症，完全不记得他此前做过的一切，那么，他是应该接受法律的制裁，还是该无罪释放？"秦文随即又想到了秦武，如果秦武真是那场火灾的犯罪嫌疑人，那么，此刻，已经失去那段记忆的他，又是否应该对那场火灾负责？

秦文双手抱头，大脑里一片混乱。忽然，房门被人从外面一脚踢开了，秦武焦急地冲了进来，大喊道："走！去林泉家！"

"什么意思？"

"你忘了吗，此前关于记忆偏离跟盘古实验有关的那套理论，都是林教授提出来的，现在这种病再次爆发，我觉得，现在应该去请教一下他！"

"没用的，林泉已经失忆了！不只是林泉，周诚也失忆了！"

"你怎么知道？"秦武问，"还有，这事跟周诚又有什么关系？"

秦文苦笑了一下，此刻的他已决定告诉秦武整件事的真相：这种怪病跟平行世界、盘古实验完全无关，完全是一场人为的、预谋已久的阴谋。他咬了咬牙，开始在大脑里组织语言，然而，在开口前，秦文意识到，目前最需要知道真相的人，并不是秦武。

"你知道，有什么法子，能在最短时间内，联系到市领导吗？"秦文的眼神很坚定，语气里流露出前所未有的严肃，他说，"你应该能联系上你们台长，你看能不能找一下他，让他联系一下宣传部。"

"干什么？"

"他们需要知道，这一切的真相。"

"真相？"秦武呆住了，"你还知道什么真相？"

"林泉，还有周诚，都有问题！"

秦武呆住了，一句话脱口而出："这怎么可能？"

秦文并没有立刻解释，而是认真地说："你先联系领导，我一会儿慢慢跟你说。"屋内的气氛变得有些微妙，两人四目相对，谁也不愿第一个妥协，这样的对峙局面维持了大约十秒，秦武的情绪也愈发激动："你到底瞒了我多少事？"这句话脱口而出的同时，一个突如其来的变故出现了。

窗外忽然传来一声刺耳的脆响，似乎是某样瓷器又或者玻璃器皿砸在地上的声音。这在一片混乱的城市里不过是个无关紧要的插曲，然而这个插曲引发了意想不到的变化，此前一直静坐在沙发上的秦山被这响动惊到了，靠在沙发上的身体诡异地颤抖了一下，交错放在膝前的双手忽然分开，十指箕张，无力地在半空中抓了几下，好像要抓住某件无法看见的东西。与此同时，秦山的脑袋微微仰起，浑浊的眼睛无力地眨了两下，目光渐渐涣散。

"我，感觉有点晕。"秦山微弱的声音宛若一道惊雷，将兄弟二人震醒过来。

"您怎么了？"秦文大喊。

"没什么，好像，好像……"秦山躺在沙发上，干瘪的胸膛剧烈起伏，他咳嗽了两声，接着用尽身体剩下的全部力气，问了三个问题："林泉怎么了？周诚怎么了？外面怎么了？"

兄弟二人同时呆住了，他们不知道该如何回答这三个问题，此前，因为过于激动，二人在交流、争论的时候，完全忽略了父亲。他们忘记了，林泉、周诚，这两个关键人物其实都是父亲相交多年的好友，是父亲无比牵挂的人。而秦文刚才的话，无疑刺激到了老人脆弱的神经。秦文大脑飞转，试图编织一个谎言来糊弄过去，然而事与愿违，秦山的精神状态以肉眼可见的速度恶化，白发苍苍的脑袋前后摇摆了几下，就像一个醉酒者试图集中涣散的精神，接着，紧闭的嘴唇微微张开，喉管里发出可怕的、拉风箱一般的呼哧声。

"开，开窗子。"

"怎么了？"

"屋子里好闷，我有点喘不过气。"

"您到底怎么了？"秦文冲到父亲身边，搭脉，翻眼皮，伸出三个手指，"这是几？"秦山的反应很迟钝，过了大约五六秒，喉管里才蹦出一个"三"字。不仅如此，当秦文要求父亲做出"抬右手""眨一下左眼"等简单动作时，老人僵硬的四肢已完全不听使唤。学医多年的秦文瞬间意识到了事态的严重，他冲秦武大喊："爸爸可能中风了！打120……不，你现在出门，把车开到门口！"

秦武被吓坏了，连滚带爬地往门外冲去，在玄关的位置，他被一双皮鞋绊倒了，下巴重重磕在一旁的鞋柜上，鲜血从齿缝中涌了出来。然而他忘记了疼痛，只是弹簧般从地上蹦了起来，冲出大门，与此同时，秦文以百米冲刺的速度奔到厨房，从药箱里找出两片阿司匹林，喂进父亲口中，然后躬下身，用力将秦山一百多斤的身体驮到背上，往门外刚刚停稳的汽车跑去。

这无疑是一段崩溃的路途，刚出门的时候，秦文的计划是两公里外的医科大附属医院，然而刚到小区门口他便改变了主意，决定去距离最近的Y市人民医院。这是因为整座城市的交通已陷入了瘫痪，马路两侧的人行道上人山人海，成千上万的人流聚成数百个大小不一的团体，谈论、交流有关记忆偏离症的一切。机动车道上堵满了车，前不见头，后不见尾，汽车挪动的速度几乎比步行还慢。在每个十字路口，都有十多个身穿警察、保安制服的人竭力维持秩序。秦文还注意到一个细节，在警察的腰间，大多塞着配枪。

不幸中的万幸，当汽车开到半路时，秦山的健康状况略微稳定了一些，呼吸心跳渐渐趋于平稳，苍白的脸上也重新泛出血色，秦山怔怔地望着车窗外的一切，问："怎么了？"

"您还记得，之前跟你说过的那种记忆疾病吗？"

"嗯，你跟我说，得了这种病的人，脑子里最近几年的记忆，被重写了一遍。"

"是的，现在，有好几万人的记忆出了问题。"

"噢……"秦山费力地点了点头，不再说话了。

在经历了无比焦躁的堵车、排队、检查后，最后的结果有些出乎意料，CT显示，秦山的脑部并未出现明显的器质性病变，没有出血点，血压、心电图也基本正常，唯一的"异常"是一处已有三四年历史的轻微脑梗——且未见明显的恶化趋势。

"老人应该是被吓到了，但也不能掉以轻心，现在先入院观察，你们要安排人陪护。"急诊医生说。

这场突如其来的急病让兄弟二人焦头烂额，若非住院处走道边那几十张加床，若非不少病人在看见秦文时脸上那惊骇莫名的"见鬼"表情。他们几乎忘记了，一场可怕的、前所未有的记忆偏离正在身边爆发。而秦武前一晚想去"自首"的冲动，自然也被这接踵而至的变故冲到了九霄云外。

秦山睡着后，秦武与秦文在病房的阳台上聊了半个小时。秦文说出了这段时间知道的一切：包括周诚和林泉，他们的"绝笔"与"遗言"，他们的阴谋与谎言。秦武听完后沉默了许久，不知为什么，这一次，以往容易冲动的秦武却没有愤怒或激动。

"你刚开始准备帮他们隐瞒这一切？"秦武问。

"是，那时候我以为一切都结束了，但是并没有。我不知道，今天 AAS 再次爆发，究竟是周诚在失忆前安排好的，还是他们有其他同伴在操控这一切。"

"不管是哪一种，他们都骗了我们。"秦武说，"现在，你准备把这件事公开出去？"

"嗯。"秦文看了一眼外面的天色，这是一个无星无月的夜晚，但城市的天空却比以往的任何时候都要明亮，几乎每一盏路灯都亮着，每一个街头巷尾都站着荷枪实弹的警察。秦文扭过头，将目光投向病床上熟睡的父亲，秦山的脸色依旧有些苍白，但呼吸已稳定平缓，蓝白相间的条纹被伴着苍老的身躯微微起伏，在更远处的医院走廊上，液晶时钟正闪烁着红色的数字，2:35。

秦文对秦武说："今晚我留在这儿陪父亲，你先回去睡一会儿，明早七点，你打电话给你们台领导，让台长找宣传部，让宣传部联系市委书记，我要当面对书记说出这一切。"

"要不要现在就打电话？"秦武说，"这种情况，他们一定在通宵解决。"

秦文犹豫了几秒，他差点儿就同意了秦武的提议，然而，当

"好"字的第一个音节脱口而出前，一股难以抵御的疲惫感如潮水般淹没了他，秦文打了个哈欠，说："就算市领导上班，我们领导也不一定醒着，太晚了，明天吧。"

"好吧，那就明天。"秦武也很累了，这段日子经历的一切早已透支了他的精力与体能。

第三十九章 异世

　　秦文本想在病房的陪护床上睡一晚的，但想到自己的鼾声可能影响父亲休息后，他决定去住院部大厅的椅子上将就几个小时。谁知下楼后，秦文发现，3:00 的大厅就像春运的车站一样人满为患，两三百名病患家属挤在不足八十平方米的空间里，其中只有三分之一的人抢到了座位，另外一大半人则用外套、塑料膜、报纸铺在地上和衣而卧。秦文皱了皱眉，在一个相对干净的墙角躺了下来。鼾声、磨牙声、说话声在耳边杂糅成一曲不太和谐的交响乐，在困意淹没身体前，秦文开始在脑海中回放最近发生的一切。

　　一个月前，他接诊了第一个"记忆偏离症"病例，赵春梅。

　　在这之后的半个月，新的病例零星出现，秦文找到了其中的线索，又或者，线索"找到"了秦文，让他将怀疑的目光投向702 研究所的"盘古"实验。

　　随后，林泉通过病人的发病规律，提出了记忆疾病与"盘古实验"产生的"皂泡"有关的设想，并推演出严谨的数学模型。

　　一周前，自己发现了这模型中的漏洞与疑点，进一步发掘出周诚篡改病例资料的事实。

事情败露后，周诚留下了一封信，信上"爽快"地承认了记忆综合征是自己一手策划的，但与此同时，周诚选择了"以身殉道"，改写了自己的记忆，线索就此彻底中断。

半天后，这场棋局的另一个重要参与者林泉，选择了同样的道路。

之后的半个月，记忆偏离症的风波看似告一段落，不再有新的病例出现。然而事实是，这并非一切的结束，而是暴风雨来临前的最后平静。十几个小时前，记忆偏离症再次爆发，这一次，新增的病例不再是几个、几十、几百，而是几万，甚至更多……

到底是谁在主导这一切？他怎么做到的？他还想干什么？

疲倦先于答案抵达了脑海，在合眼前，秦文似乎看见，一个十六七岁的少女一脸惊恐地望向自己，美丽的眼睛瞪得溜圆，嘴唇微张，向周围人说着什么，接着，不少人同时往这边张望过来，这些人表情各异，有人害怕，有人惊喜，有人崇拜，有人鄙夷。秦文能够猜到，这几种眼神分别代表着什么，意味着什么。他想解释两句，但困乏让声带无力振动，秦文翻了个身，对着洁白冰冷的墙壁睡着了。

这一夜秦文并没有做梦，醒来时，他感觉全身每一块肌肉都在隐隐作痛，这是侧身躺在坚硬、冰冷的水泥地面上三个多小时留下的后遗症。外面的天色已微微发白，秦文扭了扭僵硬的脖子，从地上爬了起来，准备回病房去看一眼父亲，忽然，一个苍老的声音在不远处响了起来。

"我怎么在这儿？"

秦文循声看去，说话的是一个六十岁左右、头发花白的农村妇女，只见她"腾"的一下从椅子上站了起来，一脸惊愕地望向四周，脸上的沟壑几乎挤成一团。接着，妇女用力摇醒了身边的一个中年男子，问："这是哪？"

中年男子迷迷糊糊地应了一声，睁开眼，就在这一霎，中年男子的表情也变了，粗黑的剑眉挑出一个难以置信的角度，男人惊愕地说："这是医院啊！我什么时候来医院了？！"

"这是医院？我不是在家睡觉吗？怎么到医院了？"农村妇女下意识地往口袋里摸去，当掏出手机的同时，一张印满字的医院缴费清单一并飘了出来，妇女愣了一下，弯腰捡起缴费单，凑到灯下看了一眼，脸上浮现出惊讶与悲痛的神情。

"我孩子病了？"

妇女跌跌撞撞地冲向不远处的护士站，留下同样一头雾水的中年男子。就在这时，秦文已明白到底发生了什么了，显然，在刚刚过去的几个小时，这两人的记忆也发生了偏离，忘记了自己送家人来医院的那段记忆，然而这依旧不是结束，这番折腾过后，大厅里的上百人陆陆续续醒了过来，其中，至少有三分之二的人脸上写满了迷茫与惊讶："我怎么在医院？""我生病了？""你知道都发生了什么吗？"现场瞬间陷入一片混乱，恐慌的情绪如野火般四处蔓延，在局面彻底失控前，走廊里的广播再次响了起来：

"紧急通告，紧急通告。目前，一种特殊的记忆疾病正在我市蔓延。你和你身边的人都可能是患者，表现为记忆与现实之间无法对应，你可能在一个陌生地方醒来，你可能发现身边睡着一个陌生人，无论遇到什么，请保持冷静！目前，Y市所有电视频道、CCTV新闻频道、广播电台，都在对本事件进行直播！再次强调，请保持冷静，保持冷静！"

一个年轻的护士急匆匆地跑了过来，打开了大厅正中的闭路电视，屏幕上再次出现了熟悉的Y市新闻演播厅，与前一天不同的是，屏幕正中的主持人是张陌生面孔。这是一个留着齐耳短发的年轻姑娘，外形也算干练，但面对镜头的感觉明显有点紧张，好几次，她都尝试去抓身前的话筒——而这话筒是固定在桌面上，无须手持的。开口说话时，女孩目光闪烁，似乎在刻意躲避面前的摄像机镜头。

"难道，这个主持人是临时抓来的，几个资深主持人全都出现了记忆问题？"这貌似是这种情况唯一合理的解释了。果然，字幕下方很快出现了临时主持人的身份字幕：实习记者，孙倩。

"据初步统计，昨天夜里到今天凌晨，大约一半市民在睡醒后，记忆出现了偏离，目前，已有超过百分之六十的市民记忆出现了偏离，记忆正常者只剩三分之一。再次强调，这种疾病不会对健康产生直接影响，请所有患者保持心态平静。如果你的记忆正常，请你安抚好身边的患者。此外，除电力、自来水等重要职能部门外，Y市所有单位均已停岗，学校全部停课，建议所有市民待在家里，不要外出！不要外出！"出镜记者的普通话很不标准，里面夹杂着明显的方言口音，但此刻已没有人在意这些细节了，上百名病人家属挤在电视屏幕下，大声议论交流着。

秦文低下头，快步从汹涌的人潮里穿过，往父亲所在的病房走去，他走进病房时秦山已经醒了，正安静地躺在洁白的病床上，望着窗外的街道发呆。朝阳从东面的两栋大楼中漏了过来，给老人沟壑般的皱纹里涂了一层金粉。

病房里的电视被调到了中央一套，主持人一脸严肃地说："目前Y市已全城隔离戒严，所有公共交通，火车、航班全部停运，高速封路，请Y市市民尽量避免外出。"

秦文闻言一震，照主持人所说，"AAS"的发作范围，始终集中在Y市之内，并未继续扩散，事态并没有到彻底失控的地步。但与此同时，秦文也很难想象，究竟怎么样的手段与操作，才能将这种记忆综合征的发作范围，牢牢锁定在Y市数百平方公里的范围内。就在这时，口袋里的电话响了，是秦武。

"我打我们台长电话了，但是出了点问题，现在找不到市领导！"

"什么意思？"

"别说是我，就连市局的一把手局长、书记，现在也见不到市领导。"秦武焦急地说。

秦文沉默了，这两天里发生的一切是他始料未及，也追悔莫及的。其实他至少有两次机会阻止这一切，第一次是周诚留下那封"自白信"的时候，可惜，面对斩断记忆、一脸迷茫的周诚，秦文心软了，犹豫了，错失了将这场浩劫扼杀在摇篮内的最佳时机；而在一天前，记忆偏离症刚刚爆发时，他依然有机会阻止这一切，那时候虽然社会秩序已陷入混乱，但九成左右的人的记忆还是正常的，政府部门也依旧维持着基本运转。然而就在最关键的一刻，父亲忽然犯了病……秦文看了一眼病床上的秦山，表情忽然变得坚毅起来，他说："我出去一会儿。"

"出去？"秦山脸上浮出一缕忧虑，"外面好像很乱，你去哪？"

"出去走走，您放心，我会保护好自己的。"

"你到底去哪？"

"我去找一个朋友，您放心，我一会儿就回来。"秦文撒了个谎，他俯下身，在父亲满是皱纹的脸上摩挲了两下。秦山伸出手，试着去拉秦文，但这一次，秦文没有听父亲的："爸，您休息会儿，秦武一会儿就来了。"

秦文不再回头，他穿过走廊，往医院门口走去，步履沉稳而坚定。在医院大厅，有一群人注意到了他："这不是秦文吗？那个因公牺牲的医生。""是啊，想不到他居然还活着。"这些人看向秦文的目光已不再惊恐，毕竟，在过去的二十多个小时里，"你记忆中已去世的亲人可能依旧活着"这句话已在电视、广播里播放了上百遍。

秦文迎着初升的朝阳，往市政府的方向走去。半分钟后，他看见两排全副武装的警察像白杨树一样，整齐地立在路边的人行道上。

秦文做了一件事，他脱掉外套，高高举起双手，做出投降的手势。然后以不快不慢的速度，迎着警察队伍走去。领头的两名队长很快注意到了秦文，用高音喇叭大喊："退后！退后！"

"我叫秦文，是一个医生，我身上没有武器，请你们通报一声，就说我查到了这种记忆综合征的重要线索，这种病跟'盘古实验'没有关系！而是一场人为的阴谋！"秦文顿了两秒，然后说了一句谎话，"还有，我能阻止这一切！"

"你的出入证呢？"

"我没有出入证，但我说的都是真的！你们可以搜我的身，也可以陪我一起进去！"

秦文说话时脸朝着正西的方向，由于逆光的缘故，他的面庞被隐藏在阳光的阴影里，这导致只有少数警察认出了秦文。更重要的是，对这些身穿制服的人来说，服从才是天职，是高于一切的纪律。正因如此，当秦文大步跨过绿化带，走到距离人墙约二十米的位置时，队长坚定地说："不管你是什么人，请立刻离开！我们接到的命令是禁止任何人靠近，如果您有什么情况需要上报，可以致电紧急联络处，或者等一段时间，等警戒解除后再来！"

等一段时间？秦文悲哀地摇了摇头，这才过去了一夜而已，记忆出现问题的人数比例，已从百分之十上升到了百分之六十，如果再等几天，或许所有人的真实记忆都将不复存在。想到这里，一个无比诡异的念头从脑海的某个角落里钻了出来："如果我也患上这种记忆偏离症的话，那大脑中的记忆会是什么样？"

这是一个难以解释的悖论，毕竟，在那个仅存在于记忆中的

"平行世界"里，自己是一个已经去世半年的人。

秦文忽然笑了，这样的表情出现在一张逆光的脸上显得分外诡异。他没有停下脚步，而是保持此前的速度与姿态继续前进。"站住！站住！"数十名警察如临大敌，沉闷的警盾撞击在一起，发出战鼓般的闷响。

"第一次警告，请立刻停下！立刻停下！"

秦文将双手举得更高，示意自己没有任何攻击意图，脚步也略微放缓了一些，从每秒一米减慢到每秒半米，此刻距离人墙只剩十五米的距离。

"第二次警告！请立刻后退，立刻后退！否则将以袭警、危害公共安全论处！"

秦文的身子颤抖了一下，他用无比悲哀的眼神看了领头的队长一眼，这是一张年轻、棱角分明的面庞，黝黑的额头上正不断渗出汗珠，右手已握上了腰间的手枪。秦文站在原地犹豫了大约三秒，右脚再次向前跨了一步。

"砰！"一枚子弹从枪口射出，射向蔚蓝的天空。

"第三次警告！请立刻停下！后退！"

秦文的脚步终于停住了，仿佛陷入了一片无形的泥沼。他一向是个冷静聪明的人，之所以做出如此冒险的举动，是因为他相信这些警察会被自己说服，给他一个与市领导面对面、公开真相的机会，然而他忽略了现在正处于非常时期。这意味着自己的冒险就跟飞蛾扑火一样毫无希望与意义。秦文听到，身后的街角响起一阵聒噪声——那儿聚集了黑压压的一片人，这些人将惊讶、不解、哀其不幸的目光投向秦文，窃窃私语着什么。

秦文笔直地站在机动车道正中，没有前进，没有后退，整个人宛如一尊雕塑，他并不紧张，也没有害怕，相反，头脑一片清明，就连五感都比平常敏锐了许多。秦文看见，第一排左数第二名警察脸上露出隐隐的不忍之色，将枪口的瞄准点从他的膝盖移到地面；他听见右后方一个四五十岁的女人用浓重的当地口音说："不值当啊，后生仔，忍一忍吧。"秦文在原地站了大约半分钟，在感觉中，这半分钟宛若半个世纪一样漫长。

"算了，放弃吧。"

秦文作了一个艰难的决定。他慢慢扭过头，转身往回走，一步、两步、三步，随着距离的拉远，一张张脸上纷纷露出如释重负的神情。然而，就在秦文迈出第四步的一刻，腰间传来一阵强烈的震动感，带动他的身体一并颤抖起来，半秒钟后，一曲熟悉的钢琴旋律在耳边响起，秦文的手机响了，而且是一个无比熟悉的铃声，是他专门为父亲设置的。

秦文的心脏一下子抽紧了，父亲平素是很少打自己电话的，难道病情忽然恶化了？这个可怕的联想让清醒的大脑瞬间变得混沌，秦文下意识地放下高举的双手，往口袋摸去。他并没有意识到，在这种千钧一发的气氛下，这是一个愚蠢到近乎自杀的举动。

在他反应过来之前，两道矫健的身影从身后扑了上来，接着，秦文后背一麻，全身的五感仿佛在一瞬间消失了——这是高压警棍击中身体的生理反应。秦文双腿一软，双膝跪倒在地，刚刚接通的手机脱手而出，在空中划出一道美丽的弧线，重重摔落在冰冷的水泥地面上，四分五裂的屏幕上，来电者的名字依旧清晰可辨。

秦山。

秦文倒下时前额撞在一旁的马路牙子上，鲜血如泉水般涌了出来，失血与电击带来的眩晕感让意识变得模糊，他试着用双手撑地站起来，却完全分不清地面与天空的方位。他似乎听见一个焦急、苍老的声音从两三米外的手机里飘出来："你怎么了？说话！说话！"秦文循着父亲的声音，手脚并用地往手机爬去。然而一秒钟后，一双靴子从天而降，将手机踢到了更远的地方。接着，两名警察将秦文的双手反剪到背后，粗暴地搜查了他的全身。

"救护车！"一名警察注意到了秦文额头上的鲜血，高声呼叫。

"帮我接一下电话，就说我没事。"秦文的声音就像大海中的一朵浪花，瞬间被淹没了。

第四十章 父亲

人民医院住院处。

一只苍老、握着手机的手僵在半空，无数混乱的、嘈杂的声响不断从听筒里飘出——包括数十双靴子踩在地面上的脆响，尖锐的、不绝于耳的警笛鸣叫，以及几个年轻男人嘶哑的呼喊："救护车，喊救护车！""今天哪有救护车！""谁有医疗包，帮他一下止血！"秦山的身体如风中落叶般颤抖起来，粗糙的右手无力地松开，手机在重力的牵引下摔落地面，激起一片不太明显的尘埃。

秦山沉默地站在病房窗前，往正东的方向看去，刺目的日光投射在老人的脸上，刺激着泪腺，两道泪水从浑浊的瞳孔里流了出来，秦山并没有闭眼，他宛若一尊没有呼吸的雕塑，立在阳光与阴影的交界处。在身后的病房里，电视荧幕上的主持人正用毫无感情的语调，播送最新的"紧急通告。"

"如果您的记忆依旧正常，请不要急于纠正亲人、朋友的记忆，如果双方因记忆不一，引发情感纠纷、债务分歧等矛盾时，请务必保持冷静，在不限制对方人身自由、不伤害对方的前提下，妥善协商，寻求解决方案。"

嘟……嘟……手机被挂断了。秦山扶着窗台，竭力弓下腰，将地上的手机捡了起来，然后用颤抖的手指拨出一个号码："您拨打的电话正在通话中。"听筒里传来了熟悉的女音，然而秦山并不放弃，又重拨了第二、第三遍……

同一时间，秦文家里。

"周局长，相信我，我真的知道这种记忆偏离症的一些重要信息，你能帮我约领导见一见么？"

"对不起，我真没办法，现在所有领导都不接电话，我还在想办法出城，不跟你说了。"

"出城？您去哪儿？"

"有人说，这是西方某国的病毒武器，通过改写大脑皮层细胞的手段改写记忆，Y市是实验地点，所有留在这里的人记忆都会出现问题，只是时间早晚而已。"

"这是谣言，事实不是这样的。"

电话挂断了。

秦武骂了一句脏话，这已是第十一次被拒绝了，他懊恼地将手机摔到床头，换好衣服，准备去医院找秦文诉说，电话忽然响了，是秦山打来的。

"你现在来医院，我有话跟你说。"秦山对秦武说。

秦武浑浑噩噩地走出大门，开车，发动。当走进病房的一刻，他意外地发现，秦文居然不在病房里。在他的印象中，哥哥是一个极其负责、靠谱的人，在自己换班前，他本该寸步不离地守在父亲的床头才对。然而下一刻发生的事情让他瞬间忽略了这一点，秦武发现，今天的父亲，给他的感觉居然如此陌生。

秦山依旧穿着昨晚的病号服，佝偻的身躯斜斜地倚靠在床上，用一块刚刚拧干的毛巾仔细地擦脸。这个无比寻常的动作却引发了某种匪夷所思的变化：这块印有朴素条纹的蓝白毛巾就像一块带有神秘法力的魔布，不但拭去了皱纹中的油脂与灰尘，同时，也拭去了这张脸上的迷惘与迟钝。擦完脸后，秦山就跟被施了某种神奇的魔法一样，整个人焕然一新，瞳孔里射出清明而锋锐的光芒，无论是在记忆世界，还是现实世界之中，这样的光芒都有很久没有从这双眼睛里出现过。

"爸，你病好了？"秦武刚开口便意识到这个问题有多愚蠢了，阿尔茨海默病是一种不可逆的大脑病变，只能控制，不会好转，更不用说痊愈了。这是每一个阿尔茨海默病患者家属都难以接受却又不得不接受的常识。秦山没有回答秦武的问题，他身上的气质已完全变了，昔日的睿智、冷静全部回到了这具垂垂老矣的躯壳中。秦山看了一眼面前的秦武，不急不慢地说：

"你好像很热，坐下来喝杯水吧。"

秦武怔住了，没错，因为激动与炎热的缘故，他的前胸后背都被汗水浸得湿透了，整个人就像刚从水里捞出来一样。秦武擦了一把额上的汗珠，将父亲递来的一杯凉水一饮而尽，问：

"你要跟我说什么？"

"你应该已经知道周诚的那封信了，信上说的，他的那个团队，其中就有我。"秦山直视着秦武的眼睛，缓缓说，"其实，在这个团队里，我的角色，才是最重要的那个。"

"你？"秦武几乎难以相信自己的耳朵，他清楚地记得，就在几小时前，兄弟俩还一致商定，继续向父亲隐瞒目前知道的关于"AAS"的一切，以免父亲不必要地担忧劳神。谁知，他们一直苦苦隐瞒的那个人，真实身份是这一切的主谋与导演。一种天旋地转的感觉扑面而来，秦武下意识地问：

"为什么？"

"因为你们，也因为我自己。"

"我们？你自己？"

秦山看出了秦武的难以置信，他缓缓合上眼，用更慢的语速、更平静的语气重复了一遍：

"因为你们，也因为我自己。"

秦武脑袋更晕了，他完全无法理解父亲的话到底是什么含义。秦山并没有解释，只是安静地看着秦武，沧桑的脸上没有一丝波澜。在这样的凝望下，秦武也渐渐平静下来，无数细碎的、看似毫无头绪的思绪碎片在脑海中拼接，秦武眼中的迷惘少了一些，取而代之的是难以言表的震惊：

"你是故意改变我记忆的？"秦武问。

"是的。"秦山点了点头，身体向前靠了靠，佝偻的腰背挺直了一些。秦山摸出手机，点开了一段视频录像，递到秦武眼前，这是一段翻拍的监控录像，画面里那个熟悉的房间，正是秦家的客厅。

在视频的第三秒，秦武摇摇晃晃地从门外走了进来，脸色通红，明显是喝醉的样子。由于站立不稳，秦武在换鞋时绊了个跟头，身体撞在一旁半人高的鞋柜上，大约五秒后，秦山走入画面，伸手去扶秦武，两个人短暂交流了两句，忽然，秦武一把推开父亲，双膝跪了下去，嘴唇翕动，似乎在低语什么。

秦武隐约猜到了一些，他问：

"这是什么？"

"5月4日晚上，白静的男朋友在微博上发了一张他创作的白静的肖像画，一天后，你点燃了一个浸满酒精的纸团，从窗口扔进了画室。"秦山并没有直接回答秦武的问题，而是用无比冷漠的语调，开始陈述一个可怕的事实，"这件事，是你在5月7日晚上，喝醉了以后，主动告诉我的。手机上的这段视频，就是你跟我坦白的过程。"

秦武默然不语。

"我不知道是事情太小，还是你谋划得比较周密，没有留下线索。总之，警察刚开始并没有没找你，我以为，这件事就这么过去了，没想到你自己却崩溃了。这也没办法，你从小就这样，只要做了错事，就会担惊受怕很久。所以，我得让你失忆，让你忘记自己做过的事情。不然的话，无论去不去自首，你这辈子都全毁了。"秦山轻轻叹息了一声，说，"幸亏我这么做了，不然，如果你在那种状态下，听说陈远波自杀的消息，我不知道你会做出什么举动。"

秦武全身发寒，他想到了一个无比可怕却又不得不承认的事实："这个记忆世界里，我的整个人生经历，都是你有目的、有计划地杜撰的？"

"是的。"秦山凝望着近在咫尺的秦武，脸上看不出丝毫愧疚，"其实，在这件事之前，我就一直在犹豫，要不要改写你的记忆，因为你最近这半年的样子，我很不喜欢。我很希望，你能回到过去的你，不过这样的理由并不足以让我下定决心，但这件事之后，我意识到，如果再不改写你的记忆，你就真的完了。正好，在那段时间，盘古实验室也重启了试验，这给了我们一个千载难逢的绝佳时机。"

"那秦文呢？在记忆世界里，他因公牺牲的事情，也是你策划的？"

"当然，在记忆世界里，你们两个人的一切经历，都是我仔细斟酌思考之后，为你们量身撰写的。"秦山忽然笑了，他说，"而秦文在半年前的那件事，则是我开始试验的动力！如果他没有被冤枉，如果我们依旧保持着半年前的那种生活，或许，这个实验到现在还停留在纸面上吧！"

"实验？这是你们的实验？"

"任何一项伟大的、划时代的医学发现，都是需要实验来证明的，只不过，我们发现的是一种'改变记忆'的技术，它不可能得到官方批准，也不会有任何人公开支持我们。正因如此，尽管我和周诚在两年前就研究出了成熟的技术，但始终没有勇气，也没有决心去开始这件事！但秦文被冤枉的那次，彻底改变了你、我、秦文的命运，也触动了周诚。既然退无可退，那就只能向前！既然现实世界不给我们公平与正义，那我们就创作一个公正的世界！"

秦山抬起头，一缕和煦的阳光从远方的两栋大楼中间漏了过来，将这张满是皱纹的面庞照耀得闪闪发光："小武，你觉得，我给你哥塑造的英雄形象怎么样？现在，大多数人的记忆都出现了偏离，那些曾经嘲笑他、伤害他的人，如今成了他的崇拜者。他不再是大家眼里的笑柄，而是一个活着的传奇，一个伟大的英雄。"

"但是，网上还有很多消息啊！别人不会发现其中的矛盾吗？"

秦山笑了笑，额头的皱纹完全舒展开来："我知道，在这个年代，想彻底删除某件事的痕迹是很难做到的，所以我的做法是，在这些新闻后面加上了后续报道，简而言之，就是调查发现，你哥哥是在下班后喝的酒，而那些不实报道则是个别无良记者为了蹭医患矛盾的热点，恶意捏造的谣言与诽谤。对了，这难道不是事实吗？"

秦武的身体更冷了，父亲的话语是他无法反驳的，但父亲的做法又是他无法接受的。秦武感觉体内的灵魂正在一点一点地从五脏六腑里抽离出去，整个人仿佛变成了一个没有思维的空架子，秦山将秦武的变化看在眼里，说：

"你不必自责，你和你哥哥，只不过是催化剂而已。我做这件事，最本质的目的，还是为了自己。"秦山顿了顿，然后缓缓说，"每个科学家都希望改变世界，这是任何伟大的科研工作者必备的野心与渴望，所以，当攻克技术难关之后，就算没有秦文跟你的事，早晚有一天，我也会将计划付诸行动。毕竟，不止我，周诚和林泉也对现实世界的命运相当不满呢！"

秦武用力咬了一下嘴唇，脑海中再次浮出那道清癯的身影，林泉。自从第一次偶遇开始，秦武便从来没有怀疑过这个老人。这并非简单地因为林泉是父亲的朋友，更重要的是因为，在几次会面中，林泉身上那种倔强、不食人间烟火的老牌知识分子气质。秦武曾确信，林泉是一个纯粹的，朝闻道、夕死可矣的求道者。然而当真相水落石之时，他又觉得，林泉是最有理由参与甚至谋划这件事的，没错，任何人在遭遇命运那般不公的对待后，都有理由这么做的。

秦山说："在记忆世界里，林泉则在两年前当选了院士，周诚是医学界泰斗之一，这些，都是以他们的才能与人品，理应得到的尊重与待遇。"

"这样做，真的有意义吗？"

"如果只是改变少部分人的记忆，那自然毫无意义，大多数正常人不会承认记忆世界的存在，只会想尽一切办法，强行"矫正"少部分人偏离的记忆。但如果整个城市、整个国家，甚至整个世界的大多数人的记忆发生了偏离，那就不一样了。"秦山看了秦武一眼，锐利的目光仿佛穿透身体，直接刺入内心，"如果这个世界上的大多数人都是疯子，那么，正常人就会被视作异类，被关进精神病院。"

"你能改变整个国家甚至整个世界的记忆？"

"事实上，在过去的一个多月里，我们已经在以 Y 市中心广场为圆心，十公里为半径，大约一百平方公里范围内的四十多万人的大脑里，写入了"M世界"的记忆信息，这也是我们目前软件与计算机算力的极限。"秦山并没有直接回答秦武的问题，而是说出了一段更加令人难以置信的话语，"但是，这些被写入信息的大脑，并不会立刻改变记忆。"

"什么意思？"

"你没学过医，其中的具体原理，我很难用专业术语跟你解释。这么说吧，在这段时间里，真实记忆与虚假记忆就像两条平行的火车轨道，同时存在于这些人的大脑中，而要让记忆的列车从原本的轨道改道驶上新的轨道，同时在时间上完成无缝对接，则需要一段特殊的电波信号刺激。我们将这个特殊的电波发射装置，叫作扳道器。"秦山做了一个奇怪的手势，他的右手在虚空里按了一下，仿佛按下了某个并不存在的按钮，"我们有一个秘密实验室，你可以叫它'基地'，而扳道器的控制软件，就在基地桌上的笔记本电脑里。它可以精准地选定某个、某几个目标，例如我想改变秦武的记忆，那只要找到代表他名字的代号就可以做到；也可以是随机的几千、几万人，例如我想改变Y市百分之三十的人的记忆，扳道器也可以帮我实现；我目前的最大能力，是改写半径十公里，也就是电波影响范围内的所有人的记忆，要做到这一点操作很简单，只要按下屏幕右下角那个标有ALL的红色按钮就可以。"

"基地？按钮？"这无疑是两个令人毛骨悚然的名词，秦武打了个寒噤，四周无比闷热的空气似乎一下子变得冰寒彻骨。他用无比恐惧的目光看着眼前的父亲，这一刻，这个熟悉、慈爱的老人似乎变得陌生而狰狞。他问："爸，你到底还有多少秘密？"

"不多，也不少。知道我为什么要装出老年痴呆吗？因为只有这样，当周诚、林泉暴露之后，我还有一定的时间继续完成计划。还有，知道我为什么会修改家里的监控信息吗，正因为我老年痴呆了，所以，每次去基地之后，我都要改一遍家里的监控文件，防止你或你哥看监控时发现我居然出过门。"秦山长长叹息了一声，说，"还有，让我最终下定决心，改变这座城市记忆的原因，正是因为前天夜里，你跟秦文说，你要去自首！"

"这就是你说的，为了我？"秦武下意识地想从椅子上站起来，逃离病房，远离这个满脸狂热却被他称作"父亲"的人。然而意外再一次出现了，一阵无法抵御的眩晕感猛烈袭来，秦武发觉，自己四肢软绵绵的，完全用不上力气。起初他以为这是因为恐惧产生的虚脱感，于是咬着牙，双手撑住椅子扶手，试着想站起来，谁知双腿完全无法支撑起七十公斤的体重。秦武身体向右倾斜，重重摔倒在病房的地面上。

"爸？"秦武终于意识到，这绝不仅仅是精神因素引起的乏力。

"刚才给你喝的那杯水里面，我掺了一些镇静剂，不过你放心，休息一两个小时就好了。我这么做是为你好，因为我下面要说的这件事，你一定更难接受。"秦山弯下腰，用力将秦武重新抱回椅子上，然后半蹲下来，父子二人在不到五十厘米的距离上四目相对。秦武惊讶地发现，父亲在刚刚过去的这几分钟里似乎老了十岁，他脸上的皱纹似乎更深了，目光涣散，仿佛又一次回到了熟悉的老年痴呆状态。

"还有什么事？"

"你就不奇怪，我为什么忽然会对你坦白这一切吗？"

秦武眼睛睁得很大，但嘴巴依旧紧闭。他知道，父亲如果愿意说，那不需要追问，如果不愿意说，问了也毫无意义。

"你的哥哥，刚才去了政府大院，想要上报他知道的真相，但是跟警察发生了冲突，受了伤。"秦山伸出手，轻轻覆在秦武的肩上，他的语气再也无法保持平静，而是带着明显的痛苦。秦武愣住了，整个人如被电流击中一样僵在椅子上，他张了张口，想问父亲是怎么知道这件事的，但很快又闭上了，毕竟，就连周诚都有办法监控他们的一举一动，更不用说朝夕相处的父亲了。

"秦文应该是被高压警棍打了一下，跌在了地上，头部外伤，流了不少血，血压、脉搏一度很低，但经过抢救，现在已经脱离危险了。"秦山看着秦武的眼睛，脸上的表情重新归于平静，就像戴上了一层无形的面具，"这，也是为什么我要告诉你这一切。"

秦山转过身，走向窗口的位置，他的腰背再次变得佝偻，脚步重归往日里的蹒跚，他没有理会秦武的咆哮，甚至没有转头看一眼。秦山十分了解自己的两个儿子，秦文是一个冷静睿智但认定一件事就一定会做到底的人，而秦武则是一个冲动热血做事完全不计后果的人。他可以猜到，一旦秦武听说秦文受伤的事，将会陷入一种怎样激动与狂暴的状态，到那个时候，秦武很可能会做出一些比秦文冲动百倍的举动，从而陷入危险百倍的境地。

秦文的受伤，已让秦山接近崩溃的边缘，他无法再接受秦武发生任何意外了。秦武接下来的反应也确实符合他的预料，当听说秦文受伤的那一秒，他虚脱的身体突然爆发出不可思议的力量，用颤抖的双手撑住椅子的两边，摇摇欲坠地站了起来，他的双腿仿佛有千钧重，但依旧向前迈出两步，试图去抓秦山的衣领。

秦山轻易避开了，目光里露出一丝怜悯。

秦武跌回座位，大口大口地喘气，过了很久，他眼中的血红渐渐消失，整个人重新安静下来。

"你觉得你在帮我。"秦武说。

"我不是在帮你，我是在救你。"

秦武的目光忽然变得很悲哀，他问："那么，在你眼里，我究竟是你的儿子，还是一个错误?"

秦山愣住了，目光中流露出一丝费解。

"从小到大，我一直很叛逆，你一次次地纠正我，批评我，但我依旧我行我素。在你心里，早已设计好了我的人生道路，所以，当我的行为、我的选择，偏离了你期望的轨迹后，你便通过改变记忆的法子来改造我、纠正我。这是因为，在你眼里，我就是一个失败品。"

秦山嘴巴张了张，他想要反驳，但最终却只说出三个字。

"你错了。"

"如果我错了，那么，请给我一个选择的机会。"秦武说，"我已经是成年人了，至少，我应该有权，选择自己的记忆。"

秦山沉默了，这确实是他可以轻易做到的，然而，如果那么做，秦武的生活又会发生怎样的变化？面对这个问题，他没有点头，也没有摇头，只是静静地看着秦武，这目光深邃复杂，过了一会儿，秦山忽然说："秦武，你先听我说一件事。"

"什么事？"

"你身上的药效会在两三个小时之后消失，15:00，你去武警医院外科病房，把你哥接出来。"秦山的瞳孔始终盯着天花板的位置，语气平淡，似乎在托付一件无比简单的小事，"至于你的记忆选择，我会考虑一段时间，之后给你一个答案。"

第四十一章 新生

在父亲出言相求的一刻，秦武一度怀疑，父亲是不是又犯糊涂了，以至于会给自己安排一个无比危险、近乎不可能的任务。要知道，秦文是在强闯政府大院时，跟警察发生冲突受伤的。这意味着即便送医之后，多半也会安排专人看守。但秦山又一次用事实证明了，改变记忆，那便意味着改变一切。

秦武戴了墨镜，学电影里间谍特工那样，鬼鬼祟祟地闪进病区，他从护士站的墙壁上瞄到了秦文的房间号，小心地避开走廊上的行人，一个箭步蹿过秦文的病房门口，谁知房间里空荡荡的，一个人都看不到。

"秦文呢？"秦武又确认了一眼门外的病房号，没错，确实是秦文的病房，病床的一侧还挂着一件熟悉的蓝色外套。秦武的心一下子抽紧了，赶紧奔出病房四下张望，却意外地在三四十米开外的走廊尽头看见了一个熟悉的身影。

秦文身上穿着病号服，脑袋上缠着绷带，左手扶墙，一步步地往走廊尽头的楼梯挪动，模样有些狼狈。秦武快步追了上去："哥！"

"啊!"秦文被吓到了,触电般地扭过头,当他发现身后的人居然是秦武时,紧绷的身体一下子放松下来,"怎么是你?"

秦武笑了笑,将胳膊垫到秦文的腋下:"没人守着你?"

"开始有一个警察守在旁边,但到中午的时候,他忽然说很困,然后就靠在椅子上睡了一会儿。当时我身体还很虚弱,所以也没有立刻离开。没想到警察醒了后,记忆也出现了问题,他不记得我是谁,也不知道自己为什么会在病房里,然后我给他看了电视,同时编了一段关于自己的故事,我说我是一个"AAS"患者的家属,是被妻子打伤送医的。他相信了我,然后就离开了病房,回家看自己的父母了。我又休息了一会儿,然后就溜了出来,准备去找你跟爸爸。"秦文的脸色有些苍白,他困惑地看着秦武,"你怎么知道我在这儿?"

"因为爸爸。"

"爸爸?"

"是的。爸爸……"

秦武并没有犹豫,他用最简短的语言,说出了自己刚刚经历的一切。与弟弟不同的是,秦文在听说"其实父亲才是这一切的主谋、策划者"时,没有表现出丝毫的激愤、难以置信、歇斯底里,相反,在短暂的错愕后,秦文几乎毫无阻碍地接受了这一切,他甚至感到一丝释然与恍然大悟,仿佛盘桓在心中的某个重要的疑团终于被解开了。

"这就对了。我早该想到的。这些天,我们经历的一切,实在太巧了。从我接诊第一个病人,到你失忆,再到我们找到林泉、周诚,一步一步追查线索,发现所谓的真相,一切都太顺利、太完美、太顺理成章了。"秦文缓缓说,"现在我知道了,这些天发生在我们身上的一切,本来就是父亲精心定制的剧本,我,和你,我们经历的一切,都是他计划的一部分。"

秦武默默地看向秦文，没有再说话。这种受人操纵的感觉无疑是极其糟糕的，然而这一点并不足以影响他们的决定与抉择：既然这一切的始作俑者是父亲，那他们自然不会再去尝试"公开真相"。人总是有私心的，正如秦山为了改变家人的命运，不惜将尚未策划周全的计划提前执行一样，秦文与秦武也选择将真相继续隐瞒下去。秦武搀着秦文，穿过长长的走廊，逆着汹涌的人流离开了医院，当走上街道的一刻，他们惊讶地发现，眼前的这座城市，在过去的几个小时里似乎又发生了奇异的变化。

长街上的警察少了一些，不再像之前那样三步一岗五步一哨，在不少警察脸上，还能看到隐约的茫然与担忧。显然，这一次，"记忆偏离症"以席卷之势降临，任何职业都不能幸免，这些秩序的维护者在记忆偏离后，也有很大一部分离开了岗位。只剩下少部分敬业者响应电视、广播上的公告，依旧坚守在街头。街头巷尾聚集着人数不一的人群，但整体秩序比几小时前明显有了好转。秦武有些奇怪，秦文淡淡地说："显然，所有人的记忆，都已经发生了偏离。"

秦武呆住了，脚下趔趄了一下，险些带着秦文一并摔到地上："怎么可能？如果所有人的记忆都出现了问题，不是应该更乱才对吗？"

"并没有这么简单。之前，当一部分人的记忆出现问题时，剩下的那部分正常人，会想尽一切办法，说服那些记忆出现问题的人：你们记得的一切都是假的，是不存在的，你们必须回到现实的轨道。但现在不一样了，所有人的记忆再次统一了，人与人之间的争端消失了。现在的不安因素，是记忆世界与现实世界的差异。例如一对恋人相约回家后，发现身上根本没有房门钥匙，又或者墙上挂的结婚照是男人与另外一个女人。但这种情况毕竟是少数，而且电视、广播上也公告了。现在，绝大多数人，正带着一种好奇和探索的心态，去审视身边的一切，就像是刚刚穿越到一个平行宇宙那样。当然，这样的平静不会持续太久，等好奇心过去，种种不安的恐慌情绪就会爆发出来，所以，我们得尽快回家。"秦文顿了两秒，说，"去人民医院，带爸爸一起回家。"

秦武点了点头，加快了脚步。正如秦文预料的那样，尽管秩序比上午好了一些，但种种不安因素依旧在城市的每一个角落酝酿生长。路上，他们看见了一张张写满茫然、失望、愤怒、惊喜的面庞，听到了无数尖叫、痛哭、狂笑的声音。从这些声画语言中，不难猜出这些人在两个世界的人生存在怎样的落差与异同。路过下一个路口的时候，秦武遇到了一个同事，这个四十多岁的男人正跪在小区门口，抱住一个两鬓斑白、手里提着菜篮的老妇号啕大哭，这让秦武回想起自己失忆的那天，得知秦文"依旧活着"时的模样。秦武没有打扰他们，而是扶着秦文继续向前走，当走过一家被围得水泄不通的超市门口时，一个眼尖的年轻女孩认出了秦文，她大喊："那不是秦文吗？那个牺牲的医生。"

几十个男女老少瞬间围了过来，拉着秦文拍照、聊天、关心他的伤势，就像是看见了崇拜已久的英雄，这样的礼遇秦文此前也曾感受过，但这样的规模与场合还是第一次。然而这一次，秦文没有感到陶醉与快乐，他机械地、麻木地回应路人的景仰与崇拜。待到人群散去，便一言不发地继续前行，又过了大约七八秒，身后传来一个陌生的男人声音：

"秦医生。"

这声音很沙哑，听上去有气无力，仿佛是出自一个灯枯油尽的老人之口。秦文循声扭头看去，发现声音的主人比想象中年轻许多，来人是一个体态臃肿的中年男子，肤色呈现出不健康的苍白色，他从大约五十米外的街角急匆匆地向秦文走来，脚步有些虚浮，每走几步就要停下来喘息一会儿，男人对秦文说："秦医生，等等。"

"你是？"秦文发现这人有些眼熟，但一时又想不起来在哪见过。

"我跟你一样，是一个在人们的记忆里，已经死去的人。"

秦文有些愕然，男人从口袋里取出一本皱巴巴的病历，翻到其中的一页，上面的字体很熟悉，正是出自秦文自己之手："轻度抑郁症，偏执症"。男人对秦文说："我是你的病人，去年春天，我爱人陪我去你那里看过三次病，这病历就是你写的。"

"我想起来了，你好像是开书店的，你爱人是大学老师。"秦文很快回忆起对方的身份，"你的病怎么样了？好点了吗？"

"现实是，我的病好多了，但在所有人的记忆里，我在一年前就跳楼死了。"男人说，"现在所有人的记忆都改变了，唯一记忆保持原状的，只有我们这些，在那个世界已经死亡的人。"男人看了秦文一眼，咬了咬牙，"我刚才回家，看到我老婆跟一个陌生男人抱在一起，我上去质问她，她刚开始吓了一跳，但弄明白情况后，脸色一下子就冷了下来。她说她记得，自己在半年前就改嫁了，现在夫妻感情很好，不仅如此，我六岁的女儿也不认我了，她说那个叔叔对她很好。总之，在那个世界里，他们一家三口生活很美满。所以，虽然我还活着，虽然房间的墙上还挂着我跟我老婆的结婚照，沙发上还堆着我的衣服，但我还是被赶了出来。我求求你，帮我一个忙。"

"什么忙？"

"我去你那里看过三次病，都是我老婆陪我一起去的，你应该记得，我们的感情很好。我想求你，去我家帮我做个证，告诉我老婆，我们的生活也很幸福，让她再认真考虑考虑。"

秦文看着眼前的这个人，脸上浮出悲悯的神色，他摇了摇头，对男人深鞠一躬。

"对不起，不是我不愿意帮你，而是我觉得毫无意义。"

男人愣了片刻，脸上的表情一变再变，起初，他对秦文的态度很失望，牙关紧咬，脸上浮出微微的怒意，但随着时间的推移，他慢慢接受了秦文所说的"毫无意义"四个字。男人膝盖一软，跪在地上失声痛哭。秦文同情地看了他一眼，再次道了声歉，继续往人民医院的方向走去，当走到听不见男人哭声的地方时，秦文忽然拍了拍秦武的肩膀，说出一句奇怪的话：

"现在，这座城市的几十万人都将面临两个选择，是沿着现实的轨迹，还是记忆的轨迹生活下去。"

秦武呆住了，刚刚发生的一切足以证明，这是一道摆在所有人面前的、无比真实的、无法回避的选择题。秦文又问：

"如果白静一会儿打你电话，你会重新和她在一起吗？"

秦武没有回答这个问题，他不置可否地笑了笑，搀着秦文继续前进。这是一段短暂又漫长的路程。当走进人民医院大门时，一种隐隐的不安渐渐浮了上来：父亲会不会也跟周诚、林泉一样，主动让自己失忆了？

这种不安感让他们不自觉地加快了脚步，当推开大门的一刻，这种可怕的预感似乎变成了现实，病房里空无一人，完全找不到秦山的影子。

"爸爸会不会回家了？"秦武哆嗦地掏出手机，试图拨通父亲的电话。

"不用了。"秦文从枕边找到了一张字条，上面的字迹很熟悉，是秦山的。

我走了，我没有让自己失忆，我也不会这么做。

这是一座被改变了记忆的城市，我不知道下面会发生什么，人们的生活轨迹将发生怎样的改变，但我会回到我们的秘密基地，以"观测者"的视角记录下这一切。这是一次史无前例的科学实验，是我人生的巅峰之作。

对了，我们的团队其实有二十多个人，但除我之外，其他人都已经"忘记"了这一切（这也是我们最重要的安全手段），所以，你们也不要再探寻这件事的细节，如果真想知道更多，我会慢慢告诉你们。秦文，你的记忆不会发生偏离，所有在记忆世界里的已死之人都是。因为只有这样，这个记忆世界才是相对完美的。其实，由于软件算力所限，记忆世界也会出现一些小小的漏洞，然而，谁会在意这些不起眼的细节呢？

希望你们喜欢我为你们安排的命运。

对了，我之前跟秦武说了，"改写记忆"的基本原理是在所有人的大脑里写入一段新的"M世界"的记忆，但那些旧的记忆并没有被彻底删除。它就像是一条废弃的铁轨，又像是一段被常规删除而非粉碎的硬盘数据——你应该明白我的意思，我有能力让所有人重新恢复正常的记忆。

我目前还没有作出决定，也不希望任何人、任何权力影响我的决定。所以我选择离开，不要找我，你们找不到的。

但是在这之前，我已经决定把秦武的记忆选择权重新交给你本人。我只是想救你帮你，从未想过控制你，你是我的儿子，也是我的骄傲。在病房的床头柜里，有一个智能手环，上面只安装了一个应用程序，打开它。

只要按下那个红色按钮，你的记忆就会回到最初。

只有一次机会。

你不必听取任何人的建议，包括秦文的。

最后，我很安全，切勿挂念。

父亲 秦山

秦武哽咽着，将字条认认真真看了三遍，他并没有立刻冲到床头去找那个手环，而是从口袋里掏出打火机，点燃了字条的一角。青色的火焰缓缓升起，秦武的声音显得有些飘渺。

"爸爸真的安全吗？"

"是的。"

"我觉得，人们很快就会发现，这种记忆疾病是人为引起的，到时候大家都会知道，这是人祸，而非天灾。"

"没事，就算所有人都知道这是爸爸做的，他也是安全的。"

"安全，为什么？"

"当你按下某个按钮，就能改变一座城市甚至一个世界所有人的记忆的时候，你就是安全的。"秦文微微笑了笑，说，"你应该记得，在记忆世界里的一个细节，关于某国总统的。"

"你觉得，他会将所有人的记忆恢复吗？"

"我不知道，现在，你怎么选？"

秦武沉默了，半分钟后，他打开病床边的抽屉，取出了那个手环，上面安装了一个制作粗劣的应用程序，名字甚至像是自动命名生成的——秦武的拼音加一长串数字与乱码，没有任何界面、背景，点开后，只有一个孤零零的红色按钮。

"他应该设计两个按钮的。"秦文说，"至少，万一后悔了，还有重来的机会。"

"那样的人生，还是人生吗？"秦武拿着手环，微笑着走向窗

333

户的方向，他将手环放在床头上，抬头向远方看去：依旧是熟悉的街景，但却散发出一种美妙的陌生气息——或许，这是因为这便是为他们量身定做的世界吧。

　　秦武缓缓伸出了右手……